ムゲンのｉ（下）

知念実希人

双葉文庫

目次

第3章　夢幻の演奏会

1

親指を動かすたびに流れていくスマートフォンの画面を凝視しつつ、私はスプーンで掬ったカレーライスを口に運ぶ。

「なにを見てるんだい？」

テーブルを挟んで向かいの席に座る父さんが、不思議そうに訊ねてくる。

「あっ、ごめん。行儀悪かったよね」私は慌ててスマートフォンをわきに置いた。

「いや、やけに怖い顔をしていたから、病院から連絡でもあったのかと思って。もし病院まで戻らないといけないなら、駅まで車で送っていくぞ」

「ううん、そういうんじゃないの。心配させてごめん」

作り笑いを浮かべると、父さんお手製のカレーに集中する。佃《つくだ》さんのマブイグミに成功した翌週、私は実家に戻っていた。父さんに会いたいということもあったが、他にも目的があった。

ダイニングの隅でエサのカリカリにがっついていた猫のきなこが、食べ終わって暇になったのか、軽い足取りで近づいてきた。軽やかに飛び上がったきなこは、私の太腿を中継してテーブルに上がると、カレーの匂いを嗅ぎはじめる。

「だから、猫はカレー食べられないってば」

尻尾の付け根を指先で撫でると、きなこはゴロゴロとのどを鳴らす。幸せそうなその姿に、夢幻の世界で私を支えてくれるククルの姿が重なり、口元がほころんでしまう。

私のククルがあんな可愛らしい姿をしているのって、絶対にこの子たちの影響よね。

私はきなこを撫でたまま、ケージの中で一心不乱に白菜を齧っているウサギのハネ太《た》を横目で見る。幼い頃からともに過ごしてきたきなことハネ太の二匹は、ペットではなく家族の一員だ。二十三年前のあのおぞましい事件で負った心の深い傷を、この二匹は温かく、柔らかく癒してくれた。

マッサージを堪能したきなこは移動すると、私のスマートフォンに前足で触れる。

「あ、ダメ」と声を上げたときは遅かった。ピンク色の肉球に押されたスマートフォンがテーブルの縁からフローリングに落下する。大きな音に驚いたのか、きなこは尻尾の毛をぶわっと膨らませると、テーブルから飛び降りて逃げていってしまった。

しゃがみこんでスマートフォンを拾う。幸いなことに、ディスプレイが割れるようなことはなかった。電源ボタンを押すと、問題なく画面が点く。そこに表示された半年ほど前のネットニュースの記事を見て、スマートフォンを摑む手に力がこもった。

『無罪判決の大学講師　男性を殺害か⁉』

そんな見出しが大きなフォントで躍っていた。記事では元恋人を殺害し、遺体を酸で溶かした疑いで逮捕され、その後、無罪判決を受けて釈放された男が、中年男性を殺害した疑いで指名手配されたと記されている。

しゃがみこんだまま、私は記事をスクロールしていく。そこには、久米《くめ》さんの生い立ちや周囲の評判、優香《ゆうか》さんが死亡した事件についてこと細かに、そしてセンセーショナルに書き立てられていた。しかし、肝心の中年男性が殺害された事件の詳細については全くといっていいほど記されていない。殺害された場所や状況はおろか、被害者の素性についても『五十代半ばの男性』と最低限の情報しか見つけられなかった。この記事が特別なわけではない。佃さんのマブイグミを終えてからというもの、時間を見つけては久米さんが電話で告白したという中年男性の殺害について調べている。だが、どの記事でも事件の詳細や、中年男性の氏名は伏せられていた。

無罪判決を勝ち取った人物が犯したと思われる殺人事件。それほどニュース性が高いにもかかわらず、ほとんど情報が出ていないのはどういうことだろう？　事件の背後に、なにかいびつな闇が蠢いている。事件について調べるほどに、そんな予感が強くなっていた。

私はホームタブを押してニュースサイトのトップページに戻る。ニュースリストの一番上には『杉並区で遺体　連続殺人か⁉』の見出しが躍っていた。そっとそのタブに触れる。事件の概要がディスプレイに表示される。

『本日午後、杉並区にある公園の植え込みで人が死んでいるのが、近所の住人によって発見された。警視庁の発表によると遺体の損傷が激しく、被害者の性別や年齢は不明。警視庁は現在、東京西部で連続している殺人事件との関連を慎重に捜査している』

間違いない、この半年ほど続いている連続殺人事件だ。場所もこれまでと同じ東京の西部だし、そもそも性別すら分からないほど遺体が損壊されるような事件がそう起こるわけがない。

「本当に物騒……」痛ましい事件に気持ちが沈む。

「どうしたんだ？　スマホが壊れたのか？」

父さんが声をかけてくる。我に返った私は急いで椅子に座り直した。

「確認したけど、大丈夫だったみたい」

「そうか。良かったな」

父さんは口角を上げると、カレーを口に運ぶ。私もそれに倣った。

皿にスプーンが当たるカチャカチャという小さな音だけがダイニングに響く。食事に集中してお互い喋らなくなったが、その沈黙が心地よかった。

そういえば、殺された男性は父さんと同じぐらいの年齢なのか。残り少なくなったルーと白米をスプーンで混ぜながら、私は上目遣いに父さんを見る。若い頃に比べると、白髪が目立つようになり、肌に張りがなくなっている。

老けたなぁ。そんな偽らざる感想とともに、温かい感情が胸に芽生える。

年輪のように父さんの体に刻まれた老いは、私を守ってきてくれた証だから。

ママがいなくなってから、父さんは私を育てるために全力を注いでくれた。仕事をしつつも、食事を作り、勉強を見てくれた。いや、父さんだけじゃない。口の中のカレーを呑み込みながら、私は天井から吊るされているライトを眺める。おばあちゃん、きなこ、ハネ太、華《はな》先輩、袴田《はかまだ》先生……。たくさんの支えがあっていまの私がある。そう思ったとき、穏やかな表情でベッドに横たわる女性の姿が脳裏をかすめると同時に、胸に刺すような痛みが走る。私は慌てて頭を振って、その映像を掻き消した。

「ん、どうした？」父さんが心配そうに声をかけてくる。

「なんでもない。ちょっとカレーが辛すぎて」

「そんなに辛く作ったつもりはなかったんだけど……」

「ううん、大丈夫。私、辛い方が好きだから」

そのとき、足元から突き上げられるような感覚が襲い掛かってきた。ライトが振り子のように揺れる。

「地震？」

椅子から腰を浮かした私に、父さんが「テーブルの下！」と指示してくる。言われた通りに避難した私は、父さんと身を寄せ合いながら体を小さくした。ケージで白菜を齧っていたハネ太も、両耳をピンと立てて左右を見回している。数十秒、横揺れが続いたあと、地震はおさまった。私と父さんは警戒しながらテーブルの下から這い出る。

「おさまったみたいだね」

「ああ、大きな地震だったな。愛衣《あい》、怪我はないか？」

「うん、大丈夫。けれど、最近やけに地震が多いよね。大丈夫かな……」

「大丈夫さ。なにがあっても愛衣は父さんが守ってやるからな」

父さんは私の頭に手を置く。分厚い掌の感触が不安を溶かしてくれる。

「さすがに、自然災害から守るのは無理じゃない？」

照れ隠しにおどけると、父さんは私の頭をくしゃくしゃと撫でる。

「そんなことはないぞ。親っていうのは、子供のためならどんなことでもできるものなんだよ。それより愛衣、カレーおかわりするか？」

「ううん、もうお腹いっぱい。ごちそうさま」

「それじゃあ、ちょっと悪いけれど、二階に行ってばあちゃんの様子を見てきてくれないか。大丈夫だとは思うけど、かなり揺れたからな」

私は「うん、分かった」と、食器を流しに持っていってひと洗いしたあと、扉へと向かう。父さんに言われなくても、食後におばあちゃんと話すつもりだった。それこそが、実家に帰ってきた一番の目的なのだから。

ダイニングを出て、勾配のきつい階段を上ると、右手にある襖に近づき「おばあちゃん、起きてる？」と声をかける。中から「起きてるよぉ」と返事があった。

襖を開けて室内に入る。ちゃぶ台のそばで正座をしたおばあちゃんが手招きしていた。

その膝の上では、きなこが丸くなっている。ここまで逃げていたらしい。

「愛衣ちゃん、よく来たねえ。ほら座って座って」

私が座布団に腰を落ち着けると、ちゃぶ台を挟んだ向こう側で、おばあちゃんがポットから急須にお湯を注ぐ。

「すぐお茶いれるからねぇ。ほら、サーターアンダギーがあるさぁ。お食べよ」

おばあちゃんは菓子器を指さす。中には薄茶色の塊が数個入っていた。

「おばあちゃん。さっきの地震、大丈夫だった？」

「あんなのなんでもないさぁ。それよりサーターアンダギーおいしそうでしょ」

おばあちゃんは菓子器を私の目の前に移動させる。

「愛衣ちゃんが帰ってくるって聞いて、準備していたんだよ」

そう言われると断るわけにもいかず、私は器から一つ摑む。子供の頃は確かに好物だったが、最近はカロリーが気になって食べるのを避けていた。

夜中にこれ食べたら太りそう……。わずかに頰が引きつるのをおぼえながら、私はそっと沖縄名産の揚げドーナツに歯を立てる。カリっと揚がった表面を嚙み切ると、硬めのスポンジの弾力が前歯に伝わってくる。香ばしい甘味が舌を包み込んだ。油と砂糖が織りなす背徳的な味に、懐かしさがこみあげてくる。

食べるなら、楽しまないと。開き直った私は手にしたサーターアンダギーをものの数十秒で腹におさめる。急いで食べたせいか、少し喉に詰まった感じがした。

「美味しかったかい？」

おばあちゃんが急須から茶碗にお茶を注いで差し出してくれる。渋みの強いお茶をすする。舌に残っていた油が洗い流されていった。胸のつかえも取れる。

「ありがとう、おばあちゃん。美味しかった」

「そうかい、そうかい。まだまだあるから、いくらでも食べていいからね」

これ以上はさすがに体重が心配だ。私は「それより、話があるの」と切り出した。

「マブイグミのことだね。すごいねぇ、愛衣ちゃん。二人もマブイを救ったんだ」

「え？　なんで知ってるの⁉」

驚いて訊ねるが、おばあちゃんはにこにこと微笑むだけだった。どうやら、ユタの先輩であるおばあちゃんには、なんでもお見通しらしい。

「えっとね……、おばあちゃんに言われた通りのことをイレスの患者さんにしたら、吸い込まれるというか、そんな感じになって……。気づいたら不思議な世界にね……」

どう話せばいいのか纏まらず、しどろもどろになってしまう。

「ああ、夢幻の世界だね」おばあちゃんは遠い目をする。

「やっぱりおばあちゃんも夢幻の世界を知っているの？　あそこで弱っているククルを探して、マブイを助けたことがあるの？」

「もちろんさぁ。懐かしいねぇ。ククルと一緒に、あの不思議な世界を冒険したさぁ」

「不思議な世界だけど、楽しいだけじゃないでしょ。あんなに危険だと思わなかった」

私が唇を尖らせると、おばあちゃんは悪戯っぽい笑みを浮かべて両手を開いた。

「危険なんかじゃないさぁ。だって、ククルが守ってくれたでしょお」

「そうだけど、ククルだって絶対に私を守れるってわけじゃないんでしょ」

「ううん、そんなことないよぉ」

おばあちゃんは私の頬に触れる。少々かさついていたが、温かい手だった。

「愛衣ちゃんはねぇ、もう一人前のユタさぁ。だから、愛衣ちゃんのククルには特別な力があるの。どんな危険な夢幻の世界でも、絶対に愛衣ちゃんを守る特別な力が。愛衣ちゃん、自分のククルを信じてあげなさい」

ククルを信じて、か。私は佃さんの夢幻の世界が崩れる寸前の、ククルとのやり取りを思い出す。あの時、ククルはなにか隠していた。無条件に信じろと言われても……。

「ねえ、おばあちゃん。ククルって誰でも持っているものなんだよね？」

「うん、そうよぉ」おばあちゃんは、私の頬に触れていた手を引く。

「どんな人も、夢の中でククルに会っているけど、起きたらそのことを忘れている。でも、私はユタで特別な力があるから、起きてもククルのことを覚えている。そういうことだよね？」

「そういうことだねぇ」再び、おばあちゃんは頷いた。

「おばあちゃん。ククルっていったいなんなの？　マブイを映す鏡みたいなものだってククル本人が説明してくれたけど、私にはただそれだけじゃないような気がするの」

私は一番訊きたかった質問をぶつける。

「この前、マブイグミをしたときに、その人のククルが死んだ奥さんの姿に変わったの。ククルがマブイを映す鏡だとしたら、奥さんの姿になるのはおかしい気がするの」

「ククルには訊いたのかい？」

「訊いたけど、なんかごまかされて……。その時が来たら全部教えるみたいなこと言っていたけど……。ねえ、おばあちゃん、ククルって本当はなんなの」

「教えられないさぁ」

「どうして⁉」思わず声が大きくなる。

「ククルが教えないのに、私から言うわけにはいかないさぁ。ククルは誰よりも、愛衣ちゃんのことを考えている存在なんだからね。きっと、愛衣ちゃんの準備ができたら、ククルは全部教えてくれるよ」

「準備ってなんの？　全部ってどういうこと？」

「そのうちに分かるよぉ。だから、ククルを信じて待ってみなさい」

　鼻の付け根にしわが寄ってしまう。

「そんな顔したら、美人が台無しよぉ。愛衣ちゃん、ククルを信じるってことはね、私のことを信じるのと同じことさぁ。だから、ちょっとだけ待ってあげてちょうだい」

　そこまで言われては、これ以上追及することはできなかった。私は「分かった」と大きく息を吐くと、もう一つ訊ねたかったことを口にする。

「あとね、イレス……、マブイを落としている人同士に繋がりがあったんだ。四人の患者さんは誰かに集められて、同時にマブイを吸われたんだと思う」

「うん、そうかもねぇ」

「なら、マブイを吸った人、サーダカンマリとかいうんだっけ。その人物を見つけてなにかすれば、全員を一気に目醒めさせられるかもしれないと思ったんだ」

「そうかもねぇ」

おばあちゃんが同じ返答をしたのを聞いて、私は前のめりになる。

「やっぱりそう思うよね。どこにいるか分からないけど、マブイを吸って昏睡状態にするために四人を呼び出した犯人を……」

「愛衣ちゃん、それは違うと思うよぉ」

興奮してまくし立てる私のセリフを、おばあちゃんが遮る。

「え、違う？」

「そう、マブイを吸った人、サーダカンマリな人はね、わざとやったわけじゃないさぁ。きっと、大きなショックを受けたとか、身の危険を感じたとかした拍子に、とっさに周りの人のマブイを吸いこんじゃったのさぁ」

「どうしてそう思うの？」

「だってね、他人のマブイを吸ってもいいことなんてなんにもないよぉ。自分の身体にいくつものマブイが入っているのはすごい負担になるんだからねぇ」

そう言えば、ククルもそんなことを言っていた。

「じゃあ、他人のマブイを吸った人はどうなるの？」

「眠るよ」おばあちゃんは声をひそめる。「ずっと眠って夢を見続けるのさぁ」

「え、それってマブイを吸われた人と同じじゃない!?」私は座布団から腰を上げる。

「そう、外から見たら完全に同じじよ。違うのは中だよ」

「中……？」

「マブイを吸った人はねぇ、自分が創った夢幻の世界で彷徨い続けるのさぁ」

「マブイを吸った人も、夢幻の世界を創るの⁉」

「そうだよぉ。ただ、普通の夢幻の世界と違うのは、本人のマブイもその世界で迷っていることさぁ」

「ちょ、ちょっと待ってね」私は混乱する頭を必死に整理する。「誰かに吸い込まれたマブイは力を失って眠りにつき、夢幻の世界を創り出す。ユタはその夢幻の世界に這入り込んで、傷ついて眠りについているククルに力を与える。そして、ククルと繋がっているマブイに自分の身体に戻れるだけの力を間接的に取り戻させる。そうだったよね」

「うん、そうよぉ」

「じゃあ、サーダカンマリの夢幻の世界では、吸われたマブイが動けなくなっていて、本人のマブイもなにが起こっているか分からないまま彷徨っているってこと」

「基本的にはそうだねぇ。まあ吸われたマブイの中にも稀に眠りにつかないのがいて、サーダカンマリな人の夢幻の世界で彷徨っていることもあるけどねぇ」

ってということは……。私は両手で頭を抱えて状況を整理する。

私はてっきり、誰かがイレス患者の四人を呼び出し、そのマブイを吸ったと思っていた。しかし、マブイを吸われた側と吸った側、両方とも同じように昏睡に陥るのなら、四人の患者の中に、他の三人のマブイを吸ったサーダカンマリがいるのかもしれない。だとすると、誰がなんのために、彼らを一ヶ所に集めたのだろうか？　その人物は、自分もマブイを吸われてイレスになったのだろうか？　それとも、自分はその場所に行かず、難を逃れたのだろうか？

私は飛鳥《あすか》さんと佃さんの夢幻の世界を思い出す。二人の夢幻の世界には、他人のマブイはおろか、自分自身のマブイも存在していなかった。二人を縛っていた事件の真相に気づいた私が必死に呼びかけて、ようやく実体のないマブイの残像のようなものが生じたに過ぎない。少なくとも二人はマブイを吸われた側だ。

私はさらに、二人の記憶も反芻する。記憶の最後の部分、マブイを吸われた前後の記憶はノイズがかかってはっきりと見えなかったが、二人は間違いなく誰かに呼び出されていた。患者たちを集めたのも二人ではないはずだ。

では私が担当するもう一人のイレス患者、環《たまき》さんはどうだろうか？　彼女は佃さんに久米さんの弁護を依頼している。佃さんを呼び出すことは可能だろう。しかし、飛鳥さんの記憶の中に環さんは出てこなかった。

いったい誰がサーダカンマリで、誰が患者たちを呼び出した人物なのだろうか？

数分思考を巡らせた私は、まず調べるべきことに気づく。四人目のイレス患者だ。華先輩が主治医をつとめるその患者こそ、事件の鍵かもしれない。

「ありがとう、おばあちゃん。色々と参考になったよ」私は座布団から腰を上げる。

「ユタの先輩だからねぇ。これくらい当然さぁ。愛衣ちゃん、頑張ってね」

おばあちゃんの膝の上で丸くなっていたきなこが、「ンニャー」と大きく一鳴きした。

2

翌日の夕方、私は神研病院十三階のナースステーションで電子カルテを操作していた。

「なんでダメなのよ!」

苛立ち任せに机を叩いてしまう。少し離れた位置で点滴の調剤を行っていた若い看護師が、驚いたのか視線を向けてきた。首をすくめて「ごめん、なんでもないの」とごまかした私は、再びマウスをクリックする。しかし、ディスプレイには再び『このカルテは表示できません』と、エラーメッセージが現れるだけだった。

今朝、実家を朝早く出て出勤した私は、華先輩が担当しているイレス患者について情報を得ようとした。しかし、外来の電子カルテで探しても、華先輩が主治医を務めているイレス患者は見つからなかった。なぜかはすぐに気づいた。特別病室だと。

この神研病院の最上階には三室だけ、VIP用の特別病室が用意されている。そこに入院している患者のプライバシーは極めて厳重に管理され、十三階病棟のナースステーションにある電子カルテからしか診療情報が見えないようになっていた。

たしか、華先輩はこの前、「特別病室の患者を受け持っているのよね。十三階でしかカルテ書けないから超めんどくさい」とぼやいていた。きっとその人物こそ、イレス患者だったのだろう。そう理解した私は、外来や回診など一通りの業務を終えた夕方、十三階病棟へとやって来た。しかしこの病棟の電子カルテでも、診療情報はおろか、患者の氏名すら表示されなかった。電子カルテが故障しているかと思い、他の特別病室の患者で試してみたが、そちらは問題なく表示される。

私は背もたれに体重をかける。故障じゃないとすると、意図的に患者の情報が隠されている。しかし、システム的にそんなことが可能なのだろうか。そもそも、なぜそこまでする必要があるのだろう。いったい、四人目のイレス患者は何者なんだ。

漂白された光を放つ蛍光灯を眺めながら、私は思考をめぐらせる。

イレスの患者たちは、マブイを吸われる直前にどこかに呼び出されていた可能性が高い。もし呼び出した人物もそこにいたら、マブイを吸われて昏睡状態になっているかもしれない。私は先日の当直の際、担当するイレス患者について華先輩が言っていたことを思いだす。

――私が担当している患者が連続殺人事件にかかわっているかも。

そのときは詳しく話を聞く前に急患が入ったため、それ以上の情報を得ることはできなかった。しかし、飛鳥さん、佃さん、そして環さんと、イレス患者が恐ろしい事件に巻き込まれていることを知ったいま、その情報の重要性が一気に増してくる。

いったいなにが起こっているのだろう。得体のしれない恐怖に身がすくんでしまう。

直接、華先輩に訊ねてみようか。内線電話に伸ばしかけた手を、私は止める。

いま思えば、イレス患者について質問をしたとき、華先輩はそれとなくはぐらかしていた気がする。訊いたところで答えてくれるとは限らない。華先輩のことは信用したい。しかし、これだけおかしなことが起こっているのだ。念には念を入れた方がいい。

私は椅子から腰を上げてナースステーションから出る。廊下を奥へと進んでいくと、一般病棟と特別病棟を隔てる金属製の自動ドアが立ちふさがった。

首からぶら下げている職員証を、ドアのわきにあるカードリーダーにかざす。しかし、インターホンのようなその機器の液晶画面には『Error』の文字が表示された。

「なんで開かないの⁉」

苛立ちながら、くり返し職員証をカードリーダーに当てる。しかし、結果は同じだった。鈍い光沢を放ちながらそびえ立つ重厚な扉は、開く気配がない。医師の職員証を使えばこの扉は開くはずだ。それなのに、どうして……？

そのとき突然、地響きのような重い音を立てて扉が緩慢に横滑りしていった。目をしばたたかせていると、処置用のカートを押した中年看護師が扉の向こう側から姿を現した。特別室の患者の処置を終え、ナースステーションに戻るところらしい。

チャンスだ。私は看護師とすれ違って特別病棟に入ろうとする。横目で不審げな視線を向けてくる看護師に、私は笑顔で会釈をした。彼女も慌てて会釈を返す。

早足にならないように気を付けつつ特別病棟を進むと、背後で扉の閉まる音が響いた。なんとか見咎められることなく特別病棟に侵入した私の前には、長い廊下が延びていた。すぐわきの左右、さらに廊下の突き当たりに病室の扉が見える。

一般病棟とは明らかに異なった廊下。床には赤くて毛足の長い絨毯が敷かれ、左右の壁には数点の人物画が飾られている。さらには、古代ギリシャのものを思わせる男女の石膏像や、西洋の甲冑すら置かれていた。久しぶりに見る特別病棟は、高級ホテルのような雰囲気を醸し出している。しかし、なぜか私にはそこが不気味に見えた。

きっと、これからイレス患者たちの身に降りかかった恐ろしい事件、その背後に広がる闇と深くかかわっている可能性がある人物と対面するからだろう。

華先輩が担当するイレス患者が入院しているのは、突き当たりにある部屋。この特別病棟の中でも最も個室料金が高い病室だ。緊張しつつ、私は足を踏み出す。柔らかい絨毯に靴が沈み込む。繊細な毛先が足首をくすぐった。心臓の鼓動が加速していく。

ようやく目的の病室の前に到着する。他の病室のドアが引き戸なのに対して、その病室の扉は黒く、観音開きになっていた。その縁には精巧な竜の彫刻まで施されている。病室の扉をこんなに豪奢にして、なんの意味があるのだろう？　疑問を覚えつつ、私は両手で扉を押す。しかし、扉は微動だにしなかった。

鍵がかかってる？　足を踏ん張り、両手に力を込めていた私は気づく。扉のわきに、特別病棟の入り口にあったのと同じようなカードリーダーが設置されていることに。

扉を押していた手をだらりと下げた私は、呆然とその小さな機器を見つめる。特別病室とはいえ、カードリーダーによる施錠など行っていなかったはずだ。急変などがあった際には医療従事者が素早く駆けつけなければいけない病室に、このようなものをつけるなど聞いたことがない。

職員証をカードリーダーにかざしてみる。『Error』の表示が出るだけだった。

もしかしたらこの設備は、いま特別病室に入院している患者のために設置されたものなのかもしれない。だとしたら、病院ぐるみで患者を匿っていることになる。

この部屋には誰がいるのだろう。なぜここまでして、その人物を隠すのだろう。

必死に頭を働かせていると、突然、背後から「なにしているの?」と声をかけられる。身を震わせて振り返ると、そこには硬い表情の華先輩が仁王立ちしていた。トレードマークの丸眼鏡の奥の目が吊り上がっている。

「この特別病棟にあなたの担当患者はいないはずでしょ」

「いえ、イレスの患者さんを見たくて……。治療の参考になるかもしれないし……」

「嫌味? 自分の患者は二人も目醒めたのに、私の患者はいまも昏睡状態だから」

華先輩の口調は、これまで聞いたことのないほど刺々しかった。

「違います。ただ、もう一人の患者さんがどういう人なのか知りたかっただけで。だって、イレスの患者さんたちって、同時に発症したじゃないですか。だから、お互いなにか関係があるかもしれないと思ったんです。それが分かれば、治療法も……」

「必要ない」華先輩は私の言葉を遮る。「患者同士の関係なんか知らなくても、あなたは二人の患者を治した。なら、私の患者に会う必要なんてないでしょ」

虫でも追い払うかのように、華先輩は手を振った。

「……なにを隠しているんですか?」

私はあごを引き、華先輩を見る。彼女は「隠してる?」とさらに目付きを鋭くした。

「そうですよ。なんでここに入院している患者さんのことを必死に隠すんですか? カルテにも情報がなかったし、いつの間にかこんな機械が付いているし」

私はカードリーダーを掌で叩く。

「いったい誰がこの中にいるんですか？」

「あなたは知る必要はない」感情のこもらない、無味乾燥な声で華先輩は言った。

「……もしかして、いま起きている連続殺人事件が関係しているんですか？」

声を押し殺してつぶやくと、華先輩の頬がぴくりと動いた。

「なんのこと？」

「言ったじゃないですか。自分が担当しているイレスの患者さんが、あの連続殺人事件にかかわっていたかもしれないって。前に、入院している患者さんは若い女性だって言いましたよね。本当にそうなんですか？　それとも、私に嘘をついていたんですか？」

「……どっちも言った覚えない。誰かほかの人と勘違いしているんじゃない？」

「どうしてごまかすんですか？　先輩はいつも私のこと気にかけてくれていたじゃないですか。なんでそんな突き放すような……」

むせて、それ以上言葉が続かなくなる。私は片手で目元を覆ってうなだれる。

胸が痛かった。心臓が荒縄で締め付けられているかのように。

「……愛衣ちゃん」

名前を呼ばれた私は顔を上げる。華先輩は困り顔でこちらを見ていた。

「そんなに落ち込まないで。ごめんね、私も教えてあげたいの。けど、いまはだめ」

「いまはって、それじゃあいつだったらいいんですか!?」

嚙みつくように言うと、華先輩は私の肩にそっと手を置いた。

「そのときが来たらちゃんと全部説明する。だから、お願い。もうちょっとだけ待って」

　卑怯だ。私は唇を固く噛む。いつも世話になっている先輩に、尊敬する先輩にそんなことを言われては、これ以上食い下がることなどできるわけがなかった。

　私は奥歯を固く噛みしめたまま頭を下げると、華先輩のそばを通り抜け、逃げるように特別病棟をあとにする。不安、疑心、怒り、哀しみ、様々な感情が身体の中で暴れまわり、気を抜いたら叫び出してしまいそうだった。

　早足でナースステーションの前を通過してエレベーターホールまでやってくると、白衣のポケットの中で院内携帯が震えはじめた。私は深呼吸をくり返してわずかに心を落ち着けると、通話ボタンを押して院内携帯を顔の横に持ってくる。

「はい、識名《しきな》です」なんとか声が震えるのは避けられた。

『救急部です。救急搬送の要請が入っています』女性の声、救急部の看護師だろう。

「え、救急搬送？」

『今夜の救急当番、識名先生ですよ』

「えっ、あ、ああ……、そういえば……」

　最後のイレス患者のことで頭がいっぱいで、救急当番のことが頭から抜けていた。

『じゃあ、救急隊と繋ぎますので、受け入れの可否をお願いします』

　カチッという回線が切り替わる音が響いた。

『こちら練馬救急隊、救急要請です。患者は小学校低学年ぐらいの男児、十八時二十四分、血塗れの子供が歩いていると近所の住人から通報』

「血塗れ⁉」私は思わず両手で院内携帯を握りしめる。「血塗れってどういうことですか？　交通事故にでもあったんですか？」

『いえ、本人の血液ではないようなんです』

「本人の血液じゃない？」

『はい、この子供が保護された付近で酷い殺人事件があったらしく、それに巻き込まれて血を浴びたのではないかと思われます』

酷い殺人事件……。全身に血を浴びるような殺人事件……。ニュースサイトで見た連続殺人事件の内容が頭に浮かび上がり、私は院内携帯を落としそうになる。

四人目のイレス患者が、連続殺人事件にかかわっているかもしれないという疑念が濃くなったとたん、それに巻き込まれた患者が救急搬送されてくる。そんな偶然が起こり得るだろうか。

なにかが起こっている。私の知らないところで、なにか異常なことが……。ヘドロのように粘着質な液体が、皮膚に纏わりついてくるような感覚に襲われる。

『先生？　先生、聞こえてますか⁉』

院内携帯から聞こえてくる救急隊員の声で我に返った私は、かすれ声で「すみません、少し電波が弱いみたいで」とごまかす。

『それで、受け入れは可能でしょうか？』

「あ、もちろん可能です。どれくらいで到着しますか？」

『五分ほどでそちらに着くと思います』

私は腹に力を込めて「了解しました！」と声を出す。子供が救急搬送されてくるのだ、いまは思考停止に陥っている場合じゃない。

よく考えれば、連続殺人事件はこの近辺で起こっている。そして、神研病院はこの地域で最大の病院だ。事件に巻き込まれた人物が運び込まれる可能性は決して低くない。

そう、これは別に異常なことじゃない。ただ、ちょっとした偶然が重なっただけに過ぎない。自分にそう言い聞かせつつ、私は患者の情報収集に努める。

「バイタルを教えてください。安定していますか。あと、本人の血ではないということは、外傷はないんですね？」

『バイタルは安定しています。ただ……』

「ただ、なんですか？」歯切れの悪いセリフにもどかしさを覚える。

『体幹を中心とした全身に痣……、皮内出血が認められます。おそらくは……ひどい虐待をうけていたものと思われます』

救急隊員の陰鬱な報告を聞いた私の手から、院内携帯がするりと零れ落ちた。

3

サイレン音が近づいてきた。感染防御用のガウンを纏い、急患受け入れ口へと向かう。搬送要請を受けた数分後、私は救急部で受け入れ準備を整えて待機していた。

自動ドアを開くと、強い風と共に冷たい雨が吹き込んでくる。いつの間にか、暴風雨になっていたらしい。大粒の雨が落ちてくる空を見上げる。まだ初夏の午後六時台だというのに、厚い雲に覆われた空は闇に沈み、辺りは深夜のように昏かった。

サイレン音とともに救急車が到着する。回転灯が放つ派手な赤色が目に痛い。

雨が打ちつける車体に近づくと、後部扉が開き、救急隊員が降りてきた。隊員が車内から引き出したストレッチャーに横たわり、虚ろな目で闇が広がる空を眺める少年を見て、私は目を疑う。

頭、四肢、体幹、少年の全身に赤黒く粘着質な液体がこびりついていた。まるで血液のシャワーを浴びたかのように。生臭いにおいが鼻をつく。

小さな顔も血液で汚れ、ストレッチャーに乗っているのが一週間前に救急部に現れ、そしていつの間にか消えていた少年なのかどうか判断ができない。

「バイタルは現在も安定。しかし、ショックのためか呼びかけには反応しません！」

雨音にかき消されないよう、救急隊員は声を張り上げながらストレッチャーを引いてくる。容赦なく降りつける雨が、少年の顔に施された血液を洗い流していく。血の化粧の下から現れた素顔。それは間違いなく、一週間前の当直中に出会った少年だった。

「すぐに治療をしますので、処置室に運んでください」

私は救急隊員とともにストレッチャーを救急処置室へと引いていった。処置用のベッドにストレッチャーを横付けすると、「ベッドに移します」と救急隊員と看護師に声をかけつつ、少年の体の下に腕を入れる。血液のぬるりとした感触がラテックス製の手袋を通して伝わってきた。

「採血して血算と生化学を、血圧と心電図を測定、生理食塩水で点滴ラインを確保して」

看護師に指示を飛ばした私は、処置用のハサミで少年の服を切っていく。元は何色だったか分からないほどに血液を吸ったTシャツを裂いていくにつれ、ハサミの刃も赤色に染まっていった。剝ぎ取ったTシャツをわきに放ると、バシャッという水音を立てて床に落ち、血液をまき散らす。

露わになった上半身を見て、顔の筋肉が引き攣ってしまう。慣れた手つきで処置を進めていた看護師たちが、小さな悲鳴を上げて動きを止めた。肋骨がはっきりと浮き出ている痩せた胸部には、赤黒かったTシャツとは対照的に、蒼黒い皮膚が張り付いていた。古い痣を塗りつぶすかのように、新しい痣が広がっている。正常な肌の部分を探すのが難しいほどの虐待の痕跡。

「……手を動かしてください」

声を絞り出すと、固まっていた看護師たちがはっとした表情になって処置を再開する。しかし、その手つきはどこかたどたどしかった。私はつけていたマスクを外し、こわばった顔を必死に動かして笑顔を作ると、少年の顔を覗き込む。

「もう大丈夫だから、安心してね」

可能な限り柔らかい声で話しかけるが、少年は無反応だった。その瞳は完全に焦点を失っていて、まるで眼窩にガラス玉が嵌まっているかのようだ。

看護師が少年の手の甲に点滴針を刺す。鋭い針先が皮膚、そして静脈壁を破っているにもかかわらず、少年はまばたきすらしなかった。どれだけつらい毎日を送り、そして今晩、どんな恐ろしい経験をしたのだろうか。痛々しい姿に、胸が締めつけられる。

看護師がおそるおそる少年の胸に心電図の電極を張り、枯れ木のように細い腕に血圧計を巻く。モニターに現れた血圧と心電図に異常がないことを確認した私は、蒸しタオルで少年の体を拭いて、こびりついた血液を落としていった。

「熱くない？　痛かったら言ってね」

答えがないのを承知で語り掛ける。少年がこもっている心の殻は、そう簡単に破れるものではない。まずは、ここが安全な場所であることを理解してもらわねば。

救急隊員が去っていくのを尻目に、私は蒸しタオルを使って少年の体を拭い続けた。一連の処置を終えた看護師たちもそれに加わる。数分かけて血液を拭き取り終え、新しい入院着を着せると、電気毛布を掛けて冷え切った体を温める。全身状態が安定していて、緊急処置する必要がないことが分かったためか、張りつめていた空気が緩んでいく。

たしかに救急部での治療は必要ではないかもしれない。しかし、この少年は重症だ。おそらくは長い年月をかけた治療が必要なほどに。

私は防護用のガウンを脱ぎ、手袋を外すと、再び彼に話しかけた。

「君、この前、うちの病院に来た子よね。私のこと覚えているかな？」

予想通り、反応はない。

「私は愛衣っていうの。識名愛衣。もしよかったら、君の名前も教えてくれない」

やはり、少年は天井を見つめたまま動かなかった。

これでいい。少しずつ進めていかなくては。そう思いながら、次に話しかけることを考えていると、若い看護師がベッドに近づいて話しかけてきた。

「ねえ、僕。なにがあったのかな？　どうしてあんなに血塗れに……」

「ダメっ！」

私は慌てて看護師の言葉を遮る。しかし、遅かった。蠟人形のようだった少年の表情筋が細かく蠕動をはじめる。発作でも起こしたかのように、か細い四肢が痙攣する。

「ああ！　あああああ！　うあああああ！」

少年は激しく両手を振り回しながら、絶叫しはじめた。ひどく血走ったその目から涙を流す姿は、瞳から血が溢れているかのようだった。少年の体が反り返り、ベッドがぎしぎしと音を立てる。その迫力に圧されたのか、看護師たちは後ずさっていった。

私はとっさに少年の体を抱きしめた。振り回された手が頰に当たり、爪が皮膚を抉る。鋭利な痛みに耐えながら、私は両腕に力を込めた。少年はその痩軀からは想像できないほどの力で暴れまわる。固く食いしばった彼の口の両端から白い泡が零れるのを見た私は、真っ青な顔で棒立ちになっている看護師に向かって片手を伸ばす。

「ジアゼパムを！」

看護師は目を泳がせながら、「え？」と声を漏らす。

「ジアゼパム、鎮静剤を渡して！」

「あ、は……、はい」

ようやく意図を理解した看護師は、おぼつかない手つきで救急カートからアンプルを取り出し、その中身をシリンジに吸って手渡してくる。私はそれを点滴ラインの側管に接続すると、片手で少年を抱きしめたまま、もう片方の手で中身を押し込んでいった。

強力な鎮静剤であるジアゼパムの溶液が、プラスチック製の管を通って少年の静脈へと吸い込まれていく。私は再び両手を少年の体に回し、目を閉じて薬が効くの待つ。

ほんの数秒で変化は現れた。激しく振り回されていた少年の四肢の動きが弱くなり、その体から力が抜けていく。血走っている瞳にゆっくりと瞼が覆いかぶさっていった。

全身の筋肉が弛緩した少年の体を、私は慎重にベッドに横たえる。

小さな寝息がかすかに鼓膜を揺らした。


電子カルテの前に座ってキーボードを打ちながら、私は数メートル先にあるベッドをちらりと見る。そこでは少年が眠っていた。子供らしからぬその険しい寝顔からは、彼があまり良くない夢を見ていることがうかがえた。

少年が搬送されてから、一時間以上が経過している。すでに所轄の警察署や児童相談所への連絡は終えていた。彼には社会的な支援とともに、専門的な治療が必要だ。しかし、それらを確実に受けられるかどうか、私には確信が持てなかった。

電子カルテのディスプレイに視線を戻す。そこには、作ったばかりの少年のカルテが表示されていた。『主治医』の欄は空白になっている。

主治医になる医師は、触れれば壊れる硝子細工のように脆くなっている彼の心を慎重に治療していくと同時に、彼に必要な支援がどのようなものであるかを適切に見極めなくてはならない。よほど経験がある医師でなくては難しいはずだ。それが確実にできる人といえば……。

渋い顔で画面とにらめっこをしていると、廊下へと繋がる扉が開いた。救急部に入ってきた人物を見て、私は「袴田先生？」と、目を大きくする。この病院の院長である袴田先生は、車椅子を滑らせて近づいてくると、「やあ、識名君」と気さくに手を挙げた。

「どうなさったんですか？　こんな時間に」

「書類を全部片づけて帰ろうと思っていたら、救急部に大変な状態の子供が搬送されたと聞いてね。院長として、ちょっと確認しておこうと思って来てみたんだよ」

袴田先生は車椅子を滑らせて、少年が横たわるベッドに近づく。

「この子かな、血塗れで搬送されてきた子供というのは」

「はい、そうです。なにがあったのか訊いたらパニック状態になったので、危険だと判断して鎮静剤を投与しました」

「なるほど。よほど恐ろしい経験をしたんだろうな。今晩の経験について訊ねるのは、しっかり精神的な治療を施してから細心の注意を払って行うべきだろうね」

袴田先生は少年の体に掛けてある毛布をそっとめくる。入院着の襟元から覗く蒼黒く変色した皮膚を見て、袴田先生は眉をひそめた。

「……この子が、先週君が言っていた被虐待児なのかな？」

「はい、そうです。あの時私がしっかりと保護できていれば、こんなことには……」

後悔が胸を焼く。

「言ったたろ。大切なのは過去を悔いることじゃない。目の前にいる救うべき人々に全力を尽くすことだ。今度こそ、この子をしっかりと助けてあげればいい」

袴田先生は車椅子から身を乗り出すと、少年の頭を優しく撫でた。気のせいか、険しかった少年の寝顔がわずかに緩んだ気がした。その光景を見て、私はとっさに口を開く。

「あの……、この子の主治医を先生にしていただくわけにはいかないでしょうか？」

「私が主治医を？」袴田先生は不思議そうに自分の顔を指さした。

「はい。この子はきっと虐待と今晩の経験で、強い心的外傷を負っていると思うんです。この病院の精神科医の中で一番、その治療経験があるのは袴田先生のはずです」

袴田先生はこれまで、過去のトラウマに苦しむ人々を何百人も救ってきた。私もその一人だ。だからこそ確信していた。袴田先生ならこの少年の心を救ってくれると。

「しかし、院長が主治医をすることは……」

「病院全体に責任を負う立場の院長は、入院患者の主治医をしないことは知っています。そのうえ、リハビリもしないといけない先生がすごくお忙しいのも分かっています。けれど、先生しかこの子を救える人はいないと思うんです」

必死に言葉を重ねると、袴田先生は腕を組み、難しい顔で考え込みはじめた。

だめなのだろうか？　多忙な袴田先生に、無理なお願いをしているのだろうか？　祈るような気持ちで答えを待っていると、中年の看護師が小走りに近づいてきた。

「あの、識名先生」看護師が耳打ちしてくる。「警察の人が来ているんですけど」

振り返ると、二人の男性が少し離れた位置に立っていた。二人ともスーツを着ているが、サラリーマンとは一線を画する危険な雰囲気を全身から醸し出している。

「どうもお邪魔しますよ」

固太りした男が大股に近づいてくると、顔の前に黒い定期入れのようなものを突き付けてくる。そこには『巡査部長　園崎伸久《そのざきのぶひさ》』と記されていた。

「私、警視庁捜査一課の園崎と申します。こちらは練馬署の三宅《みやけ》です」

「警視庁……」

私はまじまじと警察手帳を眺める。大病院の救急部には、事件性のある患者が運ばれてくることも少なくないので、警官と話をする機会はよくあった。しかし、刑事、しかも警視庁捜査一課の刑事となると、これまで会ったことはなかった。

「血塗れの少年が運び込まれたという情報がありまして、事情聴取に参りました」

慇懃無礼に園崎さんが言う。

「あの、この子ならいま鎮静剤で眠っていますので……」

「おや、そうですか？　起きているように見えますけどね」

園崎さんは私の後ろを指さす。振り返ると、少年の目が半開きになっていた。鎮静剤の効果が弱まってきたのだろう。

「けれど、まだ鎮静剤の影響で朦朧としています。話を聞ける状態じゃありません」

「話してみないと分かりませんよ。事件のことを聞いたら目が醒めるかもしれないし」

園崎さんが私の横を通り過ぎようとする。ついさっき、少年が恐慌状態に陥った光景が蘇り、私は慌てて園崎さんの前に立ち塞がった。

「……失礼ですが、どいていただけませんかね、先生」

言葉面こそ丁寧だが、園崎さんの口調は脅すような響きを孕《はら》んでいた。倍以上は体重がありそうな男に凄まれ、足が震えてしまう。思わず身を引いてしまいそうになったとき、白衣が軽く引っ張られるような感覚を覚えた。首だけ回して後ろを見ると、少年が白衣の裾をそっとつまんで私を見上げていた。その顔には、助けを求めるような表情が浮かんでいる。

少年の潤んだ瞳に映る自分の姿を見て、足の震えはおさまった。

「だめです！」私は腹に力を込めて言う。

「……だめとはどういうことですか？」園崎さんの声は低く籠っていた。

「今晩、この子は強いショックを受けました。いまは話を聞くことはできません」

「先生、私たちがなんの事件を調べていると思います？」

刑事はいかつい顔をぐいっと近づけてくる。

「連続殺人事件ですよ。この近隣で、十人を超える人間が、ミンチにされている猟奇殺人事件です。そして、今夜起こった事件をその子供は目撃しているかもしれない。犯人の姿を見ているかもしれないんですよ。だから私たちは、その子供からいますぐに話を聞く必要があるんです。分かったら、どいていただけますかね」

肩を摑んでどかそうとしてくる園崎さんの手を私は振り払った。園崎さんは歯肉が見えるほどに唇を歪める。その表情は、牙《きば》を剝いた肉食獣を彷彿《ほうふつ》させた。

「どんな捜査をしているかなんて関係ありません。いま、この子に事件について聞くことは許可できません」

「あなたの許可が必要なんですか?」

「当然です。私はこの子の救急部での主治医なんですから」

「早く話を聞かないと、記憶が薄れて貴重な情報が得られなくなってしまうかもしれないんですよ。そうなったら責任を取れるんですか?」

「いま事件について強引に訊ねたら、ストレスの原因となっている記憶を脳が消してしまうかもしれません。そのうえ、この子の精神に致命的なダメージを負わせる可能性もあるんです。そうなったら、あなたは責任が取れるんですか」

園崎さんは「うっ」と言葉に詰まった。その隙を見逃さず、私はさらに説得を試みる。

「この子が身につけていたものは保管してあります。今日のところはそれを持って帰って、後日、落ち着いてから、今夜のことについて聞くということでどうでしょう?」

園崎さんは唇を歪めたまま十数秒考え込んだあと、「……分かりました」と声を絞り出した。一気に緊張がとけた私が「ご理解いただきありがとうございます」と力の抜けた礼を述べると、園崎さんは唇の片端を上げた。

「では、明日その少年を受け取りに来ますので、準備を整えておいてください」

「え?」私は数回まばたきをする。「受け取りにってどういうことですか?」

「そのままの意味ですよ。明日になったらその子を警察病院に転院させます」

「そんなのだめです!」

反射的に抗議すると、園崎さんはすっと目を細めた。

「だめとはどういうことですか？　彼は殺人事件の目撃者かもしれないんだ。安全のためにも警察病院に転院させ、そこで治療を受けさせるのは当然でしょう」

正論に一瞬ひるんでしまうが、私は必死に反論する。

「この子には安静が必要なんです。主治医として搬送の許可は出せません」

警察の管理下においたら、この刑事は強引にでも事件の話を聞き出すだろう。

「あなたは救急の主治医でしょ。入院したら他の主治医がつく。違いますか？」

「……そうです」

この少年に必要なのは精神的な治療だ。神経内科医である私は主治医にはなれない。

「それなら、あなたの許可はいらないはずだ。明日、この子の主治医になったドクターに判断してもらいますよ。転院が可能かどうかね」

勝ち誇るように園崎さんは言う。彼には自信があるのだろう。世間を震撼させている事件を解決するためという名目で、少年の主治医を説得できると。

この病院に勤務している精神科医たちの顔が頭をよぎる。押しが強い刑事の要請を確実にはねつけられるような人物はその中にいなかった。私は再び振り返って少年を見る。彼の小さな手は血の気が引いて蒼白くなるほど強く、私の白衣を摑んでいた。私はとっさに少年の細い体を抱きしめる。

「やっぱりだめです！　この子はうちの病院で治療を受けるべきです！」

「だから、それは誰の判断なんですか？」

園崎さんが舌を鳴らしたとき、ゴムが床と擦れるキュッという音がした。

「私の判断ですよ」

車椅子を滑らせて私と刑事の間に割り込んできた袴田先生は、よく通る声で言った。

園崎さんは「あなたは？」と眉根を寄せる。

「袴田といいます。この神研病院の院長ですよ。そして……」

袴田先生はちらりと私を見ると、ウインクをしてきた。

「そこの少年の主治医でもあります」

私は大きく息を呑む。園崎さんは「あなたが？」と疑わしげにつぶやいた。

「ええ、そうですよ。担当する患者の様子を確認するためにここに来たんです」

「……院長先生が患者を受け持ったりするんですか？」

「私はＰＴＳＤの専門家なので、この子のように心に傷を負った患者を、誰よりも診ています。やはり、経験のある医師が担当した方がよい治療ができるでしょう」

袴田先生は少し前のめりになると、園崎さんを睨め上げる。

「さて、あらためて私の診断を伝えましょう。この少年は現在、強い心的外傷を受けてショック状態にある。この状態で強引に原因となった出来事を思い出させたら、彼の精神が崩壊してしまう恐れがある。まずは絶対安静にして、ショック状態からの回復を待つべきだ。よって主治医としては、話を聞くことも、転院することも許可できない」

「……あなたの診断が正しいという根拠は？」

園崎さんは食いしばった歯の隙間から、怒りに満ちた声を絞り出す。

「私は精神鑑定医として、警察や検察から多くの鑑定依頼を受けています。その関係で警察幹部の方々とも懇意にしている。例えば、あなたの上司に当たる警視庁捜査一課長や刑事部長ともね。もし私の能力に疑問があるのなら、彼らに訊ねてみてください」

袴田先生は下方から、みるみる赤くなっていく園崎さんの顔を覗き込んだ。園崎さんは拳を握りしめるだけで、それ以上の反論はしなかった。

「主治医としてしっかりと治療を行い、回復を確認しつつ、この子に今夜見たことについて訊ねていきますよ。情報は適宜、捜査本部にお伝えしますのでご安心ください」

園崎さんは渋面で「よろしくお願いいたします」と会釈をすると、若い刑事を連れて出口へと向かった。彼らの姿が扉の向こう側に消えるのを見て、私は大きく息を吐く。

「ありがとうございます、袴田先生」

頭を下げると、袴田先生はニヒルに口角を上げた。

「君が必死にその子を助けようとしたからだよ。ほら、顔を見てごらん」

私は腕のなかにいる少年を見下ろす。先週、現れたときも、そしてさっき救急搬送されてからも感情が消え去っていたその瞳の奥に、かすかに光が灯っていた。

「大丈夫だよ。もう、大丈夫だからね」

私が語り掛けると、少年の唇がかすかに動いた。

「なに、なにか言いたいの？」私は彼の口元に耳を近づける。

「れん……と……」

「レント？　それってもしかして、君の名前？」

目を見ながら訊ねると、彼は、レント君は小さくあごを引いた。

「そっか。こんにちはレント君。私は愛衣、識名愛衣っていうんだ。よろしくね」

レント君の表情がほんの少しだけ緩んだような気がした。

4

体が重い。血液が全て水銀に置き換わったかのように、全身が怠い。

救急当直を終えた私は、重い頭を振りながら医局へ入ると、倒れこむように自分のデスクの椅子に座った。袴田先生に任せたレント君が救急部から病棟へ運ばれていくのを見送ったあと、連続して重症患者が搬送されてきた。救命処置に追われているうちに、一睡もできないで朝を迎えることになってしまった。背もたれに体重をかけ、全身の筋肉を弛緩させて天井を眺めていると、魂が口から抜け出てしまいそうだ。

ふと窓に視線を向けるが、激しい雨のカーテンで景色がほとんど見えなかった。昨夜の雨はまだその勢いを弱めていないらしい。

「……本当に最近、雨ばっかり」

半分眠ったような意識のままつぶやきつつ、デスクの上に置かれているスマートフォンを手に取る。電源を入れると、『メール　1通』と表示された。

誰からだろう。メールアプリを開くと、差出人の欄には『父さん』と表示されていた。父さんがメール？　珍しいな。

滑らかでかすかに温かいディスプレイを指先で触れる。メールの内容が表示された。

『そろそろ時間だよ　準備を整えてな』

私はしょぼしょぼする目をこすりながら、画面に浮き上がる文字を眺める。

そろそろ時間？　どういう意味だろう？　通話履歴から父さんの番号を選んで通話のアイコンに触れる。しかし『おかけになった番号は電源が入っていないか、電波の届かない……』という音声が聞こえてきた。

もう仕事中かな。スマートフォンをデスクに戻した私は、横目で掛け時計を見る。時刻は午前八時過ぎを指している。九時になったら午前の回診をはじめなくてはならない。できればそれまでに仮眠をとっておきたいのだが……。

私は両手で頰を張って立ち上がる。仮眠する前に確認しておきたいことがあった。

医局を出てエレベーターでレント君が入院した十三階病棟へと向かう。ナースステーションの前を横切り廊下を進んだ私は、目的の病室の前にたどり着いた。

胸に手を当てて数回深呼吸をしたあと、扉をノックする。

「レント君、おはよう。起きてる？」

病室に入った私は、小声で言う。六畳ほどの広さの簡素な個室病室。窓辺に置かれたベッドに、レント君が横たわっていた。目は開いてはいるが、こちらを見ることはない。不自然なほど無反応で無表情な姿は、蠟人形が横たわっているかのようだった。

レント君を刺激しないように、私は足音を殺してベッドに近づく。

「少しは眠れたかな？」

微笑みかけると、彼の眼球がわずかに動いて私を捉えた。どこまでも深く、昏い瞳。底なし沼のようなその瞳孔に吸い込まれていくような錯覚に襲われる。

「ここは大丈夫だからね。私たちが君のことを守ってあげるからね」

私はそっとレント君の額に手を当てた。人形にはない温かさが掌に伝わってくる。

「お姉さんは行くけど、ゆっくり休んでいてね。また午後に顔見せるからね」

この子は心に深い傷を負ったばかりなのだ。その傷から出血が続いているうちは、心身ともに休ませなければならない。あの時の私のように……。

私はレント君に微笑みかけると、出入り口へと向かう。その時、かすかに空気が揺れた気がした。振り向くと、レント君の唇が弱々しく動いていた。

「どうしたの？　なにか言いたいことがあるの？」

私は急いで彼の口元に耳を近づける。「パパ……」というかすれ声が聞こえた。

「パパ？　お父さんがどうしたの？」

私はレント君の頭を撫でながら、ゆっくりとした口調で訊ねる。レント君の体が震えはじめた。ばね仕掛けの玩具のように唐突に上半身を起こしたレント君は、ベッドの上で丸くなると、寒さに耐えるように自分の両肩を抱く。

「パパとママ！　パパとママがやったの！」

レント君は悲鳴じみた大声を出した。体の震えがさらに強くなっていく。

パパとママがやった。両親が彼に虐待をくわえていたということだろうか？　心が壊れてしまうほどの激しい虐待を。

レント君の入院着がはだけ、虐待の痕が刻まれた皮膚が露わになる。私は彼の体を両手で強く抱きしめながら、「大丈夫、もう大丈夫だよ」と囁き続ける。数十秒そうしていると、震えは弱くなり、やがておさまった。腕の中で脱力しているレント君を見下ろす。その目は固く閉じられていた。眠ってしまったようだ。そっと彼をベッドに横たえる。数分観察して、しっかり寝ていることを確認した私は出入り口へと向かった。

やはり彼の心は想像以上に傷つき、脆くなっている。けれど、袴田先生が主治医なら大丈夫だ。きっと袴田先生は、壊れかけたレント君の心を優しく癒し、修復していってくれるだろう。私にしてくれたように。

病室を出ると、目の前に少女が立っていた。老婆のように曲がった腰。屈託のない笑顔。好奇心に満ち溢れた、大きな瞳。この病棟に入院している久内宇琉子《くないうるこ》ちゃんだった。

「おはよう、愛衣センセ」

宇琉子ちゃんはびしりと片手を挙げる。つられて私も片手を挙げた。

「おはよう、宇琉子ちゃん。どうしたの、こんなところで？」

「新しい子が入ったって聞いたから、挨拶しようと思ったの」

宇琉子ちゃんは私のそばをすり抜けると、ドアを開こうとする。私は慌てて、「ちょっと待って」と彼女を止めた。

「どうして？」宇琉子ちゃんはコケティッシュに小首を傾げた。

「この部屋に入院している子はね、まだ眠っているの」

「眠っている？　でも、もう朝だよ。起きなくっちゃ」

子供らしい無邪気な返答に苦笑してしまう。

「そうだよね、朝は起きないとね。けれど、ここの子は体調が悪くて元気がないの。だから、元気になるためにもう少し眠っていないといけないんだ」

宇琉子ちゃんは口に手を当てて考える。その姿は、猫が肉球を舐める姿に似ていた。

「分かった！」宇琉子ちゃんは快活に言う。「じゃあ、元気になったら挨拶するね。それまでちょっと待つことにする」

「ありがとうね、宇琉子ちゃん」

「ううん、気にしないで。それじゃあね、愛衣センセ」

元気よく言って離れていった宇琉子ちゃんは、足を止めて振り返る。

「愛衣センセもそろそろ目を醒まさないとだめだよ」

当直明けで瞼が重いのが、子供にまで見抜かれていたらしい。再び離れていく宇琉子ちゃんの小さな背中に「廊下を走っちゃだめだよ」と声をかけて、私はエレベーターホールへと向かった。

ナースステーションの前を横切ろうとしたとき、「やあ、識名君」と声をかけられる。見ると、ステーション内に車椅子に乗った袴田先生の姿があった。

「袴田先生!?　どうしたんですか、こんな早い時間に病棟にいるなんて」

「もちろん、担当患者の回診に来たんだよ」

「もしかして先生、病院に泊まったんですか？」

「当然じゃないか。強い心的外傷を受けた患者は、初期治療がとても重要だからね」

「すみません……。無理やり主治医を引き受けていただいて。院長の仕事だけじゃなく、リハビリも忙しいのに」

「なにを言っているんだい？」袴田先生は大仰に両手を広げた。「感謝しているぐらいだよ。書類仕事にも、スパルタ理学療法士のリハビリにも辟易していたところだったからね。それに、あの子はおそらく、私でないと治療できないだろう」

「いま、ちょっとレント君の顔を見にいったんです。そうしたら、またパニックを起こしてしまいました。すぐに落ち着いて、寝てくれましたけど……」

「パニックか……」袴田先生は腕を組む。「彼はなにか口走っていなかったかな」

「言っていました。『パパとママがやった』とか……。たぶん、両親から虐待を受けていたということだと思うんです」

「おそらく、そうだろうね」

「フルネームだけでも早く分かれば、身元が分かって、虐待をしていた両親を逮捕することもできるんでしょうけど……」

「私も今日中に名前を訊こうと思っていたが、もう少し待った方がいいかもしれない。激しい虐待と、昨夜の経験。彼は想像以上に強いトラウマを抱えているようだ。慎重に治療をしないと」

「でも、警察は早く話を聞こうとして、治療を急かしてきますよね」

「そんなこと関係ないさ」袴田先生は口角を上げる。「患者の治療には医師の裁量権が優先される。私が許可を出さない限り、彼らは患者と話をすることもできない。警察、児童相談所、その他もろもろの公共機関とのやり取りは慣れているよ。任せておきなさい」

不安が消えていく。私は「よろしくお願いします」と勢いよく頭を下げた。

「まあ、警察の気持ちも分からないでもないんだよ。十人以上が殺害されているにもかかわらず、いまだに犯人が逮捕できずにいる。世間からのバッシングは想像を絶するだろう。もし、レント君が本当に犯行を目撃していたとしたら、喉から手が出るほど証言が欲しいだろうからね」

袴田先生の言葉を聞いて、私は昨日のことを思い出す。

「あの、袴田先生。ちょっと伺いたいことがあるんですけど……。特別病棟の一番奥に入院している患者さんのこと、ご存じですか?」

「特別病棟? いや、知らないが、どうかしたのかな?」

袴田先生は首を傾ける。その仕草は、どこかわざとらしく見えた。

「いえ、華先輩……、杉野《すぎの》華先生が担当しているイレス患者さんがそこに入院しているはずなんですが、電子カルテに表示されないんです」

私はわきにあった電子カルテを操作する。特別病室の患者の氏名は出てこない。

「システム的なトラブルじゃないかな?」

「いえ、違います。私もそう思って、直接病室に行こうと思いました。けれど、私の職員証では特別病棟の自動ドアが開かなかったんです。それだけじゃありません。病室にまで電子錠がかかっていたんです。前までそんなものなかったのに」

私は早口で言う。袴田先生は口を開かなかった。

「そのあと、杉野先生がやってきて、特別病室の患者のことを探るなって言ったんです。けれど、一職員である杉野先生に電子錠を新しくつけることなんてできないはずです。きっと、あれは病院の上層部の人がかかわっているはずです。たとえば……」

「たとえば、私、とかかな?」

冗談めかした袴田先生のセリフに、私は沈黙で答える。

「君は私がこの病院のトップだと思っているようだが、そんなことはないよ。私なんて雇われ院長に過ぎない。私の上にはこの医療法人の理事長や理事たち。他にも……」

「先生はこの件に一切かかわっていないんですね?」

私が遮ると、袴田先生は哀しそうに微笑んだ。それだけで十分だった。やはり袴田先生も、特別病室に入院している四人目のイレス患者の正体を隠そうとしている。

「あの部屋に入院しているのは誰なんですか? なんで、その人を隠すんですか?」

袴田先生は答えなかった。華先輩、そして袴田先生。ずっと尊敬してきた二人に裏切られたような気がして、心が千々に乱れていく。

「答えてください! 袴田先生!」

「愛衣君」

袴田先生が柔らかい声で語り掛けてくる。壊れかけた私を救ってくれた優しい声。

「この世界には知らない方がいいこともあるんだよ。だから、……忘れなさい」

私は言葉を失う。袴田先生がそんなことを言うのが信じられなかった。

「……失礼します」

唇を噛んで頭を下げた私は、身を翻してナースステーションをあとにすると、そのまま早足で廊下を進んでいく。時間が経ってもショックが薄れていくことはなかった。それどころか、心の揺れ幅が漸増していく。

目的の個室病室の前に到着すると、ノックもせずに扉を開く。部屋の奥のベッドには、三人目のイレス患者である加納《かのう》環さんが横たわっていた。

環さんの寝顔を前にして、昂っていた心が落ち着いてくる。深呼吸をくり返しながらベッドに近づくと、私は彼女の顔を覗き込んだ。私が担当する三人目のイレス患者。

飛鳥さん、佃さん、そして環さん。私が受け持った三人の患者は昏睡状態になる前に、一ヶ所に集められた可能性が高い。そして、もう一人その場にいたのが特別病棟に入院している四人目のイレス患者であることは、十分に考えられる。マブイグミで環さんの記憶を見れば、四人目のイレス患者の正体に繋がる手がかりが見つかるかもしれない。

環さんのマブイグミをしよう。いますぐに。

これまでの二回のマブイグミで、私はユタとして経験を積んだ。きっとまたマブイグミを成功させ、彼女を救うことができるはずだ。

そして、事件の裏で蠢いている闇の正体もきっと分かるはず。

私は環さんの額に手を当てると、三度目となる呪文を唱えはじめる。

「マブヤー、マブヤー、ウーティキミソーリ」

体が内側から光り出す感覚。額に触れている掌を通して『私』が環さんの中に流れ込んでいく感覚を覚えながら、私は瞼を落とした。

5

「やあ、愛衣」

瞼を上げると、目の前でうさぎ猫が長い耳を羽ばたかせて浮いていた。白衣姿の私は小さく「うん……」とだけ答える。

「おや、ご機嫌斜めだね。なにかあったのかい？」

「ククルってさ、私の体験したことを知っているんでしょ。なら、なんで私が不機嫌か分かっているんじゃないの？」

「うん、実は分かってるよ」ククルはあっさりと言う。「杉野華と袴田がなにか隠しているのが不満……というか、不安なんでしょ」

「そうよ。四人目のイレス患者が連続殺人事件に関係しているかもしれないんだよ。ということは、その人と一緒に昏睡状態になった私の患者さんたちも、あの事件と関係しているかもしれない。間違いなく、裏でなにかおかしなことが、なにか恐ろしいことが起こっているの。それなのに、みんながそれを隠そうとしている！」

「けどさ、そんなに興奮するようなことでもないんじゃないかな」

「なんでよ⁉　二人は私に隠しごとしているのよ！」

「患者の情報を外部に漏らさないのは、ある意味当たり前のことなんじゃないかな？」

　虚を突かれ、私は「……え？」と間の抜けた声を漏らす。

「だからさ、医者って守秘義務ってやつがあるんでしょ」

「で、でも……。私も医者だし……。治療のための情報共有は……」

「情報共有するメリットより、情報が漏れるデメリットの方が大きいって判断したんじゃない。まあ、あんな恐ろしい連続殺人事件の関係者が入院していたとしたら、病院にマスコミが殺到して大変なことになる。慎重に慎重を期すのも当然だよ」

「だからって、電子錠まで……」

「まあ、それはやりすぎかもしれないけれどさ。ただ、もしそこに入院しているのが連続殺人犯だったりしたら、それくらいするんじゃないかな」

「犯人のわけはないよ。患者が昏睡に陥っているこの二ヶ月間も、犯行は続いているんだから」

「ああ、そう言えばそうだね」

　ククルは浮かんだままヒゲをピクピクと動かした。

「なんにしろさ、タイミングをみて話すって言ってるんだから、信じて待ってあげればいいんじゃない。そんなにカリカリする必要なんてないと思うよ」

　言われてみればその通りかもしれない。なぜ、私はこんなに苛ついているのだろう。

　当直で睡眠不足のせい？　ううん、違う。昨日、特別病室に忍びこもうとしたときから、いやそのもっと前から、正体不明の焦燥感が私を責め立てていた。その感覚はゆっくりとだが確実に強くなっていき、精神を炙《あぶ》っている。

なにかを見落としている。なにか大切なことを忘れている気がする。

「そんなに難しい顔しないでよ」しわが寄った鼻の付け根をククルが舐めてくる。「せっかくの美人が台無しだよ」

「お世辞はいいからさ」私は鼻を拭った。

「お世辞じゃないよ。愛衣は世界一可愛い女の子だよ」

「分かったってば」

過剰な賞賛に、首筋が痒くなってくる。しかし、なぜか悪い気はしなかった。毛羽立っていた気分が丸みを帯びてくる。

「とりあえず、まずは環さんのマブイグミに集中する。環さんの記憶を見れば、イレスと連続殺人事件がどう繋がっているのか、手がかりが見つかるかもしれないし」

「そう来なくっちゃ」

ククルは私の顔の前からどいて肩に乗る。同時に視界が一気に開けた。

「それじゃあ、まずはこの夢幻の世界の観察からだね。ここがどんな世界なのか、どんなルールで動いているのか見極めないと」

その通りだ。頭に血が上りすぎて、そんな基本も忘れていた。

私は軽く頭を振って、この夢幻の世界を眺める。

私は延々と続く幅三メートルほどの〈道〉に立っていた。白を基調とし、ところどころに黒い凸があるその道にはどこか見覚えがある気がする。私は首を大きく回して周囲に視線を送る。

真っ暗な空間にいくつもの〈道〉が存在していた。リボンのように柔軟に曲がり、捩れ、波打ちながら漂っている。見える範囲だけでも、十を超える〈道〉が見えるが、遥か遠くに浮かんでいるので飛び移ることは難しそうだった。

「とりあえず、この〈道〉を進めばいいのかな?」

「そうみたいだね」

ククルは私の肩から飛び降りる。肉球が〈道〉に触れた瞬間、張り詰めた太い糸を弾いたような心地よい音が響き、辺りが一瞬明るくなった。

私とククルは慌てて辺りを見回す。しかし、暗い空間が広がっているだけだった。

「なんか、いま明るくなったよね?」ククルが見上げてくる。

「それに気のせいかもしれないけど、原っぱに立っていたような気がしたんだけど」

「僕もそんな気がした」

数瞬見つめ合ったあと、私はそっと片足を浮かす。靴の裏が〈道〉に着地した瞬間、〈音〉が響き、闇に満たされた空間に光が満ちた。柔らかく、温かい光が青々とした草原を照らしている。

〈音〉の残響が消える。それに合わせて、広がっていた草原も消え、再び周囲は闇に満たされた、なにもない空間に戻る。

「なんとなく、仕組みが分かった気がするね」

ククルはクリーム色の毛で覆われた胸を張ると、気取った仕草で歩きはじめる。みたび〈音〉が響き、辺りに草原が出現した。肉球が〈道〉を踏み込むたびに響く〈音〉が重なり合い、〈曲〉を奏ではじめる。朗らかでアップテンポな中にも雄大な色を孕んだ曲。生命の輝きに溢れた調べ。

「春……」

私は〈道〉から響いてくる美しい旋律に圧倒されながらつぶやく。

アントニオ・ヴィヴァルディによって生み出された協奏曲『四季』の第一曲。新しい命に溢れた季節を称える名曲。それがこの空間に、この世界に響き渡っていた。

「ほら、愛衣。なにぼーっとしているんだよ。置いていくよ」

ククルに声をかけられた私は、慌てて彼のあとを追いかけた。

〈道〉の左右に延々と広がる草原には、春の麗《うら》らかな日差しが降り注いでいた。遠くに広がる森の樹々は青々とした葉を蓄え、穏やかに吹く風が爽やかな青葉の香りを残して流れていく。

濃い緑に染まった森の中から、色とりどりの小鳥が十数羽飛び出てくると、抜けた空を縦横無尽に飛び回る。彼らが飛んだあとには、その体と同じ色の淡い軌跡が飛行機雲のように生じ、大空のキャンバスに複雑な模様を描いていった。

森のそばを流れる小川からは無数の魚が空中に飛び跳ね、ダンスを踊るように身をくねらせている。その真珠のような光沢を持つ鱗が陽光を乱反射し、立体的な虹の流れが浮かび上がっていた。

「この〈道〉を歩くと〈曲〉が流れて、それに合わせた世界が広がるみたいだね」

ククルはスキップするように軽快に四本の足を動かす。周りに広がる雄大な光景に魅せられていた私はふと足元を見て、さっき覚えた違和感の正体に気づく。白を基調にして、ところどころに黒い凸のある道。どこかで見覚えがあると思ったこの道は……。

「……鍵盤」

ククルが首を回して「ん？　なにか言った？」と見上げてくる。

「鍵盤だよ、ピアノの鍵盤。ここは大きなピアノの鍵盤でできた〈道〉なんだよ」

「ああ、言われてみれば。だから踏み込むたびに音が聞こえてくるのか。つまり、この〈道〉を進むことは、同時に演奏することでもあるんだね」

ククルはリズムに合わせて身を揺すりながら足を動かしていく。

私たちが進んでいくのに合わせて、左右の草原で色鮮やかな花が咲き乱れ、極彩色の絨毯が広がっていく。むせ返るような花の香りに全身が包み込まれる。

樹々のざわめき、小川のせせらぎ、小鳥たちの囀《さえず》り、それらが足元から響き渡る協奏曲と美しいハーモニーを奏でながら、体の中に染み入ってくる。

「気持ちがいいね、愛衣」

「そうだね、ククル」

私たちは壮麗な夢幻の世界を堪能しつつ、〈道〉を進んでいく。前方には紅い光を帯びた小池があった。その水面が揺れていることに気づき、私は目を凝らす。そのとき、一際強い風が吹いた。それと同時に、池が吹き上がった。

いや、池ではない。それは幾千、幾万の蝶の大群だった。

薔薇色に輝く羽をはばたかせた蝶の大群は、私たちの進む〈道〉にルビーのごとく煌めくアーチをかける。私とククルは天を仰ぎながらその煌々と輝くトンネルをくぐった。

「さて、素晴らしい光景だけど、ずっとこの道を歩いていても加納環のククルは見つけられそうにないね。今度はあっちの〈道〉に飛び移ってみようか」

ククルはくいっと首を反らす。そこには、曲がりくねった他の〈道〉が空から伸び、私たちがいま歩いている〈道〉と手が届きそうな距離まで近づいていた。

この優美な世界に少し未練を覚えつつも、私は「分かった」と頷《うなず》く。やがて、二つの〈道〉が最も近づいている地点にたどり着き、私たちは足を止める。響き渡っていた協奏曲は消え、同時に周囲に広がっていた美しい光景も消え去る。ふたたび闇に満たされた空間に、いくつもの〈道〉だけが浮いていた。

「飛び移るって、あっちの〈道〉、逆さまに延びているんだよ。歩けないじゃない」

私は頭上にある鍵盤でできた〈道〉を眺める。

「うーん、そうだね。まあ、もしものときは片桐飛鳥のマブイグミのときにやったみたいに、羽を生やして飛ぶしかないかな」

「そんな面倒なこと……」

つぶやきながら、私は軽くジャンプして頭上にある〈道〉に手を触れようとする。その瞬間、上下がひっくり返った。重力が逆転し、頭上に向かって体が落下する。

迫ってくる鍵盤に、私はとっさに両手で顔を庇《かば》う。腕に衝撃が走った。体がしゃちほこのように反り返り、そして傾いていく。私は勢いよく鍵盤の〈道〉に背中から叩きつけられた。重い音が響きわたる。

「あはは、この世界では〈道〉に向かって重力が生じるみたいだね。大丈夫かい」

目の前にククルが着地する。しかし、背中の痛みで答える余裕などなかった。

「だからさ、ここは夢幻の世界なんだから、痛みなんてそれこそ気の持ちようなんだよ」

ククルは両耳で私の背中を撫でてくれた。痛みが溶けるように消えていく。

「ありがとう、ククル。助かったよ」

「はいはい。そろそろ僕に頼らないでもやっていけるようになってよね」

できの悪い子供を叱る母親のような口調でククルは言う。

「それよりさ。この〈道〉では音が鳴っても特に景色とか見えないみたいね」

落下した際に音が鳴ったが、最初の〈道〉のときのように周囲が明るくなることはなかった。

「いや、そんなことないよ」ククルは片耳を振る。

「海老ぞりして面白い体勢で倒れていたから気づかなかったかもしれないけど、音が聞こえている間はなにかが浮かび上がっていたよ」

面白い体勢という言葉にカチンときながら、私は「なにかって?」と口を尖らせる。

「見た方が早いよ。ほら、痛みが取れたならさっさと立ち上がりなって」

ククルは私の顔に頬をこすりつけてくる。硬くこしのあるヒゲがくすぐったかった。

「分かったから、そんなに急かさないでよ」

立ち上がった私は、そっと歩きはじめる。鈴の音のような涼やかな響きがリズミカルに聞こえてくる。荘厳でありながら、どこか透明感のある旋律。

「動物の謝肉祭……」

カミーユ・サン＝サーンスによって創られた、全十四曲からなる組曲。

「詳しいね、愛衣」

「うん、むかしピアノを練習していたことがあるから」

有名なクラシックならある程度は知っている。ただ、二十年以上ピアノには触れていないので、その知識は錆びついていた。あの日から、私はずっとピアノを避けてきた。弾き方を優しく教えてくれたあの人を思い出してしまうから。

胸元に鋭い痛みが走り、私は奥歯を嚙みしめる。シャツを捲って確認しなくても、なにが起きたか分かっていた。傷跡だ。この夢幻の世界では、私の胸から脇腹にかけて傷跡が走っている。その古傷が疼《うず》いているのだろう。私は胸に当てていた掌を見る。そこに血の跡はなかった。

最初、飛鳥さんの夢幻の世界であの人のことを思い出したときは、傷口が開いてひどく出血した。佃さんの夢幻の世界でも、かさぶたが剝がれ、血が滲んだ。しかし、今回は痛みこそ走るものの、出血は見られない。

夢幻の世界を彷徨い、マブイグミをくり返したことで、あの日のトラウマが弱まっているのかもしれない。それは望ましいことだ。

三人の患者のマブイグミに成功し、ずっと私を苛んできたつらい記憶を克服することは、一つの目標ではあった。けれどそれは同時に、あの人のことを完全に忘れてしまうことを意味するような気もして、気分が沈んでしまう。

私は埃をかぶった記憶を呼び起こしながら、そっと両手の五指を動かしてみる。二十年以上、鍵盤に触れていない指の動きは、自分でも可笑しく思えるほどぎこちなかった。

「おや、なんかいるね」

ククルのつぶやきを聞いた私は、「え、どこに?」と指の動きを止める。

「愛衣のすぐ後ろさ」

「後ろ?」

振り返った私は目を剝く。巨大なライオンが、襲い掛かってきていた。反射的に固く目を閉じる。しかし、痛みが走ることはなかった。

おずおずと薄目を開けると、ライオンの胴体が私の体を通過していた。

振り返って、離れていくライオンを眺める。よく見ると浮かんでいるその体はホログラムのように半透明で、頭には王冠のようなものが載っていた。

「序奏と獅子王の行進曲……」

組曲である『動物の謝肉祭』の、第一曲の題名が自然と口をつく。たてがみを雄々しくたなびかせながらライオン、獅子王は闇に満たされた宙空を悠然と歩いていく。

「ライオンだけじゃないよ。見てごらん」

曲が途絶えないように、その場で足踏みを続けるククルに言われ、首を回す。「うわぁ」という声が口から漏れた。

　鶏、ロバ、亀、象、カンガルー。動物の謝肉祭で曲のタイトルになっている獣たちが、半透明の姿で宙を進んでいた。うっすらと向こう側が透けて見える動物たちの姿は、硝子でできた精巧な模型に生命が吹き込まれたかのようだった。

　神秘的な光景に魅せられながら、私は再び歩きはじめる。空中を闊歩する動物たちと並んで鍵盤の〈道〉を進んでいると、自分も大行進の一員になったような気がした。

「このまま、ノアの箱舟にでも乗り込みそうな雰囲気だね」

　ククルが軽口をたたいたとき、横から魚が泳いできた。その体は透明で、透けて見える骨が翡翠のように淡いエメラルドグリーンの光を放っていた。最初はイワシやアジなどの小魚の大群が横切り、続いてマグロやサメなどの巨大な魚が泳いでくる。ついには上空をクジラと思われる巨大な生物が優雅に通過していった。

「上ばっかり見ていないで、下も見てみたら」

　ククルに促された私は、〈道〉からそっと身を乗り出して下を覗き込む。そこでは、魚と同じようにエメラルドグリーンに光る骨が行進をしていた。しかし、その体には透明な肉体はなく、そしてどれもがクジラに匹敵するほど巨大だった。

　恐竜の化石のパレード。ティラノサウルスの骨格を先頭に、ステゴサウルス、トリケラトプス、はてはブラキオサウルスと思われる巨大な首長竜の骨格の姿すら見える。

　そのとき、遥か遠くに純白に輝く壁が現れた。その壁はゆっくりと近づいてくる。

「あの壁ってなんだろう？」

私が指さすとククルは片耳を立て、左右に振った。

「よく見なよ。あれは壁じゃないよ」

「壁じゃない」

後ろを振り返った私は絶句する。そこには想像を絶するサイズの白鳥が浮かんでいた。天まで届かんばかりのそのスケールは、もはや山がそびえ立っているかのようだった。

白鳥は行進する生物たちを優しく包み込むように、その輝く翼で円を作る。羽でできた絶壁が迫ってくる光景は、ただただ壮観で圧倒されてしまう。

「すごい光景だけどさ、この〈道〉にも加納環のククルはいないみたいだよ。ちょっと名残惜しいけど、次の道へ行こう」

ククルが前方を指さす。そこでは、『動物の謝肉祭』の〈道〉の隣に、大きく波打ったもう一つの〈道〉が並んでいた。二つの〈道〉が最も近づく部分までやってきた私は、後ろ髪を引かれる思いを覚えつつも、小さくジャンプして隣の〈道〉へと飛び移る。

「さて、ここの〈道〉はどんな感じかな」

ククルと私が足を踏み出すと、これまでの〈道〉で鳴り響いた重厚な音楽とは一線を画す、底抜けに明るくどこかコミカルな、テンポの良い曲が聞こえてくる。

猫踏んじゃった、猫踏んじゃった、猫踏んづけちゃったら……

頭のなかで歌詞が浮かんでくるのと同時に、周囲が明るくなり、延々と続く平面が現れる。そこではありとあらゆる種類の猫が、ぴょんぴょんと飛び跳ねていた。

見ると、気持ちよさそうに眠っている猫もいるのだが、すぐにふわふわの毛に包まれた尻尾の一部がへこみ、全身の毛を逆立てて飛び起きている。見えないなにかに尻尾を踏まれたのだろう。彼等には申し訳ないが、数えきれないほどの猫がリズミカルに飛び上がっている姿は可愛らしく、口元が緩んでしまう。

「……僕、この曲、あんまり好きじゃない」ククルは不満げに丸い尻尾を左右に振る。

「なんで？　楽しくていい曲じゃない」

私は歩きながらそっと腰をかがめて、揺れる綿毛のようなククルの尻尾を指先でつまんでみる。ククルは「ニャ⁉」と声を上げると、三十センチほど飛び上がった。

着地したククルは振り返ると、非難がこもった目で私を睨《にら》む。

「ごめんごめん、そんなに怒らないでよ。ちょっとした出来心じゃない」

「……いいから、さっさと次の道を見つけて飛び移るよ」

苛だたしげに言うククルの上を、奇声を上げながら三毛猫が飛び越えていった。

6

私とククルは、いくつもの〈道〉を渡り歩いた。

『ワルキューレの騎行』の〈道〉では、ペガサスに跨《また》がり空をかける九人の美しいワルキューレたちの行進に並び、彼女たちが怪物と戦うさまをすぐ近くで眺めた。

『展覧会の絵』の〈道〉では、話しかけてくる『モナ・リザ』やゴッホの『自画像』、咲いては枯れてをくり返す『睡蓮』や『ひまわり』、奇声を上げる『叫び』、悲鳴が聞こえてくる『ゲルニカ』、そしてイエス・キリストと弟子たちが歓談をしている『最後の晩餐』など、命が宿った名画が飾られた美術館の廊下を歩き続けた。

螺旋階段のようにひたすら続く『カノン』の〈道〉では、途中で騙し絵の中に迷い込んだかのように、自分がのぼっているのか降りているのか分からなくなった。

「いやあ、なんかこういうの落ち着くねぇ」

尻尾を立てながら、ククルが優雅に進んでいく。私は「そうだね」と正面を眺める。そこには、現実ではありえないほど巨大な、蒼い満月が浮かんでいた。

月に向かって真っすぐに延びている鍵盤の〈道〉からは、ドビュッシーにより作曲された『月の光』の柔らかく静謐な旋律が湧きあがっている。〈道〉の周りには湖が広がっていた。遥か遠くの水平線までずっと。波ひとつない水面は、湖自体が発光しているかのように紺碧の月光を反射している。

かなりの長時間、『月の光』のメロディに酔いしれながら月に向かって歩いていたが、なかなか他の〈道〉は見当たらない。ただ、この空間の凛と張りつめた空気を吸っていると、周囲の水面のように、乱れていた気持ちが凪《な》いでくる。

鍵盤の道を眺めながら思考を巡らせる。連続殺人事件とイレス患者たちの関係。特別病室に入院している正体不明の患者。そして、その人物を匿う華先輩や袴田先生……。

「考え込んでいるところ悪いけれどさ、なにか見えてきたよ」

俯いていた私は、ククルの声で顔を上げる。遥か遠く、満月の下の水平線から建物が姿を現しはじめていた。

「……お城？」私はまばたきをくり返す。それは西洋風の巨大な城だった。

「この〈道〉が当たりだね。あの中に、加納環のククルがいるかもしれない」

ククルとともに進んでいくと、遠くに小さく見えていた城が、みるみる大きくなっていく。湖にひっそりと浮かぶ白亜の宮殿の前に私たちはたどり着いた。入り口の扉までのぼる階段は、木琴でできている。そっと足を踏み出すと、しっとりと響いていた『月の光』は聞こえなくなり、広がっていた湖とそれを深々《しんしん》と照らしていた月も消えてしまう。代わりに木琴の階段からは、明るく陽気なメロディが響きだした。

チャイコフスキーの『くるみ割り人形』。階段の左右に赤い制服に高さのある紺色の帽子を被った可愛らしい人形の衛兵が現れ、ラッパを高らかに吹きはじめる。

「なかなか派手な歓迎だね。しかし、ピアノの鍵盤の〈道〉といい、木琴の〈階段〉といい、加納環の人生には音楽が溢れているんだね」

ラッパのリズムに合わせて体を揺らしながら、ククルは階段をのぼっていく。彼のあとを追っていた私は、ふと足を止めて耳に手を当てる。かすかに、ほんのかすかにだが、なにか雑音が聞こえた気がした。虫が羽を鳴らしているような音が。

耳鳴り？　首をひねった私は、雑音が聞こえてきたと思われる方向に視線を向ける。数百メートルほど離れた闇に満たされた空間に、靄がかかっているように見えた。気のせいかと思い、何度か目をこするが、やはりその黒い靄が消えることはなかった。

「なにしているんだよ、愛衣？　早くおいでって」

私は、「う、うん」と足を動かしていく。階段をのぼりきると、扉がそびえ立っていた。私の身長の数倍はある丸い扉。よく見るとそれは、巨大なシンバルでできている。シンバルの扉が大きく鳴る。全身の細胞を揺らすようなその音に、私とククルが反り返っていると、真ん中から観音開きに扉が開いていった。

おそるおそる城内に入る。大理石の廊下が延びていた。三車線は取れそうな幅がある床は磨き上げられ、左右に立ち並ぶ柱には精巧な彫刻が施されている。優に十メートル以上の高さがあるアーチ状の天井には、美麗な宗教画が描かれていた。

扉が閉まる。同時に『くるみ割り人形』のメロディも聞こえなくなった。

「あの糸、なんだろう?」

私は前方を指さす。廊下には等間隔で、半透明の糸が上下に何十本も張られていた。レースのカーテンのように嫋やかなその糸に近づいた私は、そっと手を伸ばしてそのうちの一本に触れてみる。どこまでも澄んだ音が廊下に反響する。

「……ハープ?」

まだかすかに残響が聞こえるその音は、間違いなくハープの音色だった。

私は糸の、いやハープの弦のカーテンを通ってみる。まったく抵抗なく体が通り抜けるとともに、宝石のように美しい響きが空間を満たす。

「へえ、面白いね」

ククルはつぶやくと、大理石の床を蹴って駆けだした。その小さな体が弦のカーテンを通過するたびに、音色が鳴り響く。

「ちょっと待ってよ」

私は慌ててククルのあとを追って走りはじめる。ハープの美しい音色がやがて一つの曲を奏ではじめる。それにつれ、シンバルの門が閉じてから消えていたオーケストラの演奏もかすかに聞こえはじめた。

『花のワルツ』。バレエ組曲『くるみ割り人形』の最後にして、最も有名な曲。その序章で流れるハープの調べは、これからはじまる雄大な演奏への期待を掻き立てる。

旋律がはっきりと響きはじめたとき、私たちは廊下の突き当たりにたどり着いた。

バイオリンの彫刻が施されたその扉に手をかけた私は、足元のククルに視線を落とす。ククルは胸を張ると、力強く頷いてくれた。両足を踏ん張り、腕に力を込める。重い扉が開いていく。その隙間から、オーケストラの雄々しい演奏が湧きだしてきた。

扉の向こう側に広がっていた光景に、私は圧倒されて立ち尽くす。

サッカー場ほどの広さがありそうなホールで、可愛らしい人形たちが舞っていた。私の腰のあたりの身長の、木彫りの人形たちが思い思いのダンスを踊っている。クラシカルなワルツにはじまり、日本舞踊、コサックダンス、ベリーダンス、サルサ、タンゴ、タップダンス、はては激しくブレイクダンスをしている人形さえいる。彼らが着ている衣装も、西洋のドレスから着物やチャイナ服まで、各地の伝統的な装いをその小さな体に纏っていた。

ホールの最も奥まった場所は一段高いステージとなっていて、人形たちのオーケストラが高らかに『花のワルツ』を演奏している。

天井からカチカチという音が聞こえ、私は顔を上げる。そこには、十数匹のカスタネットが蝶のように飛び回り、羽ばたくたびに軽快な音を鳴らしていた。

童話の世界のような光景に魅せられつつ、私はフロアに入る。想像よりも遥かに弾力性のある床に足を取られた。靴が沈み込み、すぐに反動で体が軽く跳ねる。トランポリンの上を歩いているような感触。床からポンと、小気味いい音が響く。

「床は太鼓になっているみたいだね。ほら」

ククルが器用に四本の足を踏み鳴らし、リズムを刻んでいく。

音楽で溢れかえった空間。音の洪水に全身の細胞が振動していく。

「なにをつっ立っているのさ。愛衣も踊りなよ」

「踊るって、ダンスを？」

「当然じゃないか。これまでの夢幻の世界で学んできただろ。その場の状況にうまく適応しないと、その世界に囚われているククルにたどり着けないって」

「でも、ダンスなんてしたこと……」

「適当でいいんだよ。大切なのは楽しむことなんだからさ。ほら、こんなふうにさ」

ククルは軽快にステップを踏む。私は見よう見まねで、足を踏み鳴らしてみる。一瞬バランスを崩し、隣で踊っていた人形に体がぶつかってしまった。

「ドンマイ。ほらもっと大胆に動きなよ。僕みたいにさ」

ククルは後ろ足で立ち上がり、くるりと綺麗なターンを描く。

「……猫とは思えない動きだね」

「ここは現実じゃなくて、夢幻の世界、イメージ次第でなんでもできる世界だからね」

ウインクしてくるククルの前で、私も手足を動かし、体を揺らす。最初はうまくいかなかったが、慣れていくにつれ流れてくるリズムに体の動きがシンクロしていった。

「よし、いい感じだね。それじゃあ、もうちょっと応用編に行ってみようか」

ククルは動きを止めると、気障な仕草で一礼をする。つられて私も頭を下げると、ククルは両耳を伸ばして、差し出してきた。ワルツを舞っている人形のペアが次々に通過していく流れの中で、私は「え？　なに？」と戸惑う。

「だからさ、ダンスだよ。僕の耳を掴んで。一緒にワルツを踊ろうよ」

「ワルツって、そんなのできるわけ……」

断ろうとした私の手に、するりと柔らかい耳が巻き付く。気づくと、体が回転していた。右から左に流れていく光景と、遠心力に目を白黒させていると、ククルが「力を抜きなよ」とウィスカーパッドを上げて笑みを作った。長いヒゲが震える。

「そんなこと言われても……」

「いいから、僕を信じなってば」

ククルに優しく言われると、なぜか不安が洗い流されていく。体からふっと力が抜けた。ステップがスムーズになる。ククルの耳が柔らかく動きを導いてくれていた。

ぎこちないながらも踊りはじめた私は、ククルに連れられて、人形たちのワルツの輪へと入っていった。初めての経験に戸惑いながらも体を動かしていくうちに、絡まりそうだった足の動きも、だいぶ硬さが取れてきた。

私とククルは踊りながら、フロアを移動する。女性の人形が身に纏っている、各国の鮮やかな民族衣装が視界を走馬灯のように流れていく。オーケストラのそばを通過するときは、その大音量に細胞が粟立つ。体が汗ばみ、気分が高揚していく。

ククルとともに縦横無尽に踊っていた私は、ふとフロアの中心にピアノが鎮座していることに気づく。年季の入ったグランドピアノ。塗装はところどころ剝げ、うっすらと埃をかぶっている。華やかなパーティーには場違いなみすぼらしい姿に、眉間にしわが寄っていく。譜面板には、黄色く変色した古い楽譜がセットされていた。

意識が古びたピアノへと引き寄せられたとき、『花のワルツ』の旋律に、わずかに雑音が混ざった。城に入る前に聞こえた、虫の羽音のようなざわめき。

また、耳鳴り？　私は片手を耳に当てる。

「うん、どうしたの？」

ダンスを止めたククルは、四つ足に戻った。私は片手で耳を押さえたまま、残った手の人差し指を立て、唇の前に持っていった。私たちの周囲を、人形たちが舞っていく。

雑音は少しずつ、しかし確実に大きくなっている。

「ククル、聞こえない？　虫の羽音みたいなの？」

ククルは両耳をぴょこんと垂直に立てると、パラボラアンテナのようにゆっくりと回転させた。その体がピクリと震える。ポンポンのような丸い尻尾が、ぶわっと膨らんだ。

「聞こえる。羽虫が飛んでいるみたいな音が」

「ククルにも聞こえるということは、耳鳴りじゃないよね。聞こえてくる方向は……」

私とククルは同じ方向を見る。さっき私たちがくぐった大きな扉へと。羽音はさらに大きくなっていた。オーケストラの演奏の中でも、はっきりと聞こえてくるほどに。

楽しそうに踊っていた人形たちが、動きを止めていく。木製の顔に浮かんでいた笑みが消え、廊下へと続く扉を見つめる。ガタガタと細かく不吉に揺れはじめた扉を。

純白の扉の一部が、不意に黒く染まった。

いや、違う。その部分が食い破られたのだ。黒い霞のようなものに。

不快な雑音が一気に大きくなり、フロアの空気をかき乱す。扉を食い破って侵入してきた黒い霞は、上昇して天井近くにいったん溜まったあと、ステージ上で演奏を続ける人形のオーケストラに向かって一気に襲いかかった。

演奏が止まり、指揮者の人形が黒い霞に覆われる。球状になった霞の中から、苦痛のうめき声が漏れ出してきた。やがて集まっていた霞が、膨らんで薄くなる。そこにはすでに、指揮者の姿はなかった。

すぐに、霞はオーケストラのメンバーに次々と襲い掛かっていく。バイオリン、チェロ、トランペット、トロンボーン、シンバル……。それらを演奏していた人形たちが霞に喰われては消えていく。オーケストラを喰らいつくした霞は、再び天井まで上昇すると、ゆったりとした動きで旋回をはじめた。まるで獲物を見繕うかのように。

ダンスをしていた何百体もの人形がパニックになり、奇声を上げながら逃げ惑いはじめる。数十体の人形が、フロアから逃げ出そうと扉に殺到する。しかし、それを待っていたかのように霞は扉の前へと急降下し、人形たちを襲いはじめた。

阿鼻叫喚のフロアで、私はしゃがみ込んで頭を抱える。すぐそばにいたドレス姿の人形が甲高い悲鳴を上げる。次の瞬間、その小さな体に霞がまとわりついた。四肢をばたつかせて必死に抵抗する人形のいびつな舞いを、ただ震えて眺めていた私は、ようやく霞の正体に気づく。

それは蟲だった。大量の黒く小さな羽虫。その大群が、目の前で人形を貪《むさぼ》り食っている。その残酷でおぞましい光景に悲鳴を上げそうになったとき、毛足の長いマフラーのように柔らかいものが私の口を覆った。

「静かに」ククルが耳元でささやく。「見てごらん。声を上げている人形が襲われてる」

ククルは片耳で、襲われている人形たちの集団を指す。ククルが言う通り、悲鳴を上げた人形から霞に……、蟲の大群に襲われている。

「たぶん、あの蟲たちは音に反応して襲ってくるんだ。だから、静かに。分かったね？」

ククルが口元から耳を引く。私は小さくあごを引いた。ククルの声を聞いただけで、恐怖がだいぶ希釈されていた。息を殺す私の周りで、人形たちが次々に蟲に喰われ、消えていく。ほんの数分で、フロアには私とククル、そして蟲の大群しかいなくなった。

あらかた獲物を喰らいつくした蟲たちは、再び天井近くにたまり、旋回を再開する。不快な羽音で満たされたフロアの中で、私とククルは唾をのんで身を寄せ合い続けた。

やがて、蟲たちは獲物を探すためか、食い破った扉の隙間へと吸い込まれていった。

私は肺にたまった空気を吐き出すと、隣にいるククルにできるだけ小声で話しかける。

「なんだったの、あれ？」

「さあ、分からないね。加納環はよほど虫嫌いだったのかな。それよりも、あいつらが戻ってくる前に早く加納環のククルを探さないと」

環さんのククル……。私はフロアの中心に鎮座するグランドピアノに視線を送る。

「あのさ、私、ちょっと気になっていることがあるんだけど」

「あのピアノでしょ。この宮殿に置かれているにしては、みすぼらしすぎるよね」

私とククルは、太鼓でできた床が音を立てないよう、慎重にすり足でフロアの中心へと移動していく。私は譜面板にある古びた楽譜に視線を送った。

「運命……」

交響曲第五番、ハ短調、作品六十七。通称『運命』。ベートーベンが作曲した五番目の交響曲。

「これを弾けってことなのかもね」

ククルがピアノに飛び乗る。肉球が鍵盤を押し下げた。ハンマーが張りつめた弦を力なくたたき、ポーンと音を立てる。それほど大きい音ではないにもかかわらず、ホールの音響効果が優れているのか、空気が震え続ける。

「ククル！」

私が押し殺した声を上げると、ククルは「ごめん！」と自分の口を両耳で覆った。私たちは関節が錆び付いたかのようなぎこちない動きで首を回して、扉の方を見る。喰い破られた隙間から様子をうかがうかのように、わずかな蟲の群れが侵入してきた。

扉の周辺に黒い霞が漂っているのを見ながら、私たちは息を止める。鍵盤の上のククルは、身を伏せつつ膨らんだ尻尾を持ち上げ、完全な戦闘態勢になっていた。数十秒、扉の周りを飛んだあと、蟲の群れは再び扉の隙間へと吸い込まれていった。私とククルは同時に大きく息を吐く。

「なんとか助かったみたいだね」

「他人事みたいに言わないでよ。怖かったじゃない」

私たちは声をひそめながら会話をする。ククルは「ごめん」と両耳を垂らした。

「あれくらいの音で蟲たちがやってくるなら、演奏なんてできないよね」

私がつぶやくと、ククルは垂らしていた耳を組む。

「でも、隠れているだけじゃじり貧だし。愛衣はどう感じる？　このピアノ」

「このピアノ……」

私はあらためて目の前にある年季の入ったグランドピアノを見つめる。豪奢な宮殿には似合わないみすぼらしい姿だが、なぜか溢れ出さんばかりの存在感を放っていた。

「なにか、特別なものなんだと思う」

「楽譜の曲をこのピアノで弾いたら、なにかが起こるような気がする？」

私は少し迷ったあと、「たぶん」とあごを引いた。

「それじゃあ、演奏してみなよ。ユタである愛衣がそう感じるということは、きっとこのピアノを弾くことでなにかが起こるんだよ」

「なに言っているの。そんなことしたら、蟲の大群が……」

「大丈夫さ」ククルはウインクをする。「愛衣が演奏している間、僕が守ってあげる」

私は「でも……」と黄ばんだ楽譜を見つめる。譜面に描かれた音符が浮き出して、襲い掛かってくるような錯覚に襲われる。二十年以上、ピアノを弾いていない。あの人がいなくなってから、私の指は一度も鍵盤に触れていない。それに、ピアノの前に座ったら、きっとあの人のことを思い出してしまう。私にピアノの弾き方を、その楽しさを優しく教えてくれたあの人を。

「ずっと、ここにいるわけにもいかないでしょ。それともマブイグミを中止するかい？」

「そんなのだめだよ！」

私は首を横に振る。環さんのマブイグミを続け、彼女のククルを見つけてその記憶を見なければ、なにも解決しない。環さんを昏睡から救うこともできなければ、イレスの原因も、特別病室にいる患者の正体も分からないままだ。

「じゃあ、弾きなって。そうすれば、きっと道が開けるよ」

促された私は、躊躇いながらピアノの前の椅子に腰を掛けると、かすかにふるえる手を鍵盤の上に置いた。指先に伝わってくる、硬くひんやりとした感触。二十三年ぶりの感覚に心拍数が上がっていくとともに、あの人との思い出が脳裏に蘇ってくる。

私の手首にそっと添えられる掌の温度と柔らかさ。「そう、上手ね」と耳元で囁いてくれる優しい声。どこまでも柔らかい眼差し。幸せな記憶が体温を上げてくれる。しかし次の瞬間、テレビのチャンネルが変わったかのように頭の中の映像が切り替わった。

悲鳴を上げて逃げ惑う人々、私の体を強く抱きしめる腕、顔に感じる温かくぬるりとした感触、太陽の光を紅く反射するナイフ、そして刃物よりも冷たく鋭い視線。

あの日、私に向けられた双眸を思い出し、頭から冷水を浴びせかけられたかのような心地になる。まったく感情のこもっていない瞳。巨大な爬虫類に睨みつけられたようなあの経験。体の奥底から震えが湧き上がり、鍵盤に置いた手がぶれる。消さないと。すぐにあの記憶を頭の中から消し去らないと。そう思えば思うほど、あの日の出来事がより鮮明に蘇ってくる。

胸に疼痛が走る。見ると、シャツの胸元から脇腹にかけて、赤黒い染みが広がっていた。また、傷口が開いたのだろう。飛鳥さんの夢幻の世界で起こったように。

私は唇を強く嚙む。はじめて夢幻の世界で彷徨ったあの頃とは違う。患者さんたちを救い、あの日の記憶を克服するため、私から大切なものを奪ったあの男に打ち勝つため、マブイグミを行ってきた。大丈夫だ、私はもう一人でやっていけるはずだ。

覚悟を決めた私は両手を一度浮かすと、鍵盤に指を叩きつける。しかし、響いたのは『運命』の荘厳な幕開けの旋律とは似ても似つかない、いびつな音だった。

間違えた!? 楽譜を見て再び弾きなおそうとした私は硬直する。ところどころ破れた古い楽譜の上で、音符が動いていた。その光景は、小さな虫が這い回っているかのようで、背筋がざわついてくる。

楽譜から手元へと視線を落とす。ピアノをやめる前、『運命』は拙いながらも子供用に編曲されたものをよく弾いていた。譜面を見ないでも弾けるはずだ。

再び指先で鍵盤を叩くが、やはり響くのは纏まりのない雑音だけだった。

「来た……」

足元でククルがつぶやく。顔を上げた私の口から、か細い悲鳴が漏れる。扉の隙間からみたび蟲が湧きだしていた。黒い霞に見える蟲の大群は、大きな羽音を立てながら上昇し、天井の辺りに溜まっていく。その数は、さっき人形たちを喰らい尽くしたときより明らかに多く、天井に黒い雷雲が立ち込めているかのようだった。

もうすぐ蟲たちが襲ってくる。全身にたかられ、内臓まで喰い荒らされてしまう。恐怖に体を締めつけられ、動けなくなっている私の太腿を足場にして、ククルがピアノの屋根に飛び乗る。

雷雲から黒い鞭が伸びるように、蟲たちが急降下してきた。私がとっさに両手で顔を守ると、ピアノの屋根に座ったククルは首を反らして天井を見上げ、口を大きく開いた。

「んにゃおおおおーん！」

雄叫びとともに、ククルの口から黄金色の光がシャワーのように噴き出した。それはピアノを半球状に取り囲む。鞭と化した蟲の大群の先端が、その光に触れた瞬間、ジジッという音がして燃え上がる。

鞭は一度大きくしなって距離を取ると、再び私たちを取り囲む光の障壁に向かって突っ込んでくる。しかし、結果は同じだった。光に触れるはしから蟲たちは燃え上がって消えていく。

「バリヤーを張ったよ。これで少しは時間を稼げるから、いまのうちに」

ククルは険しい表情で蟲の雷雲を睨みながら言う。今度は雷雲から数本の鞭が伸びて、光の障壁に叩きつけられる。蟲が焼けていく音が重なり、砂嵐を映したテレビが発する雑音のように聞こえた。蛋白質が焼ける不快な匂いが鼻先をかすめる。蟲の鞭が引かれると、それが叩きつけられた部分の光が、わずかに薄くなっていた。ククルは再び、「にゃおおーん！」と吠えて光を吐き出し、その部分を修繕していく。しかし、全ての部分を元に戻す前に、また黒い鞭がバリヤーに叩きつけられた。

ククルが言うとおり、これでは時間稼ぎにしかならない。私は息を乱しながら鍵盤に手を戻す。しかし、演奏することができなかった。指先の感覚がなくなり、鍵盤を叩くことができない。

なんとかしなきゃ、早くなんとかしなきゃ。焦れば焦るほどに、体の感覚はなくなっていく。まるで、自分が自分でないような、意識と体が乖離してしまったような感覚。

ふと、鍵盤から視線を上げた瞬間、身の毛がよだった。いつの間にか目の前のピアノが変貌していた。鍵盤蓋には刃物のように鋭い牙が生えそろい、側板や屋根、足柱には鼠色の硬そうな毛が生えている。私の足元にあるペダルは、巨大な鉤爪と化していた。縮み上がった私を視線が貫く。譜面台に置かれた楽譜にぎょろりと浮き出た双眸が発する視線が。

感情の浮かんでいないその瞳には見覚えがあった。二十三年前のあの日、私の大切なあの人を斬りつけた男の目。赤く濡れたナイフを手に、ずっと私を見つめ続けたあの瞳。

だめだ……。絶望に私は崩れ落ちそうになる。

マブイグミを成功させることで、あの男に勝てると思っていた。あの男に囚われることなく生きていけるようになると。けれど、そんなこと不可能だった。

私は一生、あの男から逃げることはできない。

目を逸らしたいのに体が動かない。譜面に浮き出た双眸に魂が吸い込まれ……、呑み込まれていく。目の前の怪物に喰われてしまう……。

「愛衣！」

譜面と私の間にうさぎ猫が割り込んできた。朦朧としていた意識が鮮明になる。

「ククル……」

「大丈夫、僕がついているよ」譜面台に立つククルがにっと笑いかけてくる。

「でも、もう……」

舌が震えて、うまく喋れない私の手に、ククルの耳がそっと添えられる。

「大丈夫、僕がついているよ」

ククルは同じ言葉をくり返す。羽毛のような感触に体のこわばりがほぐれていく。

「けれど、ピアノが怪物に……」

「怪物？　そんなものどこにいるんだい？」

ククルは軽い口調で言うと、譜面台から飛んでピアノの屋根に戻った。楽譜に浮かび上がっていた爬虫類のような巨大な瞳は消えていた。鍵盤蓋の牙も、側板や足柱にびっしりと生えていた毛もなくなっている。足元の鉤爪も、元のペダルに戻っていた。

「愛衣はユタとして十分に力を付けてきている。だから、夢幻の世界で愛衣がイメージしたことは、周囲にまで影響を及ぼすようになっている。分かるね？」

私は曖昧に頷く。イメージすることで自分の体に羽を生やしたり、チーターに変身できたりしたように、私がピアノを怪物に変えてしまったということだろうか。

「だから、恐怖に囚われないで。自分一人で戦おうとしないで。愛衣のそばにはずっと僕がいることを忘れないで」

ククルの言葉、一つ一つが冷え切った体を温めてくれた。そうだ、私は一人じゃない。私は大きく息を吐くと、ククルに触れられたままの両手で頬を張った。

「大丈夫だね？　弾けるね？」

私は大きく頷くと鍵盤に指を置く。もう手が震えることはなかった。

ククルは「頑張って」と言うと、天井を覆うほどに膨れあがり、蠢いている蟲の大群を睨む。蟲たちの鞭で打ちつけられた光の障壁は一見して劣化しているのが見て取れた。

蟲の雲から出ていた黒い鞭が縒り合わさり、丸太のように太くなる。蟲でできたその丸太が、私たちに向かって一直線に伸びてくる。

「んにゃあぁー！」

ククルは咆哮とともに、その口からレーザー砲のような光線を丸太に向かって放つ。空中で丸太と光線は激しくぶつかり合い、大量の煙がフロアに充満していった。

私は意識を両手に集中させる。いまは、演奏に集中しなくては。

息を細く、長く吐いていく。ずっと耳に纏わりついていた羽音が聞こえなくなる。蟲が焼ける悪臭も、いまはもう感じない。

世界が自分に向かって収斂していくような感覚。私は静かに目を閉じた。

瞼の裏にあの人の優しい笑顔が映った。目を見開いた私は、両手を鍵盤に叩きつける。『運命』のオープニング、どこまでも重厚で、心を揺さぶるメロディが空間を揺らした。私は一心不乱に指を動かす。最初は抑え気味に、しだいに力強く、ベートーベンが苦悩の中で生み出した曲を奏でていく。上半身を揺すり、その勢いを指に乗せて鍵盤に叩きつけていく。

怒り、哀しみ、絶望、そして希望。ピアノから湧き上がってくる旋律が様々な感情を孕んで広がっていった。

昔は、これほどの演奏をすることはできなかった。それなのにいまは、ピアノが身体の一部になったかのように思うがままに演奏することができる。

ふと私は、指が鍵盤に吸い付くような感覚を覚える。見ると、手が熱されたチーズのように溶けだし、鍵盤の上に広がっていた。嫌悪感はなかった。ピアノと一体になっていくことに、心地よさすら覚えていた。

次の瞬間、突然に床が破れた。ピアノの屋根で蟲を追い払っていたククルが「にゃ!?」と目を丸くする。体が落下していく感覚に、私は一瞬演奏をやめかける。

「弾き続けて!」屋根の端にしがみつきながら、ククルが声を上げる。「これでいいんだ。これで、加納環のククルのところに行けるかもしれない。だから、演奏を続けるんだ」

「うん!」

私は覇気をこめて答えると、肘の辺りまでピアノと一体化している腕を動かしていく。

ハンマーが弦を打つ振動が、心臓の鼓動とシンクロしていく。

『運命』の荘厳な旋律が自分の一部に、自分が曲の一部になるような心地を覚えながら私は落下し続けた。

唐突に曲が聞こえなくなる。目を閉じてメロディに溶け込んでいた私は、はっと我に返る。いつの間にか硬い床に立っていた。一緒に落ちてきたはずのピアノの姿はなかった。足元ではククルが目をしばたたかせている。

「ここは……」

天井が低く、薄暗い空間に私はいた。温度は低いが、やけに空気が湿っていて肌に纏わりつく。濃厚なカビの匂いにむせ返りそうだった。

天井から落ちた水滴が、ごつごつとした石の床で弾けた。

「地下室みたいだね」ククルは飛び上がって私の肩に乗ると、声のトーンを下げる。

「まあ、ただの地下室って感じじゃないけれどさ」

「え、どういうこと？」

「ここにある物をよく見てみなよ」

床に置かれた蠟燭の弱々しい炎に、壁に取り付けられた斧や剣が浮かび上がる。

「武器庫？」

「そっちじゃなくて、あっちに置いてある物だよ」

ククルは両耳で私の頬を挟むと、無理やり横を向かせる。目に飛び込んできたものを見て、私は片手で口を覆う。

「ギロチン……」

人の首を切断するためだけに生み出された道具。頭部を切り落とす巨大な刃が、蠟燭の炎を禍々しく反射していた。

「それだけじゃないよ」

ククルの言葉を聞いて周囲を見回した私の喉から、ヒューという喘息のような音が上がってくる。アイアンメイデン、電気椅子、ファラリスの雄牛、絞首台……。ありとあらゆる処刑用具がそこには並べられていた。

「どうやら、処刑場というのが正しいみたいだね。まあ、大きなお城の地下なら、そういう施設があってもおかしくないか」

「冷静に言わないで！　なんでこんな……」

あまりにも不気味な空間に声を上ずらせる私の口を、ククルの耳が塞ぐ。ククルは爪をにゅっと一本立てると、口の前に持ってきた。

「大声立てちゃだめだよ。ほら、耳を澄ませて」

「耳を……？」

聴覚に意識を集中させた私の体に戦慄が走る。天井からかすかに羽音が聞こえてきた。

「この音って……」

「そう、蟲の大群だよ。ここは城の地下なんだ。蟲はまだ上にいる。だから、あまり大きな声を出さないように。オーケー？」

私はこくこくと小刻みに頷く。ククルは私の口を覆っていた耳を引いた。

「けれど、夢幻の世界にこんな不気味な場所があるところをみると、加納環はかなりショッキングな経験をしたんだろうね」

「でも、ショッキングな経験だけで、こんな部屋ができる？」

この場所は、これまで見てきた夢幻の世界の中でも、飛びぬけて瘴気に満ちている。いったい、環さんの身になにがあったというのだろう？

「加納環のククルを見つけて記憶を覗けば、きっと詳しいことが分かるさ。それじゃあ、蟲がやって来る前にさっさと探そうよ」

「ここを探すの⁉」また声が跳ね上がりかけ、私は両手で口を押さえる。

「当たり前じゃないか。ほら、時間がないんだから早く」

肩から飛び降りたククルに足を押された私は仕方なく、使用方法を想像するのも恐ろしい形状をした機器の陰を確認していく。数分間、身を小さくしながら探し回っていた私は足を止めた。壁に立てかけられた大きな十字架、その根元に隠れるように、両手で包み込めるほどの大きさの、立方体の箱が置かれていた。花柄の可愛らしい彫刻が施されているその箱は、蠟燭のわずかな灯りしかないこの地下室で淡く光を発している。

これだ！　これまでの経験で、私はこの箱に環さんのククルが眠っていると確信する。

私が「ククル」と手招きすると、電気椅子に乗っていたククルが軽快に近づいてくる。

「あったかい？」

私が「たぶん」と箱を指さしたとき、手の甲に蚊ほどの大きさの蟲が一匹止まった。

その蟲は、カミキリムシのようなあごを開くと、勢いよく皮膚に突き立てた。鋭い痛みに顔が歪む。

「愛衣！」

ククルが耳を素早く振るって蟲を叩き潰す。手の甲についた粘着質な体液を、私は顔をしかめながら白衣の裾で拭った。聞こえてくる羽音は、明らかに大きくなっている。

「気づかれたみたいだね」

天井を睨みながらククルが言う。私は急いで箱のそばにひざまずいた。石床の冷たく硬い感触が膝に伝わってくる。慎重に箱に触れた私は、その蓋を開けていった。弱々しい金属音で奏でられる、透明感のある旋律が地下室に満ちていく。

「オルゴール？」

つぶやきながら箱の、オルゴールの中を覗き込む。そこには蒼いレーザー光線のようなものが、小さく球状に纏まっていた。細かく揺れるその光線は、音楽に合わせてわずかに大きくなったり小さくなったりしている。心臓が鼓動するように。

「なかなか個性的なククルだね」オルゴールを覗き込んだククルがつぶやく。

「これが環さんのククルなの？」

「だろうね。この夢幻の世界を見ると、加納環にとって音楽はとても重要なものだったみたいだ。だから、そのククルも物質ではなく〈音〉自体が具現化したものなのかもしれない。けど、そんなこと悠長に考えている時間はなさそうだよ」

ククルは首を反らして、戦闘態勢を取る。石の天井にあるわずかな隙間から、染み出すように黒い霞が湧いて出てきていた。

「愛衣、早くマブイグミを！」

私は「分かった！」と答えると、そっとオルゴールの中に手を差し込む。

指先がレーザー光線の塊に触れた瞬間、記憶の奔流が私の頭に流れ込んできた。

7

音符をかたどったペンダントを掴み一呼吸を置いたあと、鍵盤に指を這わせて目を閉じる。指先に鍵盤のひんやりとした感触が伝わってくる。

呼吸を止めると、世界に自分とピアノしか存在しなくなる。ピアノが自分の一部になり、自分がピアノの一部になる感覚。それが言いようもなく心地よかった。

目を大きく見開くと同時に、加納環は両腕をしならせ、その力を指先に伝える。グランドピアノに内蔵された弦をハンマーが強く叩きつけ、演奏室の空気を一気に震わせ、攪拌していく。

環は体を揺らし、重心の移動で生みだした力を、体幹、肩、腕、そして指へと伝えていく。一本一本が意思を持った生物のように複雑に動く十指が、伝わってきた力を鍵盤に叩きつけることで、音の芸術へと変換していく。雄々しいメロディが内臓まで揺らす。部屋に満ちた音の洪水に、『自分』という存在すら呑み込まれていきそうだった。

いける！　これなら誰でもねじ伏せられる。

さらに強い力を指先まで伝えようと無意識に椅子から臀部をあげた瞬間、「そうじゃないでしょ！」という怒声が鼓膜を震わせた。指の動きが乱れ、完璧な調和で奏でられていた曲が不協和音へと姿を変えてしまう。

「何度言ったら分かるの！」

ヒステリックな叱責が演奏室に反響する。心の温度が一気に冷えていく。

「テンポが速すぎよ。もっと譜面どおりに弾かないと審査員は評価してくれない！」

母親である加納淳子《かのうじゅんこ》が、頬を紅潮させながら声を荒らげる。その姿を冷ややかに見つめながら、環は「ごめんなさい、お母さん」と無味乾燥な謝罪を口にした。

「推薦をもらえるかは、来週のコンクールにかかっているんだからね。しっかりね」

「うん、分かった」

心を空っぽにしたまま環が頷くと、淳子は「じゃあ、最初から」と指示をする。言われたとおり、環は譜面をなぞるような演奏をしていった。魂がこもっていない、空虚なメロディがピアノから吐き出される。満足げに頷いている母親を横目で見ながら、環は内心でため息を吐いた。この程度だから、お母さんは成功できなかったんだ。

物心つく前からピアノに触れていた。元ピアニストである母親の指導を受け、曲を奏でていた。鍵盤の上で指を躍らせ、音で芸術を描くことが楽しかった。幼稚園、小学校と、コンクールに出ては賞を獲得するのが快感だった。だから、必死に練習をした。淳子も全力で指導してくれた。

ただ、環が高校生になったあたりから、理想的だった親子関係に歪みが生じはじめた。様々なコンクールで入賞していた環には、有名音大から推薦の話が来るようになり、それを期に、淳子の指導がやけに厳しいものになっていった。

「そんなんじゃ、ピアニストとしてやっていけないわよ！」

「自分で楽しむだけじゃなく、もっと観客のことを意識して弾きなさい！」

なにかにつけ、そのような叱責を浴びせられるようになった。最初のうちは戸惑っていた環だが、何度も感情的な言葉を浴びせかけられるうちに、母の怒りの裏に透けて見える本心を読み取れるようになってきた。

お母さんは私を身代わりとして、自分の夢を叶えようとしているんだ。

環と同じように子供の頃からピアノ漬けの生活を送っていた淳子は、私立の音大を卒業してピアニストとなったが、演奏だけで生計を立てることはできなかった。結局、結婚を機にピアニストを廃業し、いまは主婦をして週に三回パートの仕事をしている。

叶わなかった一流ピアニストになる夢、それを私に押し付けている。そのことに気づいて、母親に抱いていた尊敬の念が一気に薄らいだ。そんな娘の変化に気づいてか、最近、淳子の指導はさらに感情的なものへと変化していた。

お母さんに教わることは、もうなにもない。環は機械的に指を動かす。もう、ピアニストとしては私の方が勝っている。それを次のコンクールで証明するんだ。

いつしか、環にとって『演奏』は『戦闘』と同義となっていた。鍵盤を叩くことで生み出す旋律で相手を圧倒するものだった。

お母さんも私の演奏に気圧され、怯えているんだろう。自分の理解を超越したものだから。それ故、譜面通り機械的に弾くように指示し、自分のレベルまで私を引きずり降ろそうとしている。

そうはいかない。次のコンクールで私にしかできない演奏をして審査員たちをひれ伏させ、そして第一志望の音大の推薦を勝ち取る。そうすれば、もはやお母さんは口を出せなくなるはずだ。音大でもライバルたちと争い、その競争に勝つ。そして世界的なピアニストとして勝ち続けていくんだ。輝かしい将来像が苛立ちを希釈していく。無感情に指を動かす行為も、それほど苦痛ではなくなった。

唇の端をわずかに上げていた環は、ふと違和感を覚え横を向く。淳子が不思議そうにまばたきをした。その唇が言葉を発することなく『どうかしたの？』と動く。『なんでもない』と口の動きだけで答えて、環は演奏を続けた。

十数分かけて一通りの演奏を終えると、淳子が小さく拍手をする。

「いい感じじゃない。これなら、きっとコンクールでも上位に入れるわよ」

こんな気持ちの入っていない演奏で、他の出場者に勝てるわけがない。それに、上位入賞など興味がない。一位以外はみんな敗者だ。

「ありがとう」淡々と言葉を返しながら、環は視線を左右に動かす。

「どうしたの？」

「ねえ、この部屋、蚊がいない？」

「蚊？」

「そう、蚊が飛んでいるような音が聞こえたんだけど」

環は瞼を落とす。かすかにだが、羽音のようなものが聞こえた。

「ほら、やっぱりいるよ。飛んでる音が聞こえるもん」

「私には聞こえないけど……」淳子は戸惑い顔で部屋を見渡す。

やっぱり母さんは、その程度の耳しか持っていないのか。小さく鼻を鳴らしながら、環は肩をすくめる。

「私の気のせいだったかも。それよりさ、そろそろパートに行く時間じゃないの？」

「そうね。私は行くけど、ちゃんと練習できる？　コンクールまで気を抜いちゃだめよ」

「大丈夫だって。ほらもう行った方がいいよ」

突き放すような言い方をすると、淳子は眉毛を八の字にして演奏室から出ていった。扉の閉まる音を聞きながら、環は口角を上げた。ようやく、『本物の練習』ができる。

呼吸を整えてピアノに向かい合った環は、一瞬椅子から体を浮かすと、鍵盤に指を叩きつけた。


演奏が聞こえてくる。平凡でつまらない演奏。

ドレス姿で舞台袖に控える環は、小学生の頃からお守り代わりに身につけている音符のペンダントに指先で触れる。十数メートル先ではスポットライトを浴びながら、同年代の少女が鬼気迫る形相でピアノを弾いていた。都内にあるコンサートホールで開かれている、高校生を対象としたピアノコンクール。環は次の演者だった。

なんでこんなにレベルが低いのよ。美容師にセットしてもらった髪を掻き乱しそうになり、環は慌てて手を止める。

学生を対象としたコンクールとしては、一、二を争うほど有名な大会にもかかわらず、参加者たちの演奏は酷いものだった。これまでに演奏した全員が、ところどころで音程が狂っているのだ。そんな初心者のようなミスをする者が、どうしてこの大会に参加できたのか分からない。

分からないのは、観客の反応もだった。かなり粗が目立つ演奏にもかかわらず、弾き終わった演者が席を立って一礼すると、満員の観客たちは惜しみない拍手を送っていた。学生にしては頑張ったということだろうか。そんな甘い反応でいいはずがない。私のように、ここでの演奏に人生をかけている者もいるというのに。

いや、他人は関係ない。自分の演奏に集中しなくては。環は深呼吸をくり返し、毛羽立っている気持ちを静めていく。苛立ちは、指の動きを乱しかねない。

鍵盤に『私』を叩きつけ、旋律へと変えて、審査員に、このコンサートホールにいる全ての人々にぶつけるんだ。私は一番であると、誰もに納得させるんだ。

胸に手を当てていた環の耳を、雑音がかすめた。

虫？　環は音が聞こえてきた方向を見る。虫の姿は見つからなかった。今度は逆の方向から羽音が聞こえてきて、環は慌てて首を回す。しかし、やはり虫はいない。

舞台袖は明かりが落とされて薄暗い。小さい虫を見つけるのは難しかった。

こんなときに……。集中が乱された環の口から舌打ちが零れたとき、演奏が終わった。

舞台上では額に汗を浮かべた少女が、満面の笑みを浮かべて客席に頭を下げていた。湧きあがった大きな拍手に、羽音が掻き消されていく。

何度も音程を外しておいて、なぜあれほど満足げな表情を浮かべられるのだろう。環が呆れるなか、少女は向こう側の舞台袖へと下がっていく。

さて、私の番だ。環はあごを引くと、睨みつけるように舞台に置かれたグランドピアノを見つめる。心臓が強く脈打っていく。

「加納環さん」と名前がアナウンスされた。ドレスの裾を踏まないように気をつけつつ舞台に上がった環は、胸を張り、ゆっくりとピアノに向かって進んでいく。スポットライトと、観客たちの視線が闘志を掻き立てる。心地よい緊張感が全身を包み込んでいた。

椅子に腰をおろした環は、ペンダントを摑み目を閉じると、肺いっぱいに息を吸いこんだ。それが、演奏前のルーティーンだった。

演奏をはじめようとしたそのとき、また羽音が聞こえてきた。出鼻をくじかれた環は、瞼を上げて音がする方向を見る。やはり虫は見つからない。羽音はいまも響いている。

なんでこんなときに！　一瞬パニックになりかけるが、手を振って虫を追い払うわけにもいかない。演奏ははじまっていなくても、審査はすでに開始されているのだ。

羽音なんて関係ない。演奏さえはじめてしまえば、こんなか弱い音はかき消されるはずだ。心を決めた環は体をしならせると、両手を鍵盤に叩きつけた。

なにが起こったか分からなかった。ピアノから響きわたった重低音。その音程がわずかにずれていた。前に演奏した数人と同じように。

恐慌状態に陥りながらも、何千時間、何万時間とピアノと向かい合い続けてきた体が勝手にうごき、鍵盤を叩いていく。しかし、やはりピアノから聞こえてくるメロディは、ほんのわずかに、だがたしかに音程がずれていた。

ピアノの調律に失敗しているんだ。だから、こんな音が出るんだ。歯を食いしばったとき、唐突に正確な音程の曲が聞こえてくる。

直った？　そう思った次の瞬間には、再び音程がずれはじめる。少しずつ、しかし確実に、そのずれは大きくなっていった。

ようやく、環はなにが起こっているのかに気づく。ピアノの調律も、他の演者の演奏もおかしくなんかなかった。

おかしかったのは私の耳だ。私の耳が音を正確に把握できなくなっているんだ。

急に酸素が薄くなったかのように、息が苦しくなってくる。それでも、環は必死に両手を動かした。

私の耳には、音程が低くずれて聞こえている。そのずれを考慮に入れて弾けば、正確な演奏ができるかもしれない。けれど、どれだけ調整すればずれが補正されるんだろう。考えれば考えるほどに混乱が深まっていく。底なし沼にはまったような心地。足掻《あが》けば足掻くほどに体が沈み込んでいく。

視界から遠近感が消えて、譜面に書かれた音符が浮き上がっているように見える。

助けて！　誰か助けて！　自分の演奏がどう響いているのかも分からないまま、曲は山場を迎える。環は喘ぎながらも、普段のように体重を乗せて両手で鍵盤を叩いた。

響き渡った音は環の耳には、いびつな不協和音として響いた。まるで獣の唸り声のように。もはや環には目の前に鎮座する楽器が、自分を喰らおうと牙を剝く怪物にしか見えなかった。

恐怖で体が勝手に動く。「ひっ！」という悲鳴を上げて身を引いた環の体が、バランスを崩して傾いていく。次の瞬間、後頭部に激しい衝撃が走った。

……ライトが見える。……天井からつり下がり、まばゆい光を発しているライトが。プールに浮いているような感覚を覚えつつ、環は眩《まぶ》しさに目を細める。

ここはどこなんだろう？　なんで私は横になっているんだろう？

ドレスを通して伝わってくる床の冷たさが、思考にかかっている霞を晴らしていく。目尻が裂けそうなほど目を見開いた環は、上半身を跳ね上げる。観客たちが自分を見ていた。舞台の上で一人、スポットライトを浴びて倒れている自分を。

何百もの視線が全身に突き刺さる。戸惑いのざわめきが優れた音響機能を備えたホールの壁にこだまする。その音は、無数の蟲が這い回る音のように聞こえた。

「いやぁー！」

環は体を丸めて悲鳴を上げる。

両手で覆われた耳には、羽虫が飛んでいるような音だけが聞こえていた。

耳硬化症、それが環の耳を蝕んでいた病の名前だった。

コンクールのあと受診した耳鼻科の医者の話では、アブミ骨という耳の奥にある小さな骨が硬化することが原因で、難聴や耳鳴りなどが生じる疾患だということだった。

「手術をすれば多くの場合、症状は改善します。またピアノも弾けるようになりますよ」

主治医のその言葉を信じて、環は両耳の手術に踏み切った。たしかに、音の高低がずれて聞こえる症状は改善した。しかし、耳鳴りは完全には消えなかった。日常生活のなかでは気にならないのだが、部屋で一人静かにしていると、羽虫が飛んでいるような音がかすかに聞こえてくる。それになにより、再びピアノを弾くことはできなかった。

ピアノの前に座り、鍵盤に指が触れた瞬間、あのコンクールの光景がフラッシュバックするようになった。それでも最初の頃は、苦痛と吐き気に耐えて鍵盤を叩こうとした。しかし、腱が固まってしまったかのように指が動かなかった。ぎこちないダンスを舞う十指からは、聞くにたえない乱れた旋律しか生み出されなかった。そして、ピアノを弾いている間は、ハンマーが弦を叩く音を打ち消すほどの大きさで、耳鳴りが、あの羽音が耳に響くようになってしまった。

演奏室に近づくことすら怯えはじめた娘を見かねて、淳子は環を心療内科へと連れて行った。そこで下された診断はＰＴＳＤというものだった。どうすれば治るのか必死に訊ねる環に対して精神科医は、カウンセリングなどにより根気よく治療していくしか方法はない。しかし、いつ治るかはわからず、場合によってはいくら治療しても完全には治癒しない可能性もあると説明した。

ＰＴＳＤが引き起こされた一因が、有名音大という目標にこだわりすぎたことだと説明を受けた淳子は、泣き崩れて何度も環に謝ってきた。自分が娘をそこまで追い込んでしまったと。しかし淳子の謝罪は、感情が麻痺した環の心に響くことはなかった。

そうして、環はピアノを弾かなくなった。トラウマとなった出来事の原因に近づくのは良くないという精神科医のアドバイスを受け、自宅の演奏室の扉には無骨な南京錠がかけられた。いつしか身の回りから、『音楽』が消え去った。いつも身につけていた音符のペンダントも、抽斗の奥深くへとしまいこみ、目につかないようにした。

ピアノの練習に当てていた時間が浮いたので、学校の友人との時間が増えた。いつしか、放課後はクラスメートとともにショッピングをしたり、ファストフード店で雑談をして過ごすようになった。けれど、どれだけ友人たちと楽しく過ごそうとも、常に虚無が胸の奥底にヘドロのように溜まっていた。

なぜ生きているのか分からなかった。自分の目は譜面を読むためのものだった。自分の足はピアノのペダルを踏み込むためのものだった。自分の手は鍵盤の上で舞うためのものだった。『加納環』という存在は音を芸術として編み上げていくためのものだった。

ピアノを奏でることこそ、自分の存在理由だった。なのに、音楽という自己表現を失ってもなお、なぜ自分はこの世界にいるのだろう。そんな疑問を常に感じていた。

母との関係も大きく変化した。罪悪感からか、環にやけに気をつかうようになった。夜遊びをして遅くに帰宅しても、小言ひとつ言わなくなった。腫れ物に触るような扱いをされるのが苦痛で、環もほとんど母と口をきかなくなっていった。

時間だけが流れ、環は同級生たちと同じように受験をし、都内の女子大へと進んだ。ただ流されるままに大学生活を送り、就職活動を行い、卒業して、それなりに名のある企業に一般職として就職した。実家を出て一人暮らしをはじめ、仕事にも慣れていった。そのうちに誰かと結婚をして、子供ができ、年齢を重ねていき、そして一生を終えるのだろう。胸の奥底で蠢いている虚無から目を逸らし続けながら。そう確信していた。

社会人になって三年ほど経った冬、中高の同窓会の誘いがあった。面倒だから断ろうと思ったが、会社での年長者ばかりとの人間関係に疲れていた環は、久しぶりに同級生たちと顔を合わすのも悪くないと思いなおし、参加することにした。

同窓会は思いのほか盛り上がり、環を含めた男女十人ほどで二次会に行くこととなった。しかし、忘年会シーズンのため空いている店がなかなか見つからず、寒空の下、待たされることになった。そんなとき、一人のメンバーが携帯電話を片手に言った。

「俺がバイトしているバーなら入れるって。いまちょうど客がいないから、この人数なら貸し切りにしてくれるってよ」

久米という名の男だった。中高一貫校だった母校で、中学一、二年生のときに同じクラスだった気がする。ただ、たしか両親を事故で亡くしたかなにかで、中学三年に上がる前に転校していったはずだ。大人しく、あまり目立たない存在だったこともあって印象には残っていなかった。今日の同窓会に呼ばれたのも、幹事を務めている男と中学時代比較的仲が良かったからだった。

氷点下の体感気温のなかで立っていたメンバーたちが久米の提案に反対するわけもな

く、繁華街のはずれにあるバーへ向かった。地下へと続く階段を降りたところにあるシックな木製の扉を開くと、十数席のこぢんまりとしたバーが間接照明に照らされていた。

「いらっしゃい。どうぞゆっくりしていってね」

カウンター内でグラスを洗っていた中年のマスターが愛想よく言う。同級生たちに続いて、酔いで少しおぼつかなくなった足で店内に入った環は、店の隅を見た瞬間、血中のアルコールが蒸発した気がした。そこには、ピアノがぽつんと置かれていた。

店を出ようかと思った。しかし、後ろから入ってくるクラスメートに押されて環はそのまま店の奥へと連れていかれてしまった。

ピアノから一番離れた位置にあるソファー席に陣取った環は、ダイキリを注文して呷るように飲んだ。ラムのアルコールで恐怖を希釈しようとした。しかし、いくら酔っても吐き気が強くなるだけで、ピアノから感じる圧迫感が消えることはなかった。

「マスター、あのピアノ、なんなんスか？」

バーに入ってから一時間ほど経ったとき、カウンターに座っていた幹事の男がピアノを指さしながら、呂律の回らない口調で言った。恐れていた話題に、環が手にしていたショートカクテルのグラスが揺れ、中身が少量スカートに零れた。

「ああ、ときどきジャズの生演奏をやっているんだよ」

「今日はやらないんスか？　ジャズとかかっこいいから聞きたいんだけど」

「そう言われても、ピアニストがいないからね」

マスターが苦笑すると、環の隣に座っていた女の友人が勢いよく手を挙げた。

「ピアニストならここにいるよ！」

手から、グラスが滑り落ちそうになる。慌ててテーブルにグラスを戻した環の顔を、友人は無邪気な笑みを浮かべて覗き込んできた。

「環ってさ、ピアノやっていたよね？」

「それは……、昔の話で……」呂律がまわらない。

「中学の頃は『将来はピアニストになる』とか言ってたじゃん」

友人は無理やり環の腕を取って立たせた。

「おっ、いいじゃん加納。弾いてくれよ。なんか雰囲気のいいやつを」

幹事が陽気な声で言いながら、拍手をする。それを合図に、元同級生たちが一斉に手を鳴らしはじめた。誰かに背中を押され、環はピアノの前まで連れていかれる。

心臓の鼓動が痛みを覚えるほどに強くなっていった。全身の汗腺から、氷のように冷たい汗が湧き出てくる。拍手の音が頭蓋の中で反響した。

「ほら環、座ってよ」

さっきまで隣に座っていた友人の女が両肩を押さえてくる。環は倒れこむように、ピアノの前に置かれた椅子に腰かけた。

口の中から急速に水分が失われていく。胃の辺りに締め付けられるような鈍痛が走った。環の目には光沢を放つピアノが、ぬめぬめとした皮膚を持つ巨大な両生類のように映っていた。

「ほら、早く」

友人に促された環は緩慢な動作で、指先が細かく痙攣する手を挙げていく。指が鍵盤に触れた瞬間、あの音が聞こえてきた。羽虫が飛んでいるような耳鳴りの音。

音は次第に大きくなり、同級生の拍手すら掻き消していく。もはや、環がいる場所は深夜のジャズバーではなく、運命が変わったあのコンクールの舞台となっていた。

あの日の記憶がフラッシュバックする。聞こえてくる不協和音、油が切れたように動かなくなる指、困惑と憐憫に満ちた視線の雨、そして大量の蟲が這い回るような音。

嘔吐しそうになり口を押さえた瞬間、わきから伸びてきた手が鍵盤の上に置かれた。横を見ると、久米が立っていた。目が合った瞬間、彼は微笑んでかすかに頷いた。

「おい、久米。加納さんの邪魔をするなよ」

幹事がラガービールで満たされたグラスを掲げる。

「実は隠していたけどな、俺もピアノはかなり弾けるんだよ」久米はおどけて言った。

「なんだよ。それじゃあお前、加納さんよりうまく弾けるっていうのか?」

「当然だろ。本当ならミュージックチャージを払ってもらうところだけど、元同級生のよしみで、今日はただで演奏してやってもいいぞ」

挑発的に久米は唇の端を上げる。

「おっ、そこまで言うなら弾いてみろよ。聞いてやろうじゃねえか。いいよな、みんな」

幹事がグラスを掲げると、酔って陽気になった元同級生たちが歓声を上げた。久米は「よし、それじゃあ」とつぶやくと、鍵盤に指をそわせる。バーに静寂が降りた。

久米の指が鍵盤を叩く。単調ながら底抜けに明るいメロディが空間に広がった。

「猫踏んじゃった　猫踏んじゃった　猫踏んづけちゃったら引っ掻いた」

立ったまま体を揺らしながら、久米は調子はずれの歌を口ずさむ。同級生たちは全員がきょとんとした表情で固まる。数瞬の間をおいて、爆笑がバーを満たした。

「なに弾いてんだよ、久米。そんなの俺でも弾けるぞ」

幹事は笑いながら言うと、ビールを一気に呷る。

「お前にはこの高尚な演奏は理解できないみたいだな。ほら、それじゃあ皆さんご唱和ください。猫踏んじゃった、猫踏んじゃった……」

元同級生たちは全員が、久米に促されて『猫踏んじゃった』を歌いはじめる。

音程が狂いに狂った合唱が、環の耳にはやけに心地よく響いた。


頭が痛い……。頭蓋骨の中で小人がタップダンスを踊っているような頭を振って、環は身を起こす。気づくと革製のソファーに横になっていた。

ここは？　コンタクトレンズをしたまま寝たせいか、視界が歪んでいる。何度かまばたきをすると、焦点が合って世界が直線を取り戻す。そこは間接照明で淡く照らされたバーだった。

同窓会の二次会で地下にあるバーへやって来たことを思い出す。しかし、十人以上いた元同級生たちの姿は見えなかった。カウンターの中では男がこちらに背中を向け、壁一面に広がる酒瓶が置かれた棚を拭いている。

「あの……、マスターさん？」

環がおそるおそる声をかけると、男が振り返った。

「ああ、加納さん、目が醒めたんだね」

手を軽く上げた男は、マスターではなく、影の薄い中学時代の同級生だった。

「久米君？　どうして私……？」

なにが起きているのか理解できず、環はこめかみを押さえる。しかし、いまだにアルコールが残っている頭では、うまく思考が回らなかった。

「どこまで覚えてる？」

「どこまでって、二次会でこのお店に来て、それから……」

そこまで言ったとき、同級生たちにはやし立てられ、強引にピアノの前に座らされた記憶が弾けた。激しい嘔気が襲ってくる。慌てて立ち上がった環は、店の奥にあるトイレに駆け込むと、ドアも閉じずに便器に顔を近づけた。

焼けるように熱いものが喉元まで駆け上がってくる。口を開けると、黄色い液体が噴き出した。何度も嘔吐をくり返す。胃の中身が空っぽになり、もう出すものがなくなっても吐き気が消えることなく、環はえずき続けた。頭の中では、ついさっきピアノの前に座った光景と、トラウマとなったコンサートの記憶が攪拌され混ざり合っていた。

不意に、温かく大きな掌が背中に置かれる。

「大丈夫？」

環の背中をさすりながら、久米が心配そうに顔を覗き込んできた。胃液がついた唇を手の甲で拭いながら、環は目を伏せる。こんなみっともない姿を、たいして親しくもない男性に見せたことが恥ずかしかった。

「はい、とりあえずこれで口ゆすいで」

久米が差し出した水の入ったコップを受け取ると、環は言われた通りにする。口腔内を侵していた苦みとべとつきが洗い流されていき、吐き気が弱くなっていく。

「いくら酒に強くても、あんなに何杯も飲んだら、そうなって当然だよ」

腕を支えられて立ち上がった環は、首をすくめた。

「ごめん。あのさ……、私、どうなったの？」

「俺たちが『猫踏んじゃった』を歌っていたら、急に崩れ落ちちゃったんだよ。だからみんなでソファーに運んだんだ。飲み過ぎで潰れて、意識がなくなったみたいだね」

たしかに過剰に摂取したアルコールも原因だろう。しかしそれ以上に、ピアノを弾かなくてもいいという安堵で気が抜けたのが大きかったはずだ。

「みんなは……？」環は店内を見回す。

「さんざん飲んだあと三次会だってカラオケにくり出したよ。元気だよね」

久米は環をカウンター席に座らせると、ふたたび棚を拭きはじめた。

「それで、久米君が介抱してくれたんだ」

「閉店時間になったら、『お前が連れてきた客なんだから、お前が面倒みなよ』ってマスターも帰っちゃったからね。薄情な雇い主だよ」

「え、いまって何時なの？」

「もう、始発が走りだしている時間だよ。少し酔いが醒めたら、家に帰って休んだ方がいいよ。土曜日だし、ゆっくりできるでしょ」

久米が指さした壁時計を見て環は驚く。五時間近くもここで眠っていたらしい。「ごめんね、迷惑かけちゃって」と頭を下げる。

「謝るのはこっちだよ。俺がこの店に加納さんたちを連れてきたんだからさ。みんな酔っていて気づかなかったけど、加納さん、ピアノが嫌だったんでしょ。みんなにはやし立てられたとき、すごく怯えた表情してた気がした」

「……だから、代わりに弾いてくれたんだ」

彼は私を助けるために、ピエロ役を買ってでてくれた。いまはそのことがよく分かる。

「へたくそな演奏でごめんね」

「そんなことない！　すごく良い演奏だったよ！」

環は声を張り上げる。久米は「あ、ありがとう」と目を丸くした。

たしかに、技術的には稚拙だった。しかし、その演奏はこれまで聞いたことがないほど環の耳には心地よく響いた。

「あのさ……、私、高校生のときにピアノが弾けなくなったの……」

自然とそんな言葉が口をついた。これまで、トラウマとなったあの出来事について、友人に語ったことはなかった。けれど、いまは久米に全てを聞いて欲しいと感じていた。

環はこと細かに話した。どのようにピアノをはじめ、どのように腕を磨いていき、どのようにピアニストを目指し、そしてどのように挫折したかを。そのあいだ、久米は真剣な表情で、ときおり相槌を打ちながら聞いてくれた。

たっぷり一時間以上かけて全てを語り終えた環は、大きく息をつく。なんで久米に自らの惨めな思い出を語ったのか分からない。もしかしたら、まだアルコールが残っているからかもしれない。酔いが醒めたら、このことを後悔するのかもしれない。けれど、いまは爽快な気分だった。ずっと喉元に引っかかっていた異物が取れたかのような気がしていた。喋り過ぎたせいか口の渇きを覚えていると、久米がオレンジジュースのグラスをカウンターに置いた。

「ごめんね、つまらない話を聞かせてさ。お代はいくらかな?」

グラスの中身を呷り、舌に残る爽やかな酸味に目を細めていると、無言のまま久米がカウンターから出てきた。

「久米君?」

そばを通り過ぎる久米が向かった先にあるものを見て、澄んでいた気持ちが途端に淀んでくる。店の隅にあるピアノの前に座った久米は、鍵盤蓋を開いた。

「なに……しているの……?」

「耳硬化症」

自分を襲った病の名に、心臓が大きく跳ねた。

「それってさ、たしかベートーベンがなった病気だよね」

「……え?」

「それでベートーベンは音が聞こえにくくなっていったけど、それでも作曲を続けたんだよね。ピアノに直接顔をつけて音を聞いたりしてさ。俺さ、小学生のときその話を聞いて、そこまでするぐらい音楽が好きだったんだなぁ、とか思ったんだよね」

ひとりごつようにつぶやきながら、久米はリズミカルに片手を動かしはじめた。

猫踏んじゃった、猫踏んじゃった……。

数時間前に聞いた陽気なリズムがバーの空気を揺らす。ぎこちなく鍵盤を叩く久米を環は見つめることしかできなかった。

「加納さん」手を動かしたまま久米が言う。「俺にピアノを教えてくれないかな」

「けど、私は……」

かすれた声を絞り出すと、久米は大きく肩をすくめた。

「簡単な曲だよ。これくらいなら大丈夫でしょ。ほら、早く。隣に来てよ」

環は席を立つと、ふらふらとピアノに近づいていく。雲の上を歩いているかのように足元がおぼつかなかった。なんとか久米の隣まで移動した環は、震える両手を鍵盤に近づけていく。そのとき、あれが聞こえてきた。羽虫が飛び回っているような耳鳴り。

「やっぱりだめ！」

身を翻した環の腕を、空いている手で久米が摑む。恐怖で体が硬直した。

「俺より下手？」

久米が目を合わせてくる。環は「は？」と呆けた声を漏らしてしまう。

「昔みたいにうまく弾けなくなったといっても、俺よりはうまく弾ける。そうじゃない？」

環は久米の演奏に意識を集中させる。テンポもばらばらだし、よく弾き間違えている。完全に素人の演奏だった。

「たぶん……」躊躇いながら、環は答える。

「ならいいじゃん。ここは審査員が目を光らせているコンクール会場じゃない。こんなひどい演奏しかできない、素人しかいないんだ。だからさ、うまく弾く必要なんてないよ。ちょっとしたミスなんて、俺には分からないさ」

環は息を吞む。環にとってピアノとは、音楽とは、いかに優れた演奏をするか競うものだった。うまく弾かなくてもいい。そんなこと、言われた記憶はなかった。

いや、そんなことない……。遥か昔、物心つく前、誰かに同じセリフをかけられた気がする。しかし、忘却の彼方にあるその記憶を呼び起こすことはできなかった。

「ほら、いっぱい飲んだカクテルのお代として、レッスンお願いしますよ。加納先生」

冗談交じりに久米に言われた環は、「う、うん」と、心の芯が定まらないままピアノの前に置かれた椅子に座る。鍵盤に触れても、なぜか指が震えることはなかった。久米が奏でる調子はずれの曲が、鈍痛が残る頭に響く。

タイミングを合わせて、そっと環は片手で鍵盤を叩いてみる。

猫踏んじゃった　猫踏んじゃった　猫踏んづけちゃったら引っ掻いた

単調なメロディを指がなぞっていく。プロのピアニストを目指していた環にとっては指の準備運動ぐらいにしかならない難易度の低い曲。その底抜けに明るいメロディが耳に飛び込んでくる。羽虫が飛び回る音は聞こえなかった。ピアノを見るたびに生じていた耳鳴りが消えていた。

環はもう片方の手も鍵盤に乗せると、隣で拙い演奏を続ける久米に合わせて、両手でメロディを奏ではじめる。心臓の鼓動が加速していく。不安や恐怖ではなく、興奮によって。

撫でるようにおそるおそる鍵盤を押し込んでいた十指に、力が漲り、ぎこちなかった指関節の動きが、滑らかに変化していく。体の奥底に燻っていた残り火に酸素が送られ、大きな炎となり、体を熱くする。

メロディに合わせて、次第に体が揺れはじめる。重心の移動に合わせて生じた力を、環は指へと伝えていく。最初は決まった音階を刻んでいたが、心の炎が燃え上がってくるにつれ、アレンジを加えてシンプルな曲に厚みを加えていく。

「おお、いいじゃん。ジャズっぽいよ」

そう言ってくる久米の方を向いて、環は笑みを浮かべる。あのコンクール以来忘れていた、心からの笑顔を。

「言われてみれば、久米君のちょこちょこ間違える演奏も、ある意味ジャズっぽいかも」

「なんだよ。俺、弾くのやめた方がいい?」

「やめないで」環は首を横に振る。「久米君と一緒に弾いていたいんだ」

久米は一瞬目をしばたたかせたあと、「それじゃあ、うまくサポートしてくれよ、先生」と微笑んだ。

久米の演奏を包み込むようにアドリブを効かせながら、環は鍵盤の上で指を躍らせ続けた。心を何重にも縛っていた冷たく硬い鎖が、しだいにほつれていく。

「加納さん」

声をかけられた環は、横目で久米を見る。

「俺さ、中学生のときに加納さんが学園祭で演奏しているの見たんだ」

「学園祭……？」

環は記憶を探る。そういえば中学二年生のときの学園祭の際、体育館で演奏した。東京都が主催するピアノコンクールで大賞を取ったことを知った校長に、ぜひにとお願いされたのだ。

「音楽とか興味なかったけど、友達に誘われて体育館に行ったんだ。そこで加納さんの演奏を聞いて、なんと言うか……感動した。音楽ってあんなにいいものなんだって、初めて知ったんだ」

「えっと……、ありがとう」

ストレートな賞賛のセリフが気恥ずかしく、頬が熱くなっていく。

「ただ さ、曲も素晴らしかったんだけど、それ以上に印象的だったのが加納さん自身だったんだよね。あのとき、加納さんは幸せそうだった。すごく楽しそうに演奏していた」

「楽しそう……」

「そうだよ。だから、さっきの加納さんの話を聞いて思ったんだ。きっと、あの時の楽しさを思い出したら、加納さんはまたピアノを弾けるようになるんじゃないかってね」

体の中でなにかが割れる音が響き渡った。心を縛りつけていた鎖が砕け散る音。

そうだ、ピアノの演奏は、音楽は楽しいものだった。

一流のピアニストを目指して走っているうちに、いつしか一番大切なことを忘れていた。音楽を他人と競い合い、ねじ伏せるための武器だと、いつの間にか勘違いしていた。

突然、脳の深くで埃をかぶっていた記憶が浮き上がってくる。ピアノの練習をはじめてすぐの頃、母である淳子に手ほどきを受けながら優しく語り掛けられた記憶。

——環、うまく弾けなくてもいいの。楽しく弾くことの方がずっと大切なんだから。

なんでこんなに大切なことを思い出せなかったのだろう。心から楽しんで演奏し、その歓びを曲を聞いてくれる人々に届ける。それこそが私にとっての音楽だったのに。

目の前にあるピアノが滲んで見える。嗚咽が零れ、演奏が続けられなくなる。

「はい、どうぞ」歪んだ視界の中で久米がハンカチを差し出していた。

「……ありがとう」

受け取ったハンカチで濡れた目元を拭った環は、一度呼吸を止める。いつも演奏をはじめる前にそうしていたように。思考が冴えわたり、いますべきことを教えてくれる。

「ごめん、久米君。私、行くところができた」

「うん、頑張って」

久米ははにかむような表情でエールを送ってくれた。


バーをあとにした環は、夜通し飲んだ千鳥足の者たちがちらほらといる早朝の繁華街を、パンプスを鳴らして駅へと向かった。電車を乗り継ぎ、一時間ほどかけて実家へとたどり着いた環は、玄関扉を勢いよく開く。

「お母さん！」

大声を上げながらダイニングへ飛び込む。朝食中だった両親が、連絡もなく突然帰ってきた一人娘を見て目を丸くした。

「どうしたの、環？　急に帰ってきて」

不安そうに訊ねてくる淳子に近づくと、駅から走ってきたせいで乱れている呼吸の隙をついて「こっちに来て」と、母の手を取る。

「ちょ、ちょっとなんなの？　ちゃんと説明して」

新聞を手に固まっている父を置いてリビングをあとにした環は、母の手を引いて廊下を奥に進む。どこに向かっているのか気づいたのか、淳子の表情が硬度を増していった。

「鍵、開けて」

演奏室の前まで淳子を引っ張ってきた環は、南京錠がかけられた扉を指さす。淳子は、「でも……」と助けを求めるように視線を彷徨わせた。環は「お願い、大丈夫だから」

と母の目をまっすぐに見つめる。母娘の視線が絡んだ。淳子の表情がゆっくりと、戸惑いから覚悟がこもったものへと変化していく。

「……ちょっと待ってて」

小走りで離れていった淳子は、小さな鍵を手にしてすぐに戻ってきた。緊張した面持ちで淳子が南京錠を外し、扉を開く。十年近くも人の入ることのなかった部屋。その中心に置かれたグランドピアノはうっすらと埃をかぶっていた。

一歩一歩噛みしめるように歩を進めてピアノに近づいた環は、その屋根を撫でる。蛍光灯の光のなか、細かい埃が舞い上がった。

「ごめんね……」

優しく囁きかけながら、環は鍵盤蓋を開けると、人差し指でそっと鍵盤を押す。鹿威しのような音が空気を揺らす。それが、環にはピアノの返事のように聞こえた。

この子はずっと待っていてくれた。それなのに……。

なぜピアノが獣のように見えたのか、もはや分からなかった。いま目の前に置かれているのは、ずっとそばで見守ってくれた親友だというのに。

「ずいぶん使っていないから、一度調律しなおさないと弾けないわね」

屋根を上げて内部を覗き込みながら淳子がつぶやく。環は首を横に振った。

「ううん、大丈夫。少しぐらい音程がずれていても問題ないよ」

「環……？」

驚きの表情で淳子は環を見つめる。環は椅子の埃を軽く払うと、その端に腰掛けた。

「それよりも、いまはお母さんと一緒にこの子を演奏したいの。きっと、楽しいよ」

環は鍵盤に指をそえる。指先から神経が鍵盤に溶け込んでいくような、自分がピアノの一部になったような気がした。

一度大きく息を吐くと、環は一気に演奏を開始した。組曲『動物の謝肉祭』、第十三曲『白鳥』。雄々しくも美しいその調べが演奏室の空気を揺らしていく。

指が躍る、心が躍る、全身の細胞が躍っている。調律が狂っているため、ときどき音程が外れることがあるが、気にはならなかった。ただ美しい旋律に酔いしれていた。

「お母さん、隣に座って」

演奏を続けたまま、あっけにとられている淳子に話しかける。意味を理解した淳子が、おそるおそる環の隣のスペースに腰掛けた。その手が、緩慢な動きで上がっていく。

「一緒に！」

環の合図で、淳子の手も鍵盤を叩きはじめる。最初は躊躇いがちに。しかし、環がリードしていくうちに、その動きは次第にスムーズになっていく。母娘の連弾が力強い旋律を生み出しはじめた。

子供の頃はよく、こうやって一緒に曲を奏でていた。その時間が幸せだった。

「楽しいね、お母さん」

話しかけると、こわばっていた淳子の表情が歪んでいく。

「ごめんね……環。私のせいであんなことになって」

数年前は体を素通りした母の謝罪が、いまは心に響いた。

「謝らないで、お母さんのせいなんかじゃないよ。それより、いまは演奏を楽しもう」

涙声で言うと、淳子は洟《はな》をすすりながら「うん、うん……」と何度も頷いた。

二人の指の動きが、心の動きがシンクロしていく。もはや、言葉など必要なかった。部屋に満たされた音色が二人を優しく包み込み、お互いへの愛情に溢れた母娘へと戻してくれた。

環は目を閉じて、メロディに自らを委ねる。

その日を境に、耳鳴りは聞こえなくなった。

8

週末が終わるとすぐに、環は会社に辞表を出した。突然退職しようとする環に先輩たちは驚き、そして嫌味や揶揄《やゆ》をくり返したが、気になることはなかった。

自分が本当にやりたいこと、やるべきことに気づいたのだから。

会社を退職した環は、ピアノ講師として小さな音楽教室に就職し、子供たちにピアノを教えるようになった。給料は少なかったし、福利厚生も前の会社に比べれば貧弱ではあったが、それでもかまわなかった。音楽の楽しさを子供に伝える。それこそが自分の天職だと分かったから。

久米とはその後もたびたび会って、お互いの近況を伝えるようになった。どこかあか抜けないが、穏やかな性格の久米と話していると、幸せな気持ちになった。いつしか、彼に対する想いが恋心に変化していることに環は気づいていた。しかし、友人である期間が長すぎた。胸に秘めた気持ちを伝えられないまま、時間だけが流れていった。新しい仕事をはじめて五年ほど経ったとき、環は勤めている会社が浜松に新しく立ち上げる教室に、メインスタッフの一人として参加してくれないかとオファーを受けた。

ずっと生まれ育ってきた東京を離れることに抵抗はあった。母親との和解以降、両親とは頻繁に会うようになっていたし、友人も東京にしかいない。新しい環境でやっていけるか不安だったし、久米と会えなくなることにも未練を覚えていた。しかし、一方でそれはチャンスでもあった。新しい教室を軌道に乗せれば、会社で信頼を得ることができる。将来、自分で教室を開き、多くの子供に音楽の素晴らしさを伝えるという夢に一歩近づくことができる。

迷った末、環はオファーを受け、浜松での生活をはじめた。ただピアノを教えるだけではなく、責任者の一人として、生徒の勧誘、新人スタッフの確保と教育、収支の管理などの業務を行わなくてはならず、毎日目が回るほどに忙しかった。浜松に移って最初の頃は、久米とも頻繁に連絡を取っていたが、その頻度は次第に減っていった。そして二年ほど経ったある日、久しぶりに久米にメールを送ってみると、アドレスが変わったのか送信できなかった。電話もかけてみたが、電話番号すらも変わっていた。

久米と連絡が取れなくなったとき、深い哀しみが胸に湧き上がった。しかし、環は友人のつてをたどってまで彼に連絡しようとは思わなかった。

新しい連絡先を教えてくれなかったということは、久米君にとって自分はその程度の存在だったということだ。音の狂った世界から救われたことで、私は彼に特別な感情を抱いていた。けれど、彼にとっては久しぶりに会った同級生に、小さな親切をしたに過ぎなかったんだ。

胸に秘めていた想いを伝えなくてよかった。もし伝えていたら、優しい彼はどう断っていいか悩んだだろうから。そう自分に言い聞かせた環は、久米への淡い恋心を、感謝とともに心の奥深くにある抽斗へとしまい込んだ。

久米と連絡が取れなくなった翌年、再び中高の同窓会の知らせが環のもとに届いた。最初、環は不参加のつもりだった。浜松から東京は遠い。それに、想定以上に生徒が増えて、嬉しい悲鳴を上げている教室の仕事を休むのは気が引けた。

でも、もしかしたら久米君に会えるかもしれない。自宅のマンションに帰り、ダイニングテーブルに置かれている案内状を見るたびに、そんな期待が頭をよぎっていた。胸の奥底で消えていたはずの想いに、ほのかな炎が灯るのを止められなかった。

さんざん悩んだ末、環は有休をとり同窓会へと向かった。浜松市内にある自宅からタクシーに乗り、航空自衛隊の基地や浜松城を眺めて浜松駅へと到着し、そこから新幹線で東京に向かう間も、環は久米のことばかり考えていた。

三年ぶりに彼に会えるかもしれないことに、緊張していた。

もし久米君が参加していても、べつに話しかけなくてもいい。遠くから見て、元気であることが確認できればそれで十分だ。環はずっと自分にそう言い聞かせていた。

会場であるダイニングバーに入り、席についた環は参加者たちを見回し、久米が来ていないと思って失望と安堵が混ざった感情を覚えた。しかし、同窓会がはじまり友人たちと思い出話に花を咲かせていたとき、離れた席でうなだれている男が視線に入り、環は目を疑った。

それは久米だった。無精ひげが生え、髪は肩につくほど長く伸び、顔は生気なく蒼ざめていたが、それは間違いなく自分を救ってくれた男性だった。

舐めるようにビールを飲んでは、ときどき力ない愛想笑いを浮かべる久米の姿は、目を逸らしてしまいそうなほどに痛々しかった。

同窓会が終わり、参加者の大部分が二次会の会場に向かうなか、久米はふらふらと集団を離れて路地へと消えていった。彼とは話をしないつもりだった。ただ、一目姿を見ればそれで十分だと思っていた。しかし、考えるよりも先に足が動いていた。

「久米君！」

薄暗い路地で久米に追いついた環は、声を上げる。「え……？」と弱々しく声をあげて振り返った久米の目は濁り、生気が感じられなかった。

「私だよ。加納環。覚えてる？」

環は久米の両肩を摑んで揺さぶる。虚ろだった彼の目が焦点を取り戻していく。

「加納……さん？」

「そう、加納。これから二人で飲みに行くよ」環は久米の手を摑んで歩き出す。

「あ、あの……。どうして？　俺、女の人と二人でいるとヤバいというか……。それに、今日は週末だし、この時期だとほとんどの店が予約しないと入れないし」

たしかにそうかもしれない、なら……。浜松に行くまでこの辺りに住んでいた環は、少し考え込んだあと、近くにある小高い丘を指さした。

「あの丘の神社、あそこで飲むよ」

丘の中腹にある境内の一部が、市民のための展望台として開放され、花見や若いカップルのデートスポットとして利用されていた。環は「でも……」と渋る久米の手を引くと、近くのコンビニエンスストアでアルコールを大量に買い込み、神社へと向かった。久米を、自分を救ってくれた恩人をこのままにしてはいけない。その想いが、強引な行動を取らせていた。

久米の手を引いたまま、環は神社へと繋がる長い階段を上り切ると、一礼して鳥居をくぐり、展望台の方へと向かう。肌寒い時期だからか、街灯の明かりに照らされた展望台に先客はいなかった。環は街の夜景を見下ろせるベンチに久米と並んで腰かけると、コンビニの袋の中からビール缶を二本取り出し、一本を久米に押し付けた。

「それで、なにがあったの？」

缶を開けてビールを一口呷ったあと、環は実家へのお土産用に買ってきた、ウナギの骨せんべいをバッグから取り出した。包装を開け、中から骨せんべいを掴んで口の中に放り込む。素揚げされたウナギの骨を奥歯で嚙むと、カリカリとした食感とともに、ほどよい塩気とウナギの旨味が口の中に広がっていった。

「なにがって言われても……」久米はビール缶を開けることもせず俯く。

「前に会ったときと全然違うじゃない。顔色も悪いし、痩せてる。病人みたいだよ」

「病人……か……」久米は自虐的につぶやいた。「たしかに、病人なのかもしれないな……。最近、全然眠れていないし……、ずっと体が怠いんだ」

「ちゃんと病院には行ったの？」

まさか、大病を患っているのだろうか？　不安で胸が締め付けられる。

「病院なんか意味ないよ。悪いのは体じゃない。それに……原因も分かっているんだ」

「原因⁉　なにが原因なの？」

環の問いに、久米は力なく首を横に振るだけだった。その煮え切らない態度に苛立ちを覚えた環は、ビールを喉の奥に流し込むと、口元をコートの袖で乱暴に拭った。

「一年くらい前、急に連絡取れなくなったのもそれが原因なの？」

やはり、久米はなにも答えなかった。沈黙を肯定と受け取った環は身を乗り出す。

「彼女？　恋人があなたをそんなにしているの？」

「な、なんで……」久米の体が跳ねるように大きく震えた。

「女と連絡取れないようにする原因って言ったら、それくらいしかないでしょ。それにさっき久米君、女性と二人になるのはヤバいとか言ったし」

環は夜空を見上げると、ふぅと息を吐く。胸の痛みが強くなっていた。

「ねえ、そんなに彼女は怖い人なの？　いま、私と二人でいるのがばれたりしたら、もしかして大変なことになったりする」

久米に恋人がいたショックをごまかそうと冗談めかして言うと、彼の顔がさっと青ざめ、体をガタガタと震わせはじめた。

「ちょ、ちょっと、落ち着いてよ。ここには久米君と私しかいない。他の人に見つかることなんてないから」

慌てた環は、久米の背中に手をそえる。掌に震えが伝わってきた。

「大丈夫、大丈夫だよ……」

久米の背中を撫でながら、彼の耳元で囁き続ける。次第に震えはおさまっていった。

「久米君の彼女って、どんな人なの？」

久米が落ち着きを取り戻したのを見計らって、環は訊ねる。

「……綺麗な人だよ。……すごく綺麗な人だ」

恋人の外見にしか言及しないことに、環は違和感を覚えた。

「そうなんだ。そんなに綺麗な人なら、写真見せてよ」

「写真なんか持っていないよ」久米は投げやりに言う。

「え？　彼女の写真だよ。一枚もないの？」

「ああ……、見ると苦しくなるから」

環は耳を疑う。一瞬、冗談かと思うが、痛みに耐えるような久米の表情が本気だと伝えていた。

「ねえ、久米君」環は乾燥した口の中を舐めて湿らせる。「なんで別れないの？」

「わか……れる……？」

久米はその言葉の意味が理解できないかのように、ぎこちなくつぶやいた。

「そうだよ。その彼女と付き合っていて、そんなにつらいなら、別れればいいじゃない」

想い人を別れさせようとしていることに罪悪感を覚えるが、それでも言わなくてはならなかった。恩人が、いま目の前で苦しんでいるのだから。

彼を奪おうとしているわけじゃない。ただ私は、彼を救いたいだけだ。

環が内心で言い訳をしていると、久米は恐怖に顔を歪めてかぶりを振った。

「そんなことできるわけないだろ」

「なんでできないの？　彼女のことを愛しているから？」

「愛してなんかいない！」

久米が背筋を伸ばす。今日はじめて、久米の言葉に力がこもる。しかし、風船から空気が抜けるように、彼は肩を落として、再び俯いていった。

「けど、別れられないんだ。……彼女が赦してくれるわけないから」

環は確信する。久米とその恋人の間にあるものが、恋愛関係ではなく、主従関係に近いいびつなものであると。久米はまるで奴隷のように支配されてしまっている。

これまでの付き合いで、久米は優しいが気弱なところがあることを知っていた。そんな彼はおそらく、『支配しやすい人間』なのだろう。そこに付け込んだ人物が、久米を束縛し、そして苦しめている。どうすれば彼を救うことができるのだろう。口を固く結びながら、環は考える。

情報だ。まずは情報を集めないと。そう決めた環は久米の目をまっすぐに覗き込んだ。

「ねえ、久米君。話してくれない、あなたとその彼女のことについて」

数秒、迷うような仕草を見せたあと、久米はビール缶の蓋を開け、一気に呷った。

「……そんな感じなんだよ」

久米が大きくため息を吐く。ベンチには空のビール缶が並んでいる。一時間近くかけて恋人との関係を全て吐き出した久米は、胸に溜まった淀みを吐き出せたためか、少しだけ満足げな表情をうかべていた。対照的に、環はみぞおち辺りにわだかまる嘔気に顔をしかめる。

もともとアルコールには強い体質だった。普段はこの程度の酒量では酔うことはない。しかし、ビールと一緒に呑み込んだ久米が語る恋人の話が、質の悪い焼酎のように悪酔いを招いていた。

「ねえ、その彼女あんまりじゃない？」

自分でも驚くほど刺々しい声が漏れる。もはや、言葉を選んでいる余裕はなかった。久米の恋人、いや、支配者に対する怒りが腹の底で煮えたぎっていった。

「……ごめん」久米は言葉を絞り出す。

「なんで久米君が謝るの？　悪いのは彼女でしょ」

首をひねるが、久米は再び「ごめん」と謝罪を口にした。ここまで久米が卑屈になっているのは、支配者の影響に違いない。きっと長い時間をかけて、自分は価値のない人間であると思い込まされたのだ。それはもはや、調教や洗脳と呼ばれる行為だ。

環は缶の底にわずかに残っていたビールを口に放り込む。炭酸が抜けて温くなった液体が食道を落ちていった。唇に残る苦みを舐めとると、環は大きく息を吸った。

「久米君、やっぱ彼女と別れなよ」

顔を上げた久米は「……え？」と呆けた声を漏らす。

「すぐに彼女と別れるの。その人の久米君に対する扱い、あまりにも酷すぎるよ」

「でもそれは……、彼女の言うとおりにできない俺が悪いんで」

「そんなことない！　その彼女は無理なことを頼んで、久米君を虐待しているの」

そう、虐待だ。久米が恋人から受けている仕打ちは、心身に対する虐待に他ならない。

「いや、俺が悪いんだよ。彼女はもっと頑張ってもらおうと俺のためを思って……」

久米が自らを卑下するたびに、胸が締め付けられる。日常的にそう言われて虐げられているのだろう。そして、久米の心は、いつしかそれが真実であると思い込んでいる。

この状態から回復するのが難しいことは、環自身が知っていた。ピアノが弾けなくなった自分は無価値な存在だ。そう確信して数年間、苦しみ続けた経験があるから。

「自分が悪いなんて思わないで！　お願いだから、その彼女と別れてよ。そうじゃないと、あなたが壊れちゃうでしょ！」

どうしていいか分からず声を荒らげると、久米の口がへの字に曲がった。片手で目元を覆ってうなだれた彼は、肩を震わせはじめる。

「……分かってるよ。このままじゃ壊れちまうことは俺にも分かっているんだよ」

環が「なら」と肩に手を添えた手を、久米は乱暴に振り払った。

「けれど、無理なんだ！　彼女とは別れられないんだよ！」

「なんで⁉　どうして別れられないの⁉」

環が声を張り上げると、久米は「怖いんだ……」とかすれ声を絞り出した。

「彼女に捨てられることがなによりも怖いんだ。彼女の恋人じゃなくなったら、自分にはなんの価値もなくなる。それが怖くて仕方がないんだ」

頭を抱える久米を環は呆然と眺める。想像していたよりも、久米が受けた洗脳は悪質で根深いものだ。もともと自信というものが薄かった久米は、他人からの影響を受けやすいタイプの人間だったのかもしれない。しかし、価値観を根本から作り変えるほどの洗脳を、どうすれば行えるというのだろう。環ははじめて、久米の支配者に対する恐怖を覚えていた。

久米の腰辺りから陰鬱な電子音が響く。はっとした表情になった久米は素早くポケットからスマートフォンを取ると、環を見て細かく首を横に振る。彼の意図に気づいた環は、チャックを締めるように唇の上に置いた指を横に滑らせた。

「もしもし……、佐竹《さたけ》さん？」

両手で抱えるようにスマートフォンを持った久米は、怯えた声で話しはじめる。

「うん、まだ同窓会……。ごめん、一次会で帰るつもりだったんだけど、盛り上がって二次会まで……。うん……いや、違うよ。ごめん、別にそういうわけじゃ……」

額に汗を滲ませながら、必死に言葉を重ねる久米の姿を見るのがつらかった。

「うん……、分かった。すぐ行くから……。うん……、ごめんね」

相手が前にいるかのように、何度も頭を下げてから、久米は通話を終える。

「ごめん、加納さん。彼女に呼び出されたから、すぐに行かないと」

「行くって、こんな時間に?」環は腕時計を見る。針は午後十一時過ぎを指していた。

「関係ないよ。終電後でも、彼女に呼び出されたらすぐに行かないと、激怒されるんだ。それじゃあ、加納さん。今日は久しぶりに会えて楽しかったよ。ありがとう」

久米は緩慢に立ち上がる。力なく笑う彼の表情が、環には泣いているように見えた。

歩き出そうとする久米のジャケットの裾を、環はとっさに摑んでいた。

「ダメ!」環は声を張り上げる。「絶対に行っちゃダメ!」

「で、でも、行かないと彼女が……」

「関係ない! あなたはその人と別れるんだから! あなたは解放されるの!」

叫んでいるうちに感情が昂り、視界が滲んでいく。

「……加納さん」久米はひざまずくと、環と視線を合わせた。「ありがとう。俺のことをそんなに心配してくれて」

久米の顔に微笑が浮かぶ。泣き笑いではなく、ごく自然な微笑が。バーで環を救ってくれた笑み。環が「じゃあ……」と言うと、久米は哀しげに首を横に振った。

「でも、やっぱり彼女とは別れられない。身内もいない俺のことを、どんな形にしろ気にかけてくれるのは彼女だけなんだ。彼女がいないと、俺は『いなくてもいい人間』になっちゃうんだ。俺が生きている意味は、彼女の恋人であることだけなんだよ」

迷いない口調で告げてくる久米に、環は絶望する。彼の心は支配者によってがんじがらめにされている。自分が無価値であると、絶対的な確信を抱いている。かつて、ピアノが弾けなくなった私がそうであったように。

あの時、彼が私を救ってくれた。今度は私が救う番だ。けれど、どうやって……。

歯をくいしばりながら、環は必死に頭を働かせる。しかし、答えは出なかった。

久米が「じゃあ」とつぶやいて、再び立ち上がろうとする。考えるより先に、体が動いていた。環は飛び掛かるように久米の首筋に抱きつく。二人はもつれ合って冷たい地面に倒れた。

久米にのしかかる形になった環は、「そんなことない!」と、必死に声を絞り出す。

「誰も気にかけてくれないなんてことない。私はあなたのことをずっと気にかけてた。連絡が取れなくなっても、ずっと……」

「加納さん……」組み敷かれた久米は、唖然とした表情で環を見上げる。

「ピアノが弾けなくなって絶望していた私を、あなたが救ってくれたの。あなたがいなければ、私はいまも惰性で生きているだけだった。あなたが私の目を覚まさせてくれたの。あなたが私を悪夢から救い出してくれたの」

環は必死に言葉を紡いでいく。

「自分に価値がないなんて言わないで。あなたは私にとって……特別な人なんだから」

瞳から零れた涙の雫が、久米の鼻先に落ちて弾けた。

「俺が特別な……」

久米の表情からじわじわと、憑き物が落ちていっているように環には見えた。

「そうだよ。もうこれ以上自分を傷つけなくてもいい。彼女からの虐待に耐えなくてもいいの。だって、その人の恋人じゃなくなっても、久米君は私にとって特別だから」

久米の体の上から離れた環は、涙で濡れる顔を拭うと満面の笑みを浮かべる。

久米は無言のまま環を見つめ続ける。その表情には激しい葛藤が浮かんでいた。

もう少しだ。もう少しで、彼の全身に絡みついている呪縛が解ける。その期待に、体が火照っていた。久米の唇が「ねえ」とかすかに動く。

「俺は加納さんにとって、特別ななんなのかな?」

心臓が大きく跳ねる。半開きの口から「特別な……」と言ったきり、言葉が続かなかった。この一言に久米を救えるか否かがかかっている。その予感に鳥肌が立った。

私を闇の中から救いあげてくれた人。そしていま、私の救いを必要としている人。この人は私にとってどんな存在なんだろう。環は目を閉じて考える。ひっそりと静まり返った神社の中、環と久米の呼吸音だけが融け合いながら響いていた。環はゆっくりと瞼を上げる。

「あなたは特別な……友達だよ。なにがあっても、私は親友としてそばにいてあげる」

本当に望んでいる関係ではなかった。けれど久米を恋人と、彼を支配している女性と別れさせようとしている以上、それ以外に選択肢はなかった。

「親友……か」

久米は満月が浮かぶ空を見上げると、ほぅと息を吐いた。胸に溜まっていた毒を吐き出すかのように。蒼い月光に照らされる彼の表情から、険しさが消えていく。

「そうか……。彼女の恋人じゃなくなったとしても、俺は俺なのか……。別に消えてなくなるわけじゃないのか……。なんでそんな当たり前のことに気づかなかったんだろう」

膝に手を当てて立ち上がった久米は、環に手を差しだす。握ったその手には、再びピアノを弾けるようにしてくれたときと同じ温かさが宿っていた。彼は力強く環を引き上げる。立ち上がった環に向かい、彼は柔らかい笑顔を見せた。

「ありがとう、加納さん。……それじゃあ、俺は行こうかな」

彼がこのあとなにをするつもりなのか、環は訊ねなかった。聞かなくても、自分自身を取り戻した彼の顔を見れば分かった。

「……近くまで、一緒に行っていいかな？」

環が言うと、久米は少し驚いた顔をしたあと、はにかんで頷いた。

神社をあとにした二人は、無言のまま歩き続けた。言葉を交わす必要などなかった。ただ、並んで歩いているだけで胸は小さな炎が灯っているように温かかった。

三十分ほど歩くと、一棟のマンションの前で久米が足を止めた。

「ありがとう、ついて来てくれて。加納さんがいてくれて心強かったよ。けど……、ここからは俺一人でけじめをつけないと」

「そう……。これ、持って行って」

環はつけていた音符のネックレスを外して、久米に手渡す。それは、久米に救われてから再び身につけることができるようになったものだった。これを持っていれば、久米がいざというとき勇気を出せる。なぜか、そんな気がした。

「これは？」受け取ったネックレスを久米はまじまじと見つめる。

「お守りみたいなもの。それを持っていれば勇気が出るの。だからさ、ポケットにでも入れておいてよ。じゃあ、もう遅いし、私は帰るね」

不安と未練が顔に出ないように気をつけながら微笑を浮かべ、環は「頑張ってね」と久米の肩を叩いた。彼ははにかんで身を翻すと、マンションのエントランスに入っていった。エレベーターに乗り込む彼に手を振ると、環はいま来た道を戻りはじめる。

これで良かったんだ。きっと、これで彼は救われる。数年前、救ってもらった恩を返すことができる。そして、私たちは……親友になる。

環は彼への淡い想いを、再び胸の奥底にある抽斗の中にしまい込み、鍵をかける。二度と開くことがないように。

冷たい風が、上気した頬から体温を奪っていった。


同窓会を終えて浜松へ戻ると、また日常がはじまった。

ただ、一つだけ変わったことがあった。久米から連絡が来るようになったのだ。

あの夜の顚末について、久米が語ることはなかったが、連絡ができるようになったということは、支配者の呪縛から彼は逃れられたのだ。

環と久米は定期的に電話をしては、お互いの現状などについて情報交換をした。彼と交わすたわいのない会話に幸せを感じていた。ときおり久米の言葉から好意の欠片が見え隠れする気もしたが、環は気づかないふりを決め込んだ。彼を救うためとはいえ、自分が恋人と別れさせた以上、その後釜に座ることは赦されない。そう決意を固めていた。だから、浜松の教室が軌道に乗ったので、東京に戻らないかと会社に提案されたときも断った。また久米と顔を合わせたら、彼と頻繁に会える状況になったら、心の抽斗の鍵が壊れてしまうと確信していたから。浜松と東京の間に横たわる距離が、親友という自分たちの関係を安定させてくれている。そう思っていた。

しかし、同窓会から半年ほどしたとき、信じられないニュースが飛び込んできた。久米が元恋人を殺害した容疑で逮捕されたのだ。すぐに有休を貰って東京へと行ったが、家族でも弁護士でもない環は久米と接見することができず、浜松に戻るしかなかった。

ニュースで久米が殺害を認めているという情報を目にしたときには、脳貧血で倒れそうになった。自分が別れさせたから、こんなことになったのかもしれない。そんな罪悪感に苛まれ、眠れぬ夜が続いた。ただ、久米が殺人犯であることが確定したようなニュースが流れ続けても、環は頭の隅で思っていた。久米が人を殺すはずがないと。

気弱で頼りないところがあるが、誰よりも優しい人。傷つけられることはあっても、他人を傷つけることなどできるはずがない。その考えは、数ヶ月後に確信へと変わった。

久米に判決が下される日、環は傍聴席にいた。これまでも何度か久米の裁判を傍聴しようとしたが、抽選で落ちていた。しかし、その日は運よく抽選に当たり、傍聴席の隅で自らが被告人になったかのように緊張しつつ判決を待った。

裁判長は身勝手で残酷な犯行であると久米を糾弾したうえで、無期懲役を言い渡した。重い判決に呆然と立ち尽くしていた久米は、廷吏に連行される際、必死に自分は無実であると訴えた。裁判で争わず、反省した態度を見せれば軽い罪になると弁護士にそそのかされたので、仕方なく殺害を認めただけで、実際は殺してなどいないと。

その場にいた誰もが久米の言葉に耳を傾けることはなかった。ただ一人、環を除いて。久米の無実を信じた環は、すぐに行動に移った。勤めていた会社を休職して東京の実家に戻ると、彼を救う方法を必死に考えた。知り合いのつてや、ネット情報を頼りに調べた結果、佃三郎《さぶろう》という冤罪事件を中心に弁護を引き受けている弁護士の存在を知り、彼を訪ねて久米の弁護を依頼した。久米と接見した佃は弁護を引き受けてくれた。佃を通じて拘置所にいる久米とも連絡が取れるようになり、絶対に自分が救うと伝えた。久米が返してくれた感謝の言葉に溢れた手紙を見たときは、涙で文字が追えなくなった。

佃のサポートを買ってでた環は、彼の手足として全力で働いた。久米の無罪を信じ、佃も必死に弁護をしてくれた。そして、高裁での判決が言い渡される運命の日、傍聴席で両手を組んで祈る環の耳に、「被告人は無罪」という裁判長の言葉が飛び込んできた。大きなざわめきに包まれた傍聴席の中、あまりにも強い安堵と歓喜で動けなくなっている環と、証言席で振り返った久米の視線が絡んだ。幸せそうに微笑みながら、「ありがとう」と口を動かした彼を見た瞬間、心の抽斗の鍵が開いた気がした。

環と、無罪判決後に釈放されて自由の身になった久米との交際は自然とはじまった。罪悪感はあったが、もはや彼への気持ちは抑えきれないほどに膨らんでいた。

実家の両親は最初、難色を示したが、正式に挨拶をしに来た久米の人間性に触れ、籍を入れるのは最高裁で無罪が確定したあとという条件付きで、結婚を前提とした交際に同意してくれた。

復職し、東京の音楽教室へ戻ってきた環は、久米と同棲をはじめた。大学を辞めた久米は、最高裁での無罪判決を勝ち取った後に就職活動をはじめる予定なのでバイトしかできなかったため、生活は楽ではなかったが、幸せな時間を過ごしていた。

そんな生活が三ヶ月ほど続いたある日の午後、仕事を終えた環は駅前のスーパーで買い物を済ませて帰路についていた。

晩酌用のノンアルコールビールを買い過ぎたかもしれない。掌に食い込むビニール袋の取っ手に辟易しつつ、環は街灯の光に照らされた路地を進んでいく。自宅マンションは家賃が安いかわりに、駅からかなりの距離がある。しかも途中、人通りの少ない路地を通る必要があった。

冬の足音が聞こえてくる季節。日は短くなっている。この周辺を通るたびに、かすかな恐怖を覚えていた。

いや、怖いのは道が暗いからだけではない。環の吐いた息がかすかに白く色づく。数週間前から、身の回りで不審なことが起きていた。まず、スマートフォンに非通知で無言電話がかかってくるようになった。最初は間違い電話だと思っていたが、何度もくり返すうちにいたずらだと気づき、非通知からの着信を拒否した。すると、今度は勤めている音楽教室に頻繁に電話がかかり、環を呼び出すように言ってきた。環が出るとその電話はすぐに切られた。きわめつきは最近、誰かに尾けられているような気配を感じていることだった。夜道を歩いていると突然、カメラのシャッター音が聞こえてきたり、足音が追ってきたりしている。しかし、驚いて振り向いても、その相手の姿をとらえることはできていなかった。

別に気にするようなことじゃない。電話の件はよくあるいたずらだし、誰かに尾行されているなどというのは気のせいに違いない。最高裁の審理が近づき、神経質になっているんだ。

最高裁では間違いなく検察の上告が棄却され、無罪判決が出ると佃は太鼓判を押してくれていた。しかし、それでも一抹の不安を拭い去ることはできなかった。さらに、久米の無罪判決に対して否定的な世論も、環の精神を消耗させていた。

無罪判決が出たあと、警察への批判が殺到した。しかしそれは無実の人間を逮捕、起訴したからではなく、杜撰な捜査のせいで久米を有罪にできなかったことに対してだった。無罪にはなったが、久米が佐竹優香を殺害していないとは言い切れない。真犯人が捕まっていないこともあって、世論の大半はそう考えていた。

大丈夫だ。最高裁で無罪判決が出れば、警察は捜査を再開するだろう。きっと真犯人が捕まり、久米の無実が完全に証明される。そう自分に言い聞かせつつ歩いていた環は、背後から聞こえてくる足音に気づく。

また気のせい？　振り返った環の口から、「ひっ」という悲鳴が漏れる。十数メートル先、街灯と街灯の間の闇が揺蕩っている空間に、一人の男が立っていた。

長いコートを羽織り、頭には野球帽を被っている。大きなマスクと、こんな暗いにもかかわらずかけているサングラスによって、その人相は見えなかった。

サングラスの奥から発せられた視線に射抜かれた環は、踵を返して歩きはじめる。怪しい風体だが、私を追っているとは限らない。たんなる通行人かもしれない。恐怖を押し殺して早足で歩きながら耳を澄ます。足音がついてきていた。環と完全に歩調を合わせた足音が。息を乱しつつ、環は歩くスピードを上げていく。それに合わせて、背後から聞こえてくる足音も加速した。

間違いない、あの男は私を追っている。私に危害を加えようとしている。環はもっていたビニール袋を手放すと、靴を鳴らして走りはじめる。同時に、足音も一気に加速した。走るのは怖かった。けれど、男に捕まる危機感の方が遥かに強かった。

暗い路地を環は駆けていく。足音に追われつつ、環は必死に走り続けた。

数十秒も走ると、普段運動していない体がすぐに悲鳴を上げはじめる。脇腹が締め付けられ、肺が痛くなる。筋肉が硬く張った足が縺れ、環はバランスを崩した。

環はとっさに体を捻ると、両腕を腹に当てて体を小さくし、肩からアスファルトに倒れこんだ。限界が近づき、走るスピードが遅くなっていたせいか、それほど強い衝撃はなかった。アスファルトにこすれた肩の痛みに耐えつつ、環は振り返る。いまにもコートの男が襲い掛かって来ることに怯えて。しかし、そこには誰もいなかった。

街灯に照らされ延々と伸びている路地を、環は呆然と眺める。

一瞬、耳元を羽虫が飛んでいるような音がかすめた。

「……ただいま」

自宅に帰りリビングへ入ると、ダイニングテーブルに腰掛けて書類のようなものを見ていた久米が、慌てた様子でそれをズボンのポケットに押し込んだ。どこか人工的な笑みを浮かべて「おかえり」と言いかけた彼は、環を見て目を見開く。

「どうしたの⁉」

駆け寄ってきた久米が、地面に打って赤くなっている環のこめかみに手を当てた。

「ちょっと……、転んじゃって」

まだ完全に恐怖が消え去っておらず、声が震える。久米の血相が変わった。

「転んだって、大丈夫⁉」

「うん、心配しないで。肩と顔を軽く打っただけ。体は無事」

「そっか……」久米は小さく安堵の息を吐く。「けど、顔真っ青だよ。なにがあったの？」

力の入らない体を久米に支えられ、ソファーに座らせてもらった環は、さっきの出来事について伝えるべきか迷う。本当に男がいたのか、それとも恐怖が生み出した幻想だったのか、環自身にも分からなかった。躊躇している気配を感じ取ったのか、久米が手を握ってくれる。凍りついていた気持ちが、わずかに温かくなる。

「俺たち、もうすぐ家族になるんだろ。どんなことでも話してくれよ」

たしかにそうだ。家族に隠し事をするべきじゃない。環は「分かった」と頷くと、ついさっきの経験を話しはじめた。

数分かけて説明を終えると、久米が険しい表情で腕を組んだ。

「ストーカー……」

「いや、そんな大げさなものじゃないって。私の気のせいだったのかもしれないし」

環は胸の前で両手を振る。しかし、久米の顔の筋肉はこわばったままだった。

「でも、最近変な電話がかかってきているんだろ。もしかしたら、まだ俺が殺人犯だと疑っている奴の嫌がらせかもしれない」

「そうかもしれないけど……」

難しい顔で考え込む久米を見て、環は無理やり笑顔を作った。

「ねえ、いまは考えるのやめよ。すぐには結論なんか出ないんだからさ。それよりお腹すいちゃった。なにかご飯食べようよ」

久米は「けど……」と反論しかけるが、なんとか暗い空気を払拭しようとしていることに気づいたのか、あごを引いた。

「たしかにそうだね。考えるのは夕飯の後にしよう」

「あ、ごめん。夕食の材料落としちゃった。カップラーメンとかならあるけど……」

「カップラーメンなんかじゃ、栄養つかないよ。たしか前に余って冷凍していた総菜が残っていたはずだから、それを温めて食べよう」

環が「うん」と台所に行こうとすると、久米に両肩を摑まれ、優しくダイニングテーブルの椅子に座らされる。

「俺がやるから、環は休んでいなよ。体に無理させちゃいけないだろ」

「でも……」

気が引けるので少しは手伝わせてもらおうと立ち上がりかけた環だったが、たしかにいまは体を大事にしなくてはと思い直し、椅子に腰をおろす。

久米の後ろ姿をぼんやり眺めていると、心に染みついていた恐怖が薄らいでいく。もうすぐ彼と、本当の家族になることができる。それがとても幸せだった。

いつまでも彼といられたらいいな。そんなことを考えながらテーブルに置かれているチラシや封筒を眺めていた環は、そばにあるゴミ箱に丸められた茶封筒が無造作に突っ込まれていることに気づいた。宛名には『久米隆行《たかゆき》様』と記されている。どうやら、さっき久米が隠した書類は、これに入って送られてきたもののようだ。さらによく見ると、危機感を煽るような赤い文字で、『至急　ご確認を！』と記されている紙も捨てられている。これはなんだろう？

「ねえ、テーブルの上にあるのって、今日郵便受けから取ってきたもの？」

「ああ……、そうだけど」久米の声には、かすかに警戒するような響きが含まれていた。

「届いていた郵便物って、テーブルの上にあるので全部？」

数瞬の間をおいて、久米はこちらを見ず、「そうだけど？」と質問を返してきた。

「……ううん、なんでもない」

環は首を振る。これ以上追及したら後悔するかもしれない。本能がそう伝えていた。

もやもやした気持ちを抱きながら、環はチラシの山を崩していく。スーパーの安売りチラシに混じって、縦長の茶封筒が出てきた。宛名は書いておらず、切手も貼られていない。郵便受けに直接投函されたもののようだ。

マンションの管理組合からだろうか？　何気なく封筒を開けて逆さまにして見ると、中から便箋と数枚の写真が出てきた。

テーブルの上で裏返しになっている写真をひっくり返した環は、目をしばたたかせる。その写真の意味することが分からなかった。そこには並んで歩く環と久米が写っていた。なんで私たちの写真が？　環は他の写真も表にする。その全てが、環と久米の写真だった。明らかに遠方から隠し撮りされた写真。

「なんなの……これ……」

腹の底が冷えていくような感覚を覚え、環は下腹部に両手を当てる。総菜を電子レンジで解凍していた久米が「どうかした？」と訊ねてくるが、答える余裕はなかった。

環は折りたたまれた便箋に、震える指先を伸ばす。頭の中で警告音が響くが、手の動きを止めることができなかった。三つ折りにされた便箋を開くと、そこには幼稚園児が書くような大きく、いびつな文字が躍っていた。

やけに読みにくい文字の意味が脳に染み入ってきたと同時に、「ひぃ！」という悲鳴を上げ、環は立ち上がった。椅子が倒れ、大きな音を立てる。

「どうした⁉」

久米が駆け寄ってくる。環が細かく痙攣する指先で、テーブルの上に広げられた便箋をさす。

『お前が　人殺しだと　知っているぞ

地獄に堕ちろ　殺人鬼！』

血液のように赤黒い文字で、便箋にはそう記されていた。

どうしてこんなことになったんだろう？

ベッドに横たわり、天井を眺めながら環は自問する。しかし、答えは出なかった。

封筒に入った脅迫状を見つけた当日、環は実家へと戻った。そして、一週間以上が経過したいまも、久米と同棲していた部屋には戻っていない。

久米も実家に迎えたかった。しかし、自分が一緒だと危険かもしれないと、彼はそれを断った。環の両親も、当分の間、久米とは距離を取った方がいいと暗に伝えてきた。

久米とは毎晩、電話で話をしていた。彼は安いビジネスホテルに泊まっているらしい。

しかし、なぜか昨夜だけは彼から電話がなかった。環から電話をかけても、『おかけになった電話は、電波の届かない……』という音声案内が聞こえてきただけだった。

部屋の掛時計の音がやけに大きく耳に響く。彼は大丈夫なのだろうか？　いま無事でいるのだろうか？　秒針が時を刻むたびに、不安がじわじわと容積を増していく。

一週間前、夜道で尾けてきた怪しい男。あの男に危害を加えられたりはしていないだろうか。彼の無事を確認したいのだが、その方法がないことがもどかしい。

警察に連絡を取ろうとも考えた。しかし、高裁で無罪判決を受けて釈放されたとはいえ、彼はまだ殺人罪で起訴されている身だ。それに、逮捕されたとき自白を強要されたこともあって、久米は警察に強い嫌悪を持っている。だから、通報できずにいた。

『大丈夫、もうすぐ全部解決するよ』

一昨日の電話で、彼はそう言った。しかし、その口調からは無理やりそう思い込もうとしているような気配が伝わってきた。環が「本当に？」と疑念のこもった声で訊ねると、久米は『もちろん。ちゃんとお守りも持っているしね』と冗談めかして言った。

久米が佐竹優香との別れを決意した時に渡した音符のネックレス。彼はそれをお守りの中に入れて、いまも常に持ち歩いている。高裁で無罪判決を受けたときも、それを両手で握りしめていたと言っていた。

「久米君……、大丈夫だよね」

つぶやきが部屋の空気に溶けていく。環は両手をへその下あたりに当てる。掌に伝わってくる温かさが、わずかに心を落ち着かせてくれた。

環はベッドから起きると部屋の外に出る。一人で悩んでいると、心も体も腐ってしまいそうだ。こういうときは気分転換をして、これからどうするべきか考えよう。

手すりを持って慎重に階段を降りた環は、廊下の奥にある部屋の扉を開く。そこに鎮座しているグランドピアノを見ると、少しだけ体が軽くなった気がした。

鍵盤蓋を上げた環は、椅子に座ると目を閉じて深呼吸をくり返す。演奏前、いつもそうしているように。そのとき、全身の毛が逆立った気がした。

羽音が、かつて聞こえていたあの耳鳴りが聞こえた。環は目を見開いて部屋を見回す。

違う、耳鳴りなんかじゃない。本当に羽虫が迷い込んだに違いない。

しかし、どれだけ探しても、虫は見つからなかった。不快な羽音はいまも続いている。

奥歯を食いしばった環は、ピアノに向き直ると両手を鍵盤に添える。もし耳鳴りだとしても関係ない。演奏さえはじめれば消えてくれるはずだ。

浮かした指を鍵盤に叩きつけようとする。しかし、音は響かなかった。まるで自分の体の一部ではなくなってしまったかのように、手はピクリとも動かなかった。

「なんでよ⁉　なんで、動かないのよ！」

環は叫びながら、必死に鍵盤の上で指を躍らせようとする。しかし、必死になればなるほど、指の筋肉はこわばり、硬くなっていく。

環は血が滲むほどに強く唇を嚙む。痛みが金縛りを解き、指が鍵盤を強く叩く。しかし、イメージしたような音色が部屋を満たすことはなかった。代わりに、魂を削り取るような雑音が壁に反響する。

「なんで……」深くうなだれた環の額が鍵盤に触れ、再び雑音を響かせる。

また、弾けなくなった。また、音楽を失ってしまった。絶望が心を黒く染めていく。

唐突にノックが響き、扉が開いていく。環は勢いよく上半身を上げた。扉の隙間から、母の淳子が顔を覗かせる。

「環……、ごめん、演奏中だった？」

「ううん、大丈夫だよ。一曲弾き終えて一息ついていたところだから」

必死に笑顔を作ろうとするが、顔の筋肉が引きつってうまくいかなかった。

「そう、あのね……、環に会いたいっていう方がいらしているんだけど……」

やけに歯切れ悪く淳子が言うと、突然扉が大きく開かれ、粗野な雰囲気のスーツ姿の男が、演奏室に入ってきた。

「加納環さんですね」

状況が摑めず、環は「は、はい」とかすれ声で返事をする。男は懐から一枚の書類を出すと、環の目の前に突き出した。

「あなたが久米と住んでいた部屋に捜索令状が出ています。これから捜索にはいりますので、住人であるあなたにも同席をお願いします」


『鑑識』と書かれた腕章をつけた捜査員たちが、部屋の中を行き来する。１ＬＤＫの部屋に十人以上の人間が詰め込まれ、環は息苦しさを覚えていた。

環は隣に立つ男、一時間前、捜索令状を突きつけてきた中年の男に視線を向ける。警視庁捜査一課の刑事だというその男は、混乱する環を急かして覆面パトカーに乗せると、なんの説明もないまま、一週間前まで久米と暮らしていたマンションの玄関前に連れてきた。そこには、すでに鑑識の捜査員とマンションの管理人が待機していた。

裁判所から発行された令状に則り、家宅捜索を開始する旨を告げた刑事は、おどおどとした態度の管理人を促してマスターキーで玄関の鍵を外させた。扉が開き、捜査員たちが我が物顔で生活空間に侵入していくのを、環はただ放心状態で眺めることしかできなかった。

捜索開始から数十分が経過し、衝撃で麻痺していた頭もいくらか冷えてきた。

「これは、なんのための捜索なんですか？」

そう訊ねると、刑事は露骨に面倒そうに「殺人事件を解決するためですよ」と答えた。

一度冷えた頭に血が上っていく。自白を強要し、冤罪を作った警察が、また久米を犯人にするための証拠を強引に探そうとしている。そんなこと許されるわけがない。

「久米君が殺人犯じゃないことは、裁判で証明されたじゃないですか」

刑事は小馬鹿にするように鼻を鳴らしただけだった。その態度を見て、環はバッグの中からスマートフォンを取り出す。

「なにをするつもりですか？」

「弁護士さんに連絡をとって、こんなひどいことを止めさせてもらうんです。それとも、私は電話もしちゃいけないんですか？」

「いえいえ、そんなことありませんよ。まあ、無駄でしょうけどね」

眉根を寄せて「無駄？」と聞き返す環に向かって、刑事は唇の片端を上げて見せる。

「ええ、そうですよ。弁護士はこの捜索に賛成していますからね。というか、彼の方から捜索を願い出たみたいなものなんですよ」

目の前の男がなにを言っているのか分からなかった。

「つ、佃先生がそんなことするわけがありません！　なんにしろ、久米君は佐竹優香さんを殺してなんかいないんです！　だから、こんなことしても無駄です」

「お姉さん、俺たちが捜査しているのは、佐竹優香の件じゃないんですよ。今朝、中年の男がアパートの一室で殺されているのが発見された事件、新しい殺人事件です」

「新しい……殺人事件……？」

環はたどたどしくその言葉をくり返す。

「そうです。昨夜、弁護士の佃に久米から電話があったんですよ。男を殺したってね」

「な、なにを言って……？」

足元が崩れた気がした。どこまでも深い深淵に引きずり込まれていくような心地。

「今朝見つかった殺害現場からは、久米の指紋が多数見つかりました。凶器であるナイフにもね。そのうえ、現場近くの防犯カメラに久米の姿が映っていることが確認されています。さらに、久米は自分は佐竹優香殺しの真犯人でもあると佃に告白したそうです。警視庁はすぐに重要参考人として久米を手配しましたが、まだ見つけられてはいません。ですから、あの男がどこにいるのか調べるために、こうして家宅捜索を……」

滔々と語る刑事の言葉は、環の耳には全く知らない異国の言語のように響き、理解ができなかった。そのとき、鑑識の一人が「ちょっと見てください」と、透明な袋に入った書類を持ってくる。

刑事に「加納さん」と耳元で呼ばれ、環ははっと我に返る。

「この書類はご存じですか？　鍵のかかったデスクの抽斗に入っていたらしいんですが」

刑事はしわの寄った書類が入った袋を顔の前に持ってくる。環の脳裏に、一週間前、怪しい男に追われて帰宅した際、久米が慌ててポケットに押し込んだ書類を思い出す。それは、貸し倉庫の契約書だった。契約人の欄には環の名前がある。また、保証人として久米の名前が記されていた。

「あなたは貸し倉庫を契約していましたか？」

環が緩慢に首を横に振ると、刑事は青々としたヒゲの剃り跡が目立つあごを撫でた。

「加納さん、この倉庫については令状がないので私たちはすぐには捜索できません。けれど、契約者であるあなたが頼んだら、きっと管理会社は倉庫の中を見せてくれるでしょう。そして、あなたが許可するなら、私たちも中に入ることができる」

一度言葉を切って舌なめずりするように分厚い唇を舐めた刑事は、顔を近づけてくる。

「どうでしょう。無駄な手間を省くためにも、倉庫の捜索を許可して頂けませんかね」

書類に記されていた倉庫は、大田区の湾岸地帯にあった。廃工場などが目立つ一角にある、コンクリートでできた長屋のような建物には、等間隔にシャッターが並んでいた。その一つ一つが貸し倉庫だということだ。

刑事に言われるがままに管理会社に連絡すると、かなりルーズな会社なのか拍子抜けするほどあっさりと倉庫の中を見せてくれることになった。

刑事と鑑識の捜査員たちが待機する中、管理会社の社員は鍵を開けてシャッターを上げていく。ガラガラという大きな音が鼓膜を震わせた。

社員に「どうぞ」と促された環は、おそるおそる倉庫に入る。埃っぽい空気が気管に侵入してくる。すでに時刻は午後八時を回っている。倉庫は闇に満たされていた。

社員が入り口のわきにあったスイッチを入れると、天井から吊るされていた裸電球が点いた。オレンジ色の安っぽい灯りに照らされた倉庫内を見た環は、眩暈を覚えてたたらを踏んだ。六畳はどのスペースの壁には、所狭しと写真や地図が張られ、奥にある折りたたみ式のテーブルの上には、いくつもの凶器が置かれていた。

そう、それは紛れもなく〈凶器〉だった。刃渡り三十センチはありそうな諸刃のナイフ、スタンガン、手錠、糸鋸、スコップ、はては容器に『濃硫酸』と記された薬品まで。それらは明らかに、人を傷つけ、殺害し、そして遺体を隠すためのものだった。

鑑識の捜査員たちが獲物に襲いかかる獣のごとく、それらの〈凶器〉に群がる。後ろで手を組んだ刑事が、壁の写真を一枚一枚丹念に眺めていく。

「ここに写っているのは、佐竹優香ですね」

刑事のつぶやきを聞き、あらためて見ると、たしかに写真の半分ほどが佐竹優香を遠くから盗撮したもののようだった。中には、下着姿の優香を窓越しに撮ったものすらある。佐竹優香に捨てられた久米は、彼女を執拗にストーキングしていた。そして、復縁を断られて殺害に及んだ。

裁判で検察官が主張していた内容が頭に蘇る。

いや、違う。環は頭を振って、脳に湧いた不吉な想像を振り払う。久米は佐竹優香に虐げられていた。彼女から奴隷のように扱われていた彼を、私が救い出したのだ。

そう、そのはず……。

「もう一人写っているのは……」

つぶやいた刑事の口角がみるみる上がっていく。環は刑事が眺めている写真に目を向ける。そこには中年の男が写っていた。見覚えのない男だった。

年齢は[redacted]ぐらい、少し[redacted]が多く、体格[redacted]だった。

「加納さん、こちらの男性に見覚えは？」

「いえ、知らない人……」

です、と続けようとしたところで環は絶句する。一枚の写真は、男がコートを羽織り、マスクをして電柱の陰に潜んでいるのを隠し撮りしたものだった。男の手には、サングラスと野球帽が握られている。一週間前、夜道で追ってきた男。この中年男性が、あのストーカーだった？

「こ、この人は誰なんですか？」

呼吸を乱しながら環が訊ねると、刑事は声をひそめて囁いてきた。

「[redacted]という人物で、今朝、遺体で発見されました」

「遺体……」

「そうです、この男こそ久米が殺害したと告白してきた被害者なんですよ」

再び眩暈がする。さっきよりも遥かに強い眩暈が。景色がぐるりと回転する。上下左右の感覚が消え去る。環はとっさにしゃがみこみ、土がむき出しになっている床に四肢をついて勢いよく倒れることを防いだ。上なのか下なのか分からない方向から、刑事の声が聞こえてくる。

「ここに写真が貼られている二人は、久米によって殺害された。つまり、久米はこの倉庫で、獲物を狩るための作戦を練って……」

刑事のつぶやきを羽音が掻き消していく。何千、何万匹の羽虫が飛び回っているかのような激しい羽音が。蟲が皮膚の上で蠢いているような違和感が、四肢から這い上がってくる。全身が無数の蟲にたかられ、内臓まで喰われているような錯覚に襲われる。

喉から迸った絶叫が、羽音に混じってかすかに聞こえた。


「保釈中にもかかわらず姿を消したということで、久米は指名手配されました。また近日中に、[redacted]殺害の容疑でも逮捕状が出る予定です」

三日後の昼下がり、環は実家のリビングで刑事の話を聞いていた。倉庫の捜索について協力してくれたので、経過報告をしに来たと言っているが、本当の目的が久米から連絡がないか確認するためだということは明らかだった。

「環、大丈夫？」

隣に座る淳子が、肩に手を置いてくれる。環の口から、「うん、大丈夫」と、プラスチックのように硬く、温度のないセリフが零れた。

三日前、あの倉庫に入ってからというもの、ずっと自分が自分でないような感覚を覚えていた。自分の体を少し高い位置から見下ろしながら、操っているような心地。

この三日、喜怒哀楽、どの感情もほとんど湧かなくなっていた。もしかしたら、感情というものを生み出す回路が過負荷に耐えきれず、焼き切れてしまったのかもしれない。

「さて、なんで久米が[redacted]を殺したのか、分かって来たので、そちらについても説明させていただきます。そのうえで、なにか思い出したことなどあったら、教えてください」

久米君は殺してなんかいない。その言葉を口にする気力すらなかった。彼が犯人ではないという確信さえ、もはや持てなかった。

環が曖昧に頷くのを見て、刑事は話を続ける。

「今回殺害された[redacted]ですが、実はある事件の被害者であることが分かりました」

「殺されたんだから、被害者なのは当然でしょう?」

淳子が眉間にしわを寄せると、刑事は手を振る。

「いえいえ、お母さん。そういう意味じゃないですよ。二十三年前に起こった大事件で、[redacted]は大きな怪我を負ったんですよ。彼はその犯人を追っていたんです」

「その事件の犯人は捕まっていなかったんですか?」

淳子が訊ねると、刑事は苦い表情になる。

「いえ、現行犯で逮捕されました。しかし、犯人は未成年、わずか十六歳で、しかも精神的に不安定だった。だからほんの数年、矯正施設に入るだけで野に放たれてしまったんです。十人以上を殺害したにもかかわらずね」

「十人⁉」

淳子の声が跳ね上がる。環の口も半開きになった。

「ええ、そうです。そして犯人は、姿をくらましました。おそらくは名前と顔を変えて、社会に溶け込んで生きてきたんだと思います」

「名前を変えるって、そんなことが可能なんですか？」

「可能なんですよ、お母さん。身寄りのない人間というのは、いくらでもいるんです。そんな人物を見つけて、戸籍を買ったり、乗っ取ったりした例は少なくありません」

「乗っ取るって……、乗っ取られた人はどうなるんですか？」

刑事は意味ありげな笑みを浮かべるだけだった。淳子の顔が青ざめる。

「まあ、そんな感じでなに食わぬ顔で生活している犯人を、今回殺された[redacted]は必死に追っていたんですよ。彼が殺害された部屋には、二十三年前の事件の資料が溢れていましたよ」

環は郵便受けに投函された脅迫状を思い出す。そこには『お前が人殺しだと知っているぞ』と書かれていた。てっきり、佐竹優香殺害の犯人であるという意味だと思っていた。けど、もしかしたら夜道を追ってきたあの男は、二十三年前の事件について告発してきたのかもしれない。

「[redacted]が自分の正体に近づいていることを知った久米は、逆に彼が寝床にしているアパートをつきとめ、そして……」

「ちょ、ちょっと待ってください！」

上ずった声で淳子が言う。刑事は、「なんですか？」と眉間にしわを寄せた。

「警察は、久米君がその二十三年前の事件の犯人だと思っているんですか⁉」

刑事は二、三度まばたきをしたあと、あごを引いて上目遣いに視線を送ってきた。

「ええ、私たちは疑っています。久米こそが二十三年前に世間を震撼させた通り魔事件、週末の遊園地で次々と客をナイフで刺していった犯人……」

一度言葉を切った刑事が、もったいつけるようにゆっくりと口にした名を、環は羽音のような耳鳴りとともに聞いた。

「通称、『少年X』だとね」

9

「いやあああーっ！」

鼓膜を破かんばかりの叫び声が、薄暗い地下室に響き渡る。それが自分の口から迸っていると、私はすぐには気づくことすらできなかった。

私は尻餅をつくと、手にしていた淡く輝くオルゴール、環さんのククルが入った箱を放り捨てた。オルゴールは石の床の上を力なく転がると、開いている口をこちらに向けて止まる。箱の中で、心臓が鼓動するように膨張と収縮をくり返していた球状のレーザーから、一本の光線が飛び出して私の額をかすめた。

「いやっ！　いやっ！　いやっ……」私は割れそうに痛む頭を両手で抱える。

「愛衣、どうしたの？」

口から光線を吐いて迫ってくる大量の蟲を防いでいたククルが、慌てて駆け寄ってくる。しかし、答える余裕などなかった。

「少年……X……」

かすれ声でそうつぶやいた瞬間、脳裏にあの日の光景がフラッシュバックした。私はか細い悲鳴を上げると、ダンゴムシのように身を小さく、丸くする。

響き渡る悲鳴と怒声、パニックになって逃げ惑う群衆、大量の血を流してアスファルトに倒れる人々、血液で紅く濡れた巨大なナイフ、微笑んで私を抱きしめるあの人の体温、そして私を見下ろす瞳。爬虫類のように、感情の浮かんでいない双眸。

この二十三年間、数えきれないほどフラッシュバックに襲われ、苦しんできた。しかし、これほどまでリアルに、あの日の記憶が蘇ったことはなかった。現場に充満していたむせ返るような血の匂いすら感じとることができる。

久米さんが少年Xだったかもしれない？　イレス患者に少年Xがかかわっている？そんな偶然があり得るのだろうか？

偶然？　これは本当に偶然なの？　あの事件の被害者である私が、三人のイレス患者の主治医となったこと。患者たちが巻き込まれた事件と、少年Xとの間に関連があったこと。最後のイレス患者が、いまも続いている連続殺人の関係者かもしれないこと。

どこからが偶然で、どこからが必然なのだろう？

分からない、分からない、分からない……。

「愛衣、どうしたんだよ？　早くマブイグミをしないと」

ククルが声をかけてくる。私は「無理よ！」と髪を振り乱した。

「無理なの！　そんなことできない！　久米さんが少年Xだったかもしれないの！」

私は土下座でもするように、頭を抱えたままククルの前に伏せる。

「助けてよ……。お願い、助けて……ククル……」

もう、あの日のことを思い出したくない。あの恐怖を……、あの喪失感を……。

もう、消えてなくなってしまいたい……。

そう思ったとき、身を裂かれるような痛みが胸から脇腹にかけて走った。あまりの激痛に、悲鳴すらでない。見ると、白衣の胸元に赤黒い染みが広がっていた。

飛鳥さんの夢幻の世界のときのように、あの日、私のマブイに刻まれた傷跡がまた開いたのだろう。しかし、前回よりも痛みは遥かに強く、そして出血量は比較にならぬほど多かった。

白衣の生地を通過した血液が、ぼたぼたと石の床に零れていく。筋肉や腱が断ち切られていくおぞましい音が鼓膜を揺らし、痛みがさらに増していく。文字どおり、身を裂かれるような激痛。

体に力が入らない。私はその場に仰向けに倒れる。このままでは、出血多量で死んでしまう。いや、その前に体が真っ二つに千切れてしまう。

あの日に感じたのと同じ死の恐怖で心が腐っていく。

「誰か……助けて……」

薄れていく意識のなかでつぶやくと、琥珀《こはく》のような瞳が目の前に出現した。

「大丈夫だよ、愛衣。安心して」

私の体に乗り、顔を覗き込んだククルは、赤ん坊をあやすような優しい声で言うと、両耳を胸の傷口へと当てる。淡い金色の輝きが灯り、痛みが溶け去っていく。

まだ幼かった頃、あの人に抱きしめられて眠った思い出が蘇ってきた。春の日差しの中、タンポポの綿毛に包まれているような感触に、私は思わず目を閉じる。

「ほら、もう大丈夫」

ククルに言われて瞼を上げると、傷の痛みは消えていた。大量の血を吸って赤黒く変色していた白衣も、純白に戻っている。

「少年X……」

私の体から飛び降りたククルがつぶやく。その名に、心臓が凍りつく。

「加納環の記憶の中で、少年Xの話が出てきたんだね?」

私が小さく頷くと、ククルは両耳をぴょんと立てた。

「それは悪い兆候じゃないよ。そこまで来たならもう少しだね」

「もう少し?　もう少しってどういうこと⁉」

「説明している暇はないかな」

ククルはくいっとあごをしゃくる。そちらを見た私の体に戦慄が走った。ククルが吐き出した光の壁の向こう側の空間が、大量の蟲によって満たされていた。ククルは「にゃあん!」と吠えると、もう一度光を吐き出し、いまにも壊れそうな壁を修復する。

「こんなの時間稼ぎにしかならない。だから、一度リセットしよう」

「リセットってどういうこと？」

私の問いに答えることなく、ククルは両耳で私のこめかみを挟み込んだ。一瞬、視界がぶれる。

「大丈夫、抵抗しないで」

ククルは目を閉じる。また視界がぶれた。白い部屋が見えた気がする。

目元をこすった私は、光の壁の向こう側で起きていることに気づき総毛立つ。部屋に溢れる蟲たちが光の壁への突撃を止め、一ヶ所に集まりはじめていた。

黒く蠢く霞のようだった蟲の群れが、一つの生命体へと変態を遂げていく。鎧《よろい》のように黒光りする体、口元に生える二本の鎌のような牙、石の床を穿《うが》つほどに鋭利な八本の足、そして先端に槍のごとき太く鋭い毒針を備えた尻尾。そこには装甲車のように巨大なサソリが姿を現していた。そのサソリは、人間の胴体ほどもある尻尾を鞭のごとくしなやかに振った。先端の毒針が光の壁に突き刺さり、全体にひびが入る。

「ククル、壁が……」

「大丈夫だから、集中して」

また、視界に白い壁の部屋が映る。そこに、私が立っていた。ベッドに横たわる環さんの額に手を当てている私が。ようやくククルの意図を悟る。ククルは私を夢幻の世界から現実へと戻そうとしているんだ。

サソリは再び尾を振り上げると、光の壁に向かって振りおろした。ブロック塀が砕けるような音とともに、光の壁が瓦解する。障害物を消し去ったサソリは、八本の足をわさわさと動かして近づいてきた。ククルは目を閉じたまま「もう少し」とつぶやく。サソリが大きく尾を振り上げる。巨大な毒針が高速で迫ってきた瞬間、体がふわりと浮き上がるような感覚がして、視界が真っ白に染め上げられた。

気づくと、私は病室に立っていた。目の前のベッドでは、環さんが眠っている。

ああ、そうか……。私はマブイグミに失敗したんだ。

環さんの額から手を引きながら、私は立ち尽くす。

激しい倦怠感が体を冒していた。揺れる小舟の上に立っているかのように足元がおぼつかず、ひどく船酔いしているように強い嘔気が胸を満たしていた。

「少年……X……」

つぶやいた瞬間、視界の上方から暗幕のようなものが降りてくる。全身の筋肉が弛緩していく。この感覚は知っている。脳貧血だ。

私はとっさに、ベッド柵に取り付けられているナースコールのボタンを押す。同時に体を支えていられなくなった。私は背骨がなくなったかのように、その場に勢いよく崩れ落ちる。受け身を取る余裕などなかった。側頭部が硬い床に衝突する鈍い音が響き、なにも見えなくなる。

ナースコールに気づいた看護師たちが廊下を走ってくる足音が遠くから聞こえてきた。

幕間　3

「まったく、いつまで寝ているんだか」

後輩の医師であり、そしていまは担当患者でもある識名愛衣の額を、杉野華は優しく撫でる。瞼を閉じ、小さな寝息を立てている愛衣の眉間には、深いしわが寄っていた。もしかしたら、悪い夢でも見ているのかもしれない。

「早く起きてよね。あなたがいないと、人手不足で困るんだから」

愛衣の耳元で囁いた華は、個室の病室を出て、すぐそばにあるナースステーションに向かう。意識を失った愛衣の主治医となったが、検査結果にはとくに大きな異常も見られないので、点滴などをしてベッドに寝かしているだけだった。

本当になにが原因であんなことになったのやら。

小さなため息をつきながらナースステーションに入った華は、電子カルテの前に座ると、愛衣の診療記録を入力していく。キーボードを打っていると、背後からきこきこという金属が軋むような音が聞こえてきた。

また来た……。辟易しつつ華は指の動きを止めると、椅子ごと回転して振り返る。

「なんのご用ですか?」

「ちょっと患者の様子を聞きたくてね」

車椅子に乗ったこの病院の院長は、両手でホイールを回しながら滑るように近づいてくると、「識名先生はどんな感じだい？」と電子カルテを覗き込んできた。

「べつに問題はありませんよ。いま診てきましたが、よく眠っています」

「そうか、とくに検査データに問題はないんだよね。しかし、なんでこんなことになったのかな。とても心配だよ」

難しい顔で腕を組む院長に、華は冷たい視線を注ぐと、廊下の奥の自動扉を指さす。

「院長が心配しているのは、あの扉の奥で昏睡状態になっている、彼じゃないですか？」

「ああ、もちろん彼のことは心配だ」

院長の目付きが鋭くなる。

「彼はとても重要な人物だからね。君にとってもそうだろう？」

口を固く閉じる華の頭に、彼の記憶が再生されていく。彼は尊敬すべき、素晴らしい男性だった。けれど、刑事たちが言うには、その彼が……。

先日、園崎という刑事と交わした会話を思い出していた華は、「なあ、杉野先生」と院長に声をかけられ、我に返る。

「最近、刑事たちがまた、彼の様子を見に来たっていうじゃないか？　いったい警察はなんのためにそんなことをしているんだ？　主治医の君なら、なにか聞いているんじゃないか？」

院長は車椅子の手すりを摑むと、身を乗り出してくる。

「……いえ、なにも聞いていません」

華は力をこめて顔の筋肉を固め、動揺が表情に出ないようにする。特別病棟で昏睡状態に陥っている『彼』が連続殺人にかかわっていたかもしれないこと、そのうえ『少年X』である可能性すらあることは、絶対に他言しないと刑事と約束している。そうでなくても、そんな重要なことを、いまいち信頼のおけない院長に話すつもりなどなかった。

数秒間、絡みつくような視線を浴びせかけてきたあと、院長は「そうか」と姿勢を戻すと、車椅子を器用に一八〇度回転させた。

「もしなにか分かったら、すぐに私に知らせるように」

ナースステーションから出た院長は、識名愛衣が入院している病室の扉に近づいていく。華は鼻の頭にしわを寄せた。

「……なにをしているんですか？　あの人の病室は、廊下の奥にある特別病棟ですよ」

「もちろん、識名先生の様子を確認するんだよ。君がどう思っているか知らないが、私にとって彼女はとても大切な部下なんだよ。心配だから様子を確認するのは当然だ」

院長が気障にウインクして、愛衣の病室へと入っていくのを見届けた華は、ウェーブのかかった髪を乱暴に掻く。あの気取った態度が生理的に受け付けない。悪い男ではないのだろうが、どうしても彼と話していると苛ついてしまう。

疲労を覚えつつ、華は再び電子カルテに担当患者たちの診療記録を打ち込んでいく。半分以上の患者の記録を入力し終えたとき、「杉野先生」と低い声で名を呼ばれた。華は勢いよく立ち上がって振り返る。ナースステーションの外に二人の刑事が立っていた。

小走りで彼らに近づいた華は、警視庁捜査一課の刑事である園崎のスーツの裾を摑み、「こっちに来てください」と病棟の隅にある病状説明室へと連れていった。

「またこの部屋ですか。どうしたんですか、そんなに慌てて」

扉を閉めると、園崎はパイプ椅子にどかっと腰かけた。

「あなたたちが何度も病院にやってきていることが噂になっていて、院長がやたらと私に探りを入れてきているんです。さっきみたいに気軽に声をかけられるところを目撃されたら、あなたたちがなんで彼について調べているのか、根掘り葉掘り聞かれるに決まってます」

「知らぬ存ぜぬで押し通せばいいじゃないですか？」

「うちの院長はベテランの精神科医なんですよ。人の心を読むのが異常なほど得意なんです。あの人に目を付けられたら、すごく面倒なんです」

「なるほど、だから人目に付かぬよう、ここに連れてきたということですか。しかし、今日はあの男の様子をちょっと見に来ただけだったんですが、せっかくこの部屋に通していただいたんだし、少しお話ししますか」

園崎は足を組んであごを引くと、上目遣いに視線を送ってくる。彼の隣に置かれた椅子に、三宅も座った。望むところだ。華はテーブルを挟んだ対面の席に陣取った。

前回ここで話したとき、彼が少年Xかもしれないという話を聞いたあと、ほとんど質問ができなかった。大きなショックを受けたことも一因だが、なにより少年Xについての知識が希薄だった。しかし、この数日でネットやノンフィクションの書物を読み漁り、少年Xと二十三年前に彼が起こした惨劇について、詳しい知識を頭に詰め込んでいる。

「それでは、まずはこちらから質問させてもらいましょう。あの男の病状はどうですか？　昏睡から醒める兆候などはありませんか？」

園崎の質問に、華は首を横に振る。

「ありません。いまも眠ったままです。いつ目が醒めるのか、それとも二度と目醒めることがないのか、主治医の私にも分かりません」

数日前と同じ答えに、園崎は小さく舌を鳴らした。その隙をついて、華は質問を返す。

「あの人が少年Xだなんて、そんなこと本当にありうるんですか？　そもそも、あの人は少年Xと同じ名前なんですか？」

「名前なんて、たんなる記号ですよ。他人の戸籍さえ乗っ取れば、完全な別人として生きていくことができるんです」

「そんなことをしたら、身内の人が気づくんじゃ……」

「だから、身内のいない人間、天涯孤独な人間の戸籍が狙われやすいんです。十九年ほど前に、少年Xはいまの戸籍を手に入れたのだと思っています。公式の記録では、あの男は早くに両親を亡くし、中学卒業後には進学も就職もせず引きこもり生活を続けていました。親権は唯一の肉親である祖母にありましたが、認知症で施設に入っていました。しかし、二十二歳のときに突然、大検を取り、極めて優秀な成績で大学に合格して奨学金までもらっています。そここそがおそらく、入れ替わったタイミングでしょう。まあ、施設にいた祖母は五年ほど前に亡くなっていますし、中学時代の同級生に聞いても、あの男のことをほとんど覚えていないので、たしかめようはないですがね」

「少年Xの指紋とかDNAは残っていないんですか？　それを、あの人のものと照合すれば、本当に少年Xなのかどうか確認できるじゃないですか」

華の質問に、園崎は渋い表情になる。

「犯人が未成年の場合は基本的に裁判後、それらの記録は全て破棄されるんですよ」

「あんな大事件なのに⁉」

華が目を大きくすると、園崎は苛立たしげに頭を掻いた。

「もちろん、我々も残そうとしました。けれど、あの男の代理人になった弁護士がその情報を手に入れ、人権問題として新聞にリークしたんですよ。そのせいで、記録は抹消されました。ですから、あの男が少年Xだということは、まだ証明できません。ところで、杉野先生。あなたはあの男とだいぶ親しかったんですよね」

「親しいというか……、彼のことは尊敬していました」

「それでは、あの男が過去のことについてなにか言っていなかったか、覚えていませんか？　特に中学以前のことについて」

華は口元に手を当て、彼との記憶を反芻する。

「いいえ、聞いたことがないです。大学時代の話はよくしていましたが、それ以前についてはほとんど聞いた覚えがありません」

二人の刑事の顔に笑みが広がっていく。そのとき、華はふと、あることに気づいた。

「ちょっと待ってください。二十三年前の記録がまったく残っていないなら、なんで警察は今回の連続殺人事件に、少年Xがかかわっているって思っているんですか？」

園崎の頰がピクリと動く。事件の核心に迫っている手応えに、華は前のめりになった。

「教えてください。面会も許可しているし、知っていることは全部話しているんだから」

十数秒黙り込んだあと、園崎は「シンボルですよ」とつぶやく。

「シンボル？」

「そう、二十三年前の事件で、少年Xは被害者の遺体に特徴的な傷をつけています。通り魔事件を起こす前に殺害した自分の両親の遺体にね。その形状が、今回の連続殺人事件の被害者たちの体にも刻まれているんですよ。鑑定の結果、間違いなく同一人物が刻んだものだという結果が出ました」

少年Xについてのノンフィクション書籍で読んだ事件内容を思い出し、華の口から小さな呻き声が漏れる。

「その顔を見ると、少年Xが両親にどのようなことをしたのか、ご存じのようですね。遊園地で通り魔事件を起こす前夜、少年Xは就寝中の両親を襲い、殺害しました。その後、二人の遺体を一晩かけて細かく解体すると、頭部を残して全て下水へと流したんです」

淡々とした園崎の口調がやけに生々しく聞こえ、華は喉を鳴らして唾を飲み込む。

「現場である寝室には、両親の頭部がベッドの上に並んでいました。江戸時代に罪人の首を晒したみたいにね。そして、その頬にはさっき言っていたシンボル。大きな×印が刻まれていました。その情報をマスコミがすっぱ抜いて、奴のことを『少年X』と呼びはじめたんです。あまりにもその名称が定着しているんで、警察でも奴はその名称で通っていました」

口を固く結んでいる華を尻目に、園崎は淡々と喋り続ける。

「昼頃になって、ようやく全ての作業を終えた少年Xは、浴室でシャワーを浴びて体についていた血を洗い流すと、サバイバルナイフをリュックサックに入れて自宅をあとにし、電車を乗り継いで移動しました。そして、多くの人々で賑わっている遊園地までやってくると、突然ナイフを取り出して、周囲の人々を無言で刺していったんです。被害者の一人に取り押さえられるまで、少年Xは三十人以上を刺し、そのうち十一人が命を落としました」

話し疲れたのか、園崎は大きく息を吐いた。四畳半ほどの狭い部屋に、重い沈黙が降りた。

華は動悸のする胸を押さえて、震える唇の隙間から声を絞り出す。

「やっぱり、あの人が少年Xのわけがありません。そんな残酷で後先考えない犯行を起こすような凶悪犯とあの人じゃ、人物像が違い過ぎます」

「そうとは言い切れませんよ」園崎はすっと目を細めた。

「どういう……意味ですか……？」

「事件後の精神鑑定で、少年Xは極めて高い知能を持つことが分かりました。学校の成績はあまりよくありませんでしたが、それは養育状況に問題があっただけで、適切な環境に置かれていれば素晴らしい才能を発揮しただろうと報告されています。犯行についても、長年過酷な生活環境に置かれ、人格形成に大きなダメージを受けた結果として起こしてしまったもので、治療可能だと鑑定医は判断しました」

華は小さく頷く。幼い頃から過酷な虐待を受けて人格が崩壊し、残虐な犯行を起こした例はいくつもある。

「鑑定医の診断は半分だけ正解でした」陰鬱な声で園崎はつぶやいた。

「半分だけ?」華は首を傾げる。

「たしかに、矯正施設で治療を受けて、少年Xの攻撃性はほとんどなくなりました。成績もすぐに同年代を遥かに凌駕《りょうが》するものになりました。けれど、反社会的な人格については矯正できなかった。他人を傷つけることに罪悪感を抱くどころか、強い快感を覚えている。施設を退所するときの資料には、そう記されています」

「そんな状態で退所させたんですか⁉」

「仕方なかったんですよ」園崎はこめかみを押さえる。「少年裁判の判決で下された収容期間の上限に達していたんでね。それに、反社会的な傾向があっても、実際に犯罪は起こさないだろうと、奴を診ていた精神科医は判断したみたいですね」

「その判断は、よく分からないんですが……」

「犯罪は割に合わないということですよ。たとえ人を傷つけたいという欲望があったとしても、知能が高く損得勘定に長けている少年Xは思い止まるだろうと。先日、その報告書を書いた医師に話を聞きにいきましたが、自分の意見は正しかったと主張していましたよ。だからこそ、退所後二十年近く、少年Xの犯行と思われる事件は起こらなかったと。けどね、俺たちからすりゃ、お笑い種《ぐさ》ですよ。あのヤブ医者は猟奇殺人犯をまったく理解してねえ」

園崎は忌々しそうに吐き捨てた。

「どういう意味ですか？」

「だから、いくら恨んでいるといえ、自分の両親をバラバラにして下水に流すような変態は、損得勘定でコロシを止めたりしないってことですよ。どうやったら捕まらずに殺し続けられるか、それを必死に考えるのが奴らなんです」

背中に寒気を覚え、華は身を震わせる。

「少年Xもそうだ。奴はずっと誰にもばれないように殺し続けていやがった」

「この日本で誰にも気づかれずに殺人を続けるなんて。そんなことできるわけ……」

華が無理やりこわばった笑顔を作ると、園崎は鼻の頭を掻いた。

「……先生、なんで奴が通り魔事件を起こしたか知っていますか？　なぜ、恨んでいた両親だけでなく、無関係の人々まで次々と殺したのか」

華は細かく首を横に振る。目を通した資料には、その動機について様々な推論が述べられていたが、納得できるものは一つも見つからなかった。

「救いたかったって言うんですよ」

「救いたかった？」華は耳を疑う。

「そう、奴の言うことには、この世界は苦痛で満ち溢れている。だから、殺すことで魂を救ってやりたかったたって」

「そんな馬鹿な！」華の声が裏返る。「だって、少年Xは人を殺すことに快感を覚えていたんでしょ。そんなの詭弁《きべん》にすぎません！」

「苦悩から魂を解放して救ってやることが爽快だった。それが少年Xの言い分なんですよ」

あまりにも身勝手な主張に、華は吐き気を覚え、片手で口を押さえた。

「あとですね、少年Xは事件中にもう一つ、強い快感を覚えていたと証言しています」

「……もう一つ？」

「ええ、そうです」園崎は重々しく頷く。「それまで、両親に人生の全てを握られてきた、握り潰されてきた自分が、他人の運命を握っている。その事実がなによりも気持ちよかった。少年Xはそう言っています」

「ひどい……」

「あの日、遊園地で逃げ惑う人々を、次々にナイフで斬りつけ、刺していった少年Xは、急に動かなくなりました。そして、刺されて重傷を負っていた被害者の一人に飛び掛かられ、捕まっています。なぜ彼が止まったかご存じですか？」

華は「いいえ」と首を振る。

「そのとき、少年Xの目の前には、幼稚園児の少女がいたんですよ。少女の母親は少年Xによって斬りつけられたあと、身を挺して守るように娘を抱きしめていたようです。

血塗れの母親に抱きしめられた少女は、逃げることもせず、ただ立ち尽くしました。その姿に、少年Xは魅入られて動けなくなったんですよ」

「魅入られて……」

「そうです。少女を生かすも殺すも、自分が決められる。その幼い命が自分の手の中にあり、いつでも握り潰すことができる。そう思ったとき、射精をしたような快感が全身を貫いた。少年Xは取り調べでそう証言しています」

あまりのおぞましさに胃が締め付けられ、熱いものが食道を駆けあがってくる。華は必死に喉元に力を込め、なんとか嘔吐することを防いだ。口腔内に痛みにも似た苦みが広がり、鼻腔を酸性の悪臭がつく。

まさか、その幼稚園児って……。華の頭を、親しい後輩の顔がよぎった。

「他人の運命を思うがままに握り、そして現世から解放する……」

表情をこわばらせる華の前で、園崎が独り言のようにつぶやく。

「それこそ、すぐそこの特別病室で昏睡状態になっている、あの男がやってきたことです」

「なにを言っているんですか。あの人はそんなこと……」

唇を拭った華が反論しようとすると、園崎は両手を勢いよくテーブルに叩きつけた。響いた大きな音に、華は体を震わせる。

「……死んでいるんですよ」

園崎は低く押し殺した声で言う。半開きになった華の唇の隙間から、「……死んでいる？」というかすれ声が漏れた。

「先日お伝えしましたよね。あの男が多くの患者に、秘密の〈カウンセリング〉を行っていたということを。過去にそれを受けていた患者たちを調べたところ、高い確率で自殺しているんですよ。……とてつもなく高い確率でね」

　言葉を失う華を尻目に、園崎は淡々と続ける。

「我々はこう考えています。あの男は操り易い患者、催眠術にかかり易い患者を選んでは、個人的な〈カウンセリング〉を行い、支配下に置いてきた。そして、苦しんでいる患者たちに、この世界から去ることこそ苦痛から解放される唯一の方法だと導き、それを実行させていった。それらは全て自殺として処理され、裏で操っていたあの男に捜査の手が伸びることはなかった。それが、あの男が長年かけて編み出していった完全犯罪です。他人の運命を操り、最後には殺す。それこそ、あの男の生きがいだったんです」

「そんなこと……本当に……？」乱れた呼吸の隙間をついて華は言葉を絞り出す。

「ええ、本当ですよ。たとえば、あの男の患者だった元パイロットの男は八ヶ月前、一人娘とともにセスナで墜落して心中を図りました。それに失敗した元パイロットは結局、担ぎ込まれた大学病院で首を吊っています。ちなみに、心中に巻き込まれた一人娘というのは、少し前までこちらの病院で昏睡状態になっていた片桐飛鳥さんです」

　混乱した華は「……え？　え？」とまばたきをする。

「そうなんですよ。あの男は自分の立場を利用して、父親を自殺に追い込んだあと、なんとその娘である片桐飛鳥さんに取り入っているんです。父親に殺されかけたショックで消耗していた彼女は、あの男の〈カウンセリング〉を受けるようになっていました。そして、昏睡状態に陥る前夜、あの男に呼び出されて……」

「ま、待ってください！」

話についていけなくなった華は、拍動するような痛みが走る頭を抱えながら声を上げる。

「いったい、なんの話なんですか！　刑事さんたちは連続殺人事件の捜査をしているんですよね。それなのに、なんであの人が患者をわざと自殺させているなんていう話になるんですか⁉　万が一ですよ、あの人が本当にそんなことしていたとしても、連続殺人事件とは無関係じゃないですか。だって、殺人事件の被害者は酷い殺され方をしているんでしょ。その犯人がきっと少年Xです。あの人とは無関係です！」

一気にまくしたてた華は、肩で息をする。園崎は軽く頭を下げた。

「すみません、杉野先生。ちょっと急ぎ過ぎてしまったみたいですね。今日はこの辺りにしましょう。まあ、これだけ話したんですから、あの男には面会させていただきますよ」

園崎が立ち上がると、華は身を乗り出して彼のスーツの裾を摑む。

「まだ話は終わっていません！　ちゃんと最後まで説明してください！」

二人の刑事は顔を見合わせると、軽く苦笑を浮かべたあと、再び席に着いた。

「分かりました、ご説明しましょう。半年ほど前、都内のアパートで中年男性が惨殺された事件がありましたが、ご存じですよね？」

華は顔を引きつらせながらあごを引く。もちろん知っていた。

「被害者は二十三年前の通り魔事件の際に少年Xに刺され、最後には取り押さえた男性でした。そして、事件現場となったアパートには、少年Xについての資料が大量にありました」

「……少年Xを追っていたということですか？」

「そのようです。二十三年前、少年法によって守られて、少年Xが大した罰を受けなかったことに男性は大きな不満を抱いていた。そして半年前、男性は名を変えて社会に潜んでいる少年Xを見つけ、正体を暴こうとした。しかし、少年Xはその前に先手をうって男性を殺害することに成功した。しかし、それによってタガが外れた。我々はそう考えています」

「タガが外れたって……、どういうことですか？」不吉な予感に声がかすれる。

「少年Xは長い間、自らの手で人を殺すことをしてこなかった。戸籍を手に入れる際にはリスクを冒す価値があると考え、殺しているかもしれないが、それでもおそらく十年以上は直接手を汚してはいない。欲望に任せて行動すれば、身の破滅を招くと分かっていたから」

園崎はテーブルに両肘をついて、手を組んだ。

「一方で少年Xの本質は紛れもなく快楽殺人者だ。自分の手で人を殺めたいという欲求を必死に押し殺してきた。しかし、自らの正体に気づいた男性を殺害したことで、抑制が利かなくなった。心の中にずっと棲みついていた怪物が暴れ出した」

「そして、次々に人を殺していった……」

口の中がカラカラに乾燥し、華の声がひび割れる。

「ええ、そうです。あの男は絶望している人間を『解放』するのがなによりの快楽だった。だからこそ、自分の〈カウンセリング〉を受けている患者を獲物にした。これまでのように自殺させるのでなく、直接手を下してね」

「待ってください！　話が飛躍しています。〈カウンセリング〉を受けていた人が犠牲になったからって、あの人が少年Xだとは限らないでしょ。もしかしたら、〈カウンセリング〉を受けていた人のリストを手に入れた少年Xが、あの人に罪をなすりつけようとしているのかも」

「まあ、その可能性もありますね。先日も少年Xに殺されたと思われる遺体が、埋められているのが発見されています。少年Xは他の人物で、いまも犯行を行っているのかもしれません」

「そうですよ！　そもそも、連続殺人はまだ続いているんですよね。それじゃあ、二ヶ月間も昏睡状態の彼が犯人のわけがないじゃないですか！」

華は勢い込んで言う。

「最近の事件については、模倣犯の可能性も高いようです。まったく、世の中どうなっているのやら。まあ、なんにしろ、ありとあらゆる可能性を考えて捜査はしますよ。あの男が少年Xであり、連続殺人の真犯人である可能性も含めてね。それじゃあ、今度こそ失礼して、あの男の病室へ行かせてもらいますよ」

立ち上がった園崎は、三宅を促して出入り口に向かう。扉のノブを摑んだところで園崎はなにかを思い出したかのように振り返った。

「いい加減、少年Xという言い方はやめた方がいいかもしれませんね。奴はもう、少年どころか中年なんですから。捜査本部でも、奴は本名で呼ばれています。先生、よかったら時々、あの男を少年Xの本名で呼んでみてくださいよ。驚いて目を醒ますかもしれませんから」

「……少年Xの名前なんて知りません」

インターネットも発達していない時代の事件なので、犯人の個人情報は、少年法という厚いベールに隠され見つからなかった。

「ああ、それは失礼。あの殺人鬼の名前は……」

園崎が口にした少年Xの名が、華の鼓膜を揺らした。

第4章　夢幻の腐蝕

1

闇の中で声が聞こえる。聞き慣れた声。

「早く起きてよね。あなたがいないと、人手不足で困るんだから」

……華先輩？　扉が閉まる音が響く。私は薄目を開けると、横になったまま目だけ動かして周囲を見回す。頭側の壁には、ナースコールのスピーカーと並んで、酸素の供給バルブと喀痰《かくたん》吸引用のプラスチック容器が備え付けられている。ベッドのすぐ横には床頭台が置かれ、ベッド柵に取り付けられた名札には、『神経内科　識名愛衣　主治医杉野華』と記されていた。

華先輩が主治医で、私が患者？

状況が摑めないまま、私は上体を起こす。はだけた毛布から現れた体は、入院着に包まれていた。手首には患者用のタグが巻かれ、前腕には点滴針が刺さっている。

私、入院してる？　天井から伸びた点滴棒にぶら下がっているパックから流れてくる透明な液体が、プラスチック製の細いラインを通り静脈へと流れ込んでいくのを眺めながら、私はようやく状況を理解する。

なんで入院しているんだろう。たしか、マブイグミをするために環さんの病室に行き、夢幻の世界で鍵盤の道を通って……。額に指先を当てて記憶をたどっていた私の喉から、物を詰まらせたような音が漏れる。

……少年X。

環さんの記憶の中でその名を聞いた私は動けなくなって、ククルに現実世界へと送り返された。記憶が鮮明になっていくにつれ、部屋の空気が薄くなっていくような気がする。息苦しさを覚えた私は、首元に手を当てた。

なんで少年Xが、私から大切な人を奪ったあの男が出てくるのか分からない。

目を閉じる。瞼の裏に、あの日の光景が鮮明に映し出された。蜥蜴のような瞳で私を見つめる少年の姿。粘着質な恐怖に、全身にべとつくような感覚が走る。

シャワーを浴びたい。いや、シャワーだけじゃこの肌にまで染み込むような恐怖は消せない。いっそ、皮膚を剥ぎ取ってしまいたい。

身の置き場のない苦痛が過ぎ去るのを、ただ身を縮めて待っていると、扉の開く音が聞こえた。そちらを見た瞬間、苦しさがいくらか弱まった。

「やあ、愛衣君。目が醒めたようだね」

車椅子に乗ったこの病院の院長、袴田先生は朗らかに言う。

「けど、まだ顔色が悪いな。少し横になっていた方がいい」

両手でホイールを回して、袴田先生がベッドに近づいてきた。私は言われた通り、起こしていた上半身を横たえる。袴田先生の声を聞くほどに、苦痛が希釈されていく。

「覚えているかな。君は加納環さんの病室で気を失ったんだよ。おそらくは疲労による脳貧血だろう。とりあえず私の判断でこの部屋に入院させて、休んでもらうことにした。主治医は杉野君が引き受けてくれたよ」

「すみません、御迷惑をおかけして」私は首をすくめる。

「謝るのはこっちの方だよ」袴田先生はかぶりを振った。「倒れるまで医者を働かせたとしたら、その責任は院長である私にあるんだからね」

違う。心身ともに疲労はしていたが、倒れた直接の原因は、これまでにないほどリアルなフラッシュバックのせいだ。しかし、袴田先生に話すことには躊躇いがあった。

トラウマに苦しんできた私は、袴田先生の治療によって救われた。にもかかわらず、再び二十三年前のあの日の出来事に囚われていることで、治療を無駄にしてしまったような気がしていた。けれど、いまここで相談することができたら、袴田先生は進むべき道筋を示してくれるかもしれない。これまで、そうしてきてくれたように。

どうするべきか迷っていると、袴田先生は手を伸ばして額に触れてくれた。

「もし悩みがあるなら、話を聞くよ。私は君の主治医でもあるんだからね」

額に伝わってくる温度が、迷いを溶かしてくれる。私は話しはじめる。

「最近、夢を見たんです。……少年Xについての夢を」

正確には環さんの記憶でだが、あれは夢の世界、夢幻の世界の出来事だ。嘘ではない。

「少年X……」袴田先生の表情がわずかに硬くなる。「つまり、またあの事件の夢を見るようになり、消耗してしまったのが今回倒れた原因だということかな？」

「……はい、そんな感じです」

私が曖昧に頷くと、袴田先生は口を固く結んで黙り込んだ。

「すみません……。先生が治療してくださったのに、また症状を悪化させたりして」

おずおずと謝ると、袴田先生は首を横に振る。

「愛衣君、これは症状が悪化してるんじゃない。その逆だよ」

「逆、ですか？」

「この前も言っただろ、私はトラウマを心の奥底にある抽斗の中に隠す手伝いをしただけだと。いつか君は、そのトラウマと正面から向き合い、克服する必要があると」

私は「はい」とあごを引く。

「君に起きている症状はそれだ。イレスという、トラウマを想起させる疾患の患者の主治医となり、そのうちの二人を目醒めさせた。その過程で、君は医師として、人として成長し、強くなっていったんだ。ずっと苦しんできたトラウマと対峙できるまでにね」

袴田先生のセリフに力が籠っていく。それにつれて、私の心も熱を帯びはじめた。

飛鳥さん、佃さん、そして環さん。三つの夢幻の世界を彷徨い、三人の人生を追体験してきた。三人と一緒に苦しみ、喜び、哀しんでいくうちに、たしかに私は成長したのかもしれない。

もしかしたら、あの悲劇を受け入れられるほどに。

「トラウマに向き合うのは容易なことではない。特に君のように、幼少期にとてつもなく悲惨な経験をした場合は。これから君はとてもつらい思いをするだろう。ただ、それを乗り越えたとき、君は本当の意味で救われるはずだ。分かるね」

私はシーツを固く摑んで覚悟を決めると、「はい！」と声を張る。

「いい返事だ。ただ、そのためにもまずは心身を回復させる必要がある。とりあえず今日はこの病室で休み、明日から二、三日休暇を取って実家にでも帰って療養しなさい」

「え？　いや、そこまでしていただかなくても……。明日からまた仕事に戻ります」

「おいおい、愛衣君」芝居じみた態度で袴田先生は両手を広げる。「さっきも言ったように、働きすぎて君の身になにかがあったら、院長である私の責任になるんだよ。もしかして、私を院長の椅子から引きずり下ろすつもりかな。車椅子が必要な体になったとはいえ、頭がまだしっかりしているうちは、院長の座は誰にも譲るつもりはないよ」

「いいえ、私はそんな……」

「それなら、しっかり休みなさい。体はこの病院でも回復することができるが、心を回復させるには大切な家族と会うのが一番だ。そうだろう」

袴田先生は気障《きざ》にウインクする。たしかに実家のみんなに会えば、この心の苦しみも癒されるかもしれない。あの事件のとき、ともに苦しみ支えあった家族なのだから。

「それじゃあ、お言葉に甘えさせていただきます」

袴田先生は「ああ、それがいいよ」と薄い唇に笑みを湛えた。

「さて、あまりここにいると、杉野君にどやされるな。そろそろ失礼するよ」

袴田先生は車椅子を回転させる。私はその背中に声をかけた。

「あっ、袴田先生。レント君の様子はどうですか？」

「レント？」袴田先生は振り向くことなくつぶやく。

「あの……、血塗れで救急外来に運ばれた子です。先生が主治医になってくださった……」

「ああ、彼のことか。とくに変化はないよ。心を開くにはかなり時間がかかるだろう」

突き放すような口調に戸惑っていると、袴田先生は出入り口まで車椅子を進める。

「あ、あと、もう一つだけうかがいたいことがあるんですけど」

ドアハンドルに手を伸ばす袴田先生に、私は慌てて言う。袴田先生は「なにかな？」と、やはり振り返らずに言った。

「特別病室のイレス患者さんのことは、やっぱり教えていただけないんでしょうか？」

緊張しつつ、私はおそるおそる訊ねる。環さんのマブイグミを成し遂げるためには、彼女が巻き込まれた事件の真相を知ることが重要だ。久米さんは本当に殺人犯だったのか？　彼はいま一体どこにいるのか？

特別病室のイレス患者は久米さんかもしれない。私はその可能性に思い至っていた。久米さんが実際に人を殺したのかは分からない。ただ、少なくとも警察は彼を殺人犯として追っている。精神鑑定医として信頼されている袴田先生に、昏睡状態に陥った指名手配犯を治療するよう、警察が依頼してきたのかもしれない。そんな情報が外部に漏れたりすれば、マスコミが病院に殺到するだろう。だからこそ、徹底的に患者を匿っている。そう考えれば納得できる。

久米さんが四人目のイレス患者だとしたら、彼の夢幻の世界に這入り込み、記憶を覗けば全てがはっきりする。彼が本当に殺人犯なのかも、いまも続いている連続殺人事件の真相も、そして、彼が少年Xなのかも……。

「もしかして、特別室の患者さんは、……久米っていう名前だったりしませんか」

私は軽く身を起こして、袴田先生の背中を凝視する。答えてくれなかったとしても、体から発する雰囲気で自分の想像が正しいのかどうか判断するために。

「……なんで知りたがる?」

腹の底に響くような声が部屋の空気を揺らす。すぐにはそれが袴田先生の声だとは気づかなかった。それほどに、その声は危険な色を孕んでいた。

ホイールを操作して緩慢な動作で振り返った袴田先生の表情には、これまで見たことがないほどの怒りが刻まれていた。

「……二度とあの患者のことを口にするんじゃない。分かったね」

脅しつけるように言う袴田先生を前に、私は硬直して答えることができなかった。目の前にいる男性が、本当にいつも支えてくれた主治医なのかさえ確信が持てなかった。

「分かったのかと聞いているんだ!」

怒声が壁に反響する。私は「はい!」と身をすくめた。

「ならいい。いま言ったことを忘れないようにしなさい」

袴田先生は私を睨みつけたまま部屋から出ていった。扉が閉まっても、私は動けなかった。いま起きたことが現実か分からなかった。体の奥底から震えが湧きあがり、視界が滲んでくる。

いつも優しかった彼が、あんなに怒りをあらわにするなんて……。

漏れそうになった泣き声を嚙み殺すと、私は目元を強く拭った。

袴田先生にあんな態度を取られたことはつらいが、いまは悠長に落ち込んでいる場合じゃない。温厚な彼がなぜ豹変したのか、それを考えるんだ。

数週間前なら、ユタとなってマブイグミをはじめる前の私なら、尊敬する人から怒鳴られた衝撃でなにもできなくなっていただろう。けれど、いまは前を向くことができる。袴田先生に言われた通り、私は強くなっているのかもしれない。

大きく息をつくと、私は頭を働かせる。少なくとも、袴田先生から最後のイレス患者について情報を引き出すのは無理だろう。彼があそこまで過敏に反応するということは、その患者には絶対に公にできない秘密が隠されているはずだ。

特別病室にいるのは、久米さんなのだろうか？　たとえ、警察に依頼されて殺人犯を入院させているとしても、袴田先生があそこまで激怒するとは思えない。

それでは、警察にすら情報を隠しているとしたらどうだろう？　もし、指名手配犯を通報することなく匿っていれば、袴田先生が過敏になるのも分からないでもない。警察にばれれば病院全体の責任問題になる。その仮説が正しいとしたら、特別病室にいるのは誰なのだろう？

久米さんの可能性は低い。そこまでのリスクを冒して彼を匿う理由がない。なら……。

「病院関係者……？」

口から独白が零れる。特別病室に入院しているのが関係者、しかも病院にとって重要な人物であれば、袴田先生や華先生の態度も分からないでもない。

大きな犯罪に手を染めたＶＩＰを特別病室に匿っている。それが答えなのか。

──私が担当している患者が連続殺人事件にかかわっているかも。

数週間前、華先輩から聞いた情報が頭に蘇る。

まさか、あの恐ろしい連続殺人の犯人……？

私は軽く頭を振る。そんなわけがない。最後のイレス患者が昏睡状態だったこの二ヶ月の間にも、犯行は続いている。特別病室の患者が犯人であることはあり得ない。なら、その患者はいったいなにをしたというのだろう？　謎の患者、いまも続く連続殺人事件、そして少年Ｘ。思考が絡まりあい、額が熱くなってくる。

だめだ、疲れ切った頭で答えが出るような問題じゃない。まずは体を休ませよう。さっき袴田先生に勧められた通り、明日退院の許可が出たら、実家に戻って父さんのカレーを食べ、きなこやハネ太と戯れ、おばあちゃんに相談しよう。

私は手を伸ばして床頭台に置かれているスマートフォンを取ると、履歴から父さんの番号を出し、『通話』のアイコンに触れる。しかし、すぐに『おかけになった電話は、電波の届かないところに……』という案内が聞こえてきた。

私は首を捻りながら回線を切る。そういえば、環さんのマブイグミをする前に電話をかけたときも繋がらなかった。もしかしたら、携帯電話を落としたか壊したかしたのかもしれない。

「父さん、ちょっと抜けてるところあるからなぁ」

もし明日も電話が繋がらないなら、直接帰るしかないか。それだと、父さんが夕食の準備をすることができないので、カレーにはありつけなくなるけど仕方ない。逆に少し早めに帰って、私が夕飯の支度をしてもいいかもしれない。たまには親孝行しないと。

そんなことを考えていると、頭を満たしていた殺伐とした出来事も忘れることができた。明日の献立を考えつつ、私は目を閉じた。睡魔が優しく体を包みこみはじめたとき、突然、扉が開く大きな音が響いた。私は驚いて瞼を上げる。

「愛衣センセ！」

老人のように背中を丸めた少女が、快活な声とともに部屋に入ってくる。この病院に入院している患児である久内宇琉子ちゃんだった。

「宇琉子ちゃん？　どうしてこんなところに？」

「愛衣センセが入院したって聞いたから、お見舞いに来たの。元気になった？」

宇琉子ちゃんは体を前傾させたまま、踵を浮かしてひょこひょこと近づいてくる。

「あ、ありがとう。でも、病室抜け出して一人で来ちゃだめだよ」

「一人じゃないよ」宇琉子ちゃんは首を振る。

「じゃあ、看護師さんに連れてきてもらったの？」

宇琉子ちゃんは、「ううん」と言うと、振り返って扉を見る。

「もう入ってきてもいいよ」

ドアが開いていく。部屋に入ってきた人物を見て、私の口から驚きの声が上がる。

「レント君？」

宇琉子ちゃんが連れてきたのは、血塗れで搬送されてきた少年だった。

「そう、レント。愛衣センセに会いたいって言うから一緒に来たんだ」

「だめだって、そんなことしちゃ。看護師さん呼んで、病室に連れて帰ってもらうね」

入院中の患児が二人も姿を消したら、病棟は大騒ぎだ。しかも、レント君に至っては、殺人事件を目撃している可能性もあるし、そうでなくても酷い虐待を受けているのだ。病室にいないことが分かったら、誘拐されたと誤解されて通報されるかもしれない。

私がナースコールのボタンを手に取ると、宇琉子ちゃんが「待って！」と甲高い声を上げる。ボタンを押し込みかけていた親指の動きが止まる。

「ちょっと、この子の話を聞いてあげて。愛衣センセに話したいことがあるんだって」

「私に話したいこと？」

私はボタンを床頭台に置くと、ベッドから降りる。少し足がふらつくが、倒れるようなことはなかった。私は床にひざまずき、レント君と目の高さを合わせる。

「どうしたの、レント君。なにかお話があるのかな？」

刺激しないよう、できるだけゆったりとした口調で訊ねると、レント君は落ち着きなく左右を見回したあと、おそるおそる近づいてきた。おぼつかない足取りから、彼が負った精神的な傷を感じとり、胸が締め付けられる。

私の前で足を止めたレント君は、視線から逃げるように俯いてしまう。私はそっと彼の頭を撫でた。柔らかい髪の感触が掌に伝わってくる。

「大丈夫だよ。なにか困ったことがあったら、お姉さんに言ってね」

固く結ばれていたレント君の唇から力が抜け、わずかに開く。その隙間から、気をつけなければ聞き逃してしまいそうなほどか細い声が漏れだした。

「……パパとママがやったの」

胸の痛みがさらに強くなる。

「うん、分かってるよ。パパとママに虐められたんだよね。つらかったよね」

こんな幼い子を虐待するなんて……。きっとレント君は、虐待に耐えかねて家から逃げ出し、一人で彷徨っているところで殺人事件に遭遇してしまったのだろう。

「……違うの」レント君は俯いたまま声を絞り出した。「パパとママが……殺したの」

全身の毛が逆立ったような気がした。すぐには、なにを言われたのか理解できなかった。硬直する私の前で、レント君の体が細かく震えだす。

「パパとママが、男の人を殺したの。その人、逃げようとしたけど、パパとママが捕まえて……。体がどんどんバラバラになっていって……。雨みたいに血が降ってきたの。ぬるぬるして、べたべたして、気持ち悪くて……」

レント君の震えがみるみる強くなっていく。救急部で恐慌状態に陥ったのと同じ状況。私はとっさに振り向いて、床頭台に置いたナースコールのボタンを摑もうとする。しかし、その前に小さな体が胸に飛び込んできた。

力を入れれば折れてしまいそうな華奢《きゃしゃ》な体を、私は両腕で包み込む。

「大丈夫だよ、大丈夫」

私はレント君を抱きしめながら、その耳元に囁き続ける。やがて、こわばっていた彼の体から、少しずつ力が抜けていった。痙攣もおさまってくる。

いまの話をどう理解すればいいのだろう？

レント君の背中に回した両手をゆっくりと上下に動かしながら、私は思考を巡らせる。レント君の両親が、何ヶ月も続いている連続殺人事件の犯人？

私はネットニュースなどで収集した、連続殺人事件の概要を思い出す。被害者たちは人気のない場所で襲われ、遺体の原形がなくなるほどの暴力によって蹂躙されている。それほど凄惨で無秩序な犯行にもかかわらず、現場にはなに一つ犯人に繫がるような証拠は残されておらず、レント君を除いて目撃者もいない。

実体のない怪物のような殺人鬼が、レント君に虐待を加えた両親だとは、私にはどうしても思えなかった。体幹には虐待の痕跡が見られるレント君だが、顔には傷一つない。虐待の事実を他人に気づかれないよう、顔を避けて殴っていたのだろう。そんな卑怯で小賢しい悪人が、あそこまで暴力的な犯行を起こせるとはとても思えない。でも一応、警察には伝えておくべきか？

レント君の体温を感じながら私は考え続ける。連続殺人犯はいまだに逮捕されることはなく、恐ろしい犯行をくり返している。どんなわずかな情報でも警察は欲しているはずだ。けれど……。数十秒迷った末に、私は結論を出す。

警察に言うのはやめよう。やはり、レント君の両親が連続殺人犯なわけがない。殺人現場の目撃というショッキングな出来事により混乱状態に陥り、記憶の混濁が起こったのだろう。彼の頭の中では、恐ろしい殺人鬼の姿が両親の姿に書き換えられたのだ。

レント君にとっては、両親は怪物そのものだから。

そんな情報を伝えたところで、捜査が混乱するだけだ。それに、レント君が証言できると知ったら、話を聞かせろと警察が押しかけてくるに決まっている。まだ精神が回復していないレント君に、そんなストレスを与えるわけにはいかない。

「もう、思い出さなくていいんだよ。ここは安全なんだから」

震えが完全に消えたのを見計らって、私は慎重にレント君から体を離す。彼はいまもうなだれたまま、迷子のような表情を晒していた。私はレント君の青ざめた頬に触れる。指先に頬骨の硬さが伝わってくる。

「心配しなくていいよ。私たちがあなたを守ってあげるからね」

「お姉ちゃんが……助けてくれるの……？」レント君は上目遣いに視線を送ってくる。

「そうね、私も助けてあげるけど、一番頼りになるのは院長先生かな」

ついさっき見た、袴田先生の怒りの表情が頭をよぎるが、私はなんとか笑顔を保つ。

「だからレント君、困ったことがあったら院長先生にお話しして……」

「やだっ！」唐突に大きな声を上げると、レント君は激しく首を左右に振りはじめた。

「どうしたの、レント君。院長先生は優しいよ。レント君を守ってくれるよ」

「やだ！　絶対にやだ！　やだやだやだやだ……」

再びパニックになりかけたレント君を前に、私は唖然とする。

「どうしたの？　院長先生に怒られたの？」

レント君は首を横に振る。なぜ、袴田先生にここまで拒絶反応を示すのだろう。

「院長先生って、あの車椅子に乗ってる人でしょ？」

ずっと黙っていた宇琉子ちゃんが口を挟んできた。私は「そうだけど……」と口ごもる。宇琉子ちゃんはやけに大人びた仕草で肩をすくめた。

「私もあの人、嫌いだな。なんか怖いし、気持ち悪いよ」

私が「気持ち悪いって……」と絶句していると、宇琉子ちゃんは前傾姿勢のままレント君に近づき、その肩にポンと手を当て、顔を軽く抱いてやる。それだけで、頭を抱えていたレント君の叫び声がおさまった。こわばっていた彼の表情も弛緩していく。

あまりにも鮮やかな手腕に私が目を丸くしていると、宇琉子ちゃんは「ねえ、愛衣センセ」と声をかけてきた。思わず「はい！」と背筋が伸びてしまう。

「センセはどう思っているのか知らないけどさ、私たちはあの人が怖いの。なんか、嫌な目で見てくるし、なに考えているか分からないしさ」

たしかに、精神科医としての習性なのか、袴田先生はときどき心の底まで読み取るような眼差しを向けてくることがあった。子供にとっては、それが怖いのかもしれない。

「レントが信用しているのは愛衣センセだけなんだよ。だから言ってあげてよ。『どんなことがあっても、私が助けてあげる』ってさ」

宇琉子ちゃんに促されて口を開くが、言葉が出てこなかった。心身ともにボロボロになったレント君を、私なんかが救うことができるだろうか？　迷いが舌をこわばらせる。

両親に、社会に裏切られ続けてきた少年に、適当な口約束などできなかった。すがるような目で見つめてくるレント君の前で、私は言葉に詰まる。

「ねえ、愛衣センセ」諭すように宇琉子ちゃんが言う。「約束してあげて。愛衣センセならきっと、この子を助けてあげられるからさ。というか、愛衣センセじゃなきゃ、この子を助けられないんだよ。だからさ、自信を持って」

自信を持て……か。たくさんの人にそうアドバイスを受けてきた。

父さん、おばあちゃん、華先輩、袴田先生、そして……。

――もっと自信を持ちなよ。なんといっても、愛衣はもう、一人前のユタなんだからさ。

脳裏でうさぎ猫が、その可愛らしい姿に似合わないニヒルな笑みを浮かべる。体が軽くなった気がした。私はレント君に微笑みかける。

「大丈夫だよレント君、私が助けてあげるからね」

自然とその言葉が口をついた。レント君は俯いていた顔を上げると、わずかに、本当にわずかに薄い唇に笑みを浮かべた。

「よし、そろそろ行こうか」

宇琉子ちゃんはレント君の手を取ると、引きずるようにして出入り口へ向かう。

「え？　もういいの？」

「だって、早く戻らないと看護師さんに怒られちゃうでしょ。じゃあね、愛衣センセ」

宇琉子ちゃんは引き戸を開けると、レント君を連れて出ていく。

「それじゃあ、愛衣センセ。いろいろ大変だと思うけど、頑張ってね。応援してるよ」

扉が閉まる寸前、宇琉子ちゃんは悪戯っぽくウインクをした。

「頑張るって、なにを?」

狐につままれたような気持ちで首を傾げながら、私は閉まった扉を眺め続けた。

2

上腕の静脈に刺されていた点滴針が引かれていく。鈍い痛みに顔をしかめてしまう。

「はい、お疲れ様」点滴針を抜き終えた華先輩が明るい声で言う。

「ありがとうございます。先輩のおかげで元気になりました」

私が頭を下げると、華先輩は「私はなにもしてないけどね」と肩をすくめた。

翌日の午前、私は退院のために、華先輩から診察を受けていた。

「それより、元気になったっていっても、仕事とかしないで、ちゃんと実家で明後日まで休むんだよ。それが退院の条件なんだからね」

「分かっています」

華先輩は「なら、よし」と私の背中を叩いた。

「ちなみに、実家まではどうやって帰るつもり? タクシー?」

「いや、さすがにタクシーじゃ高すぎるんで電車を使います」

「大丈夫なの? 病み上がりなのに」華先輩の眉間にしわが寄る。

「大丈夫ですよ、ちゃんと座れるように指定席取りますから」

「なんなら、グリーン車使いなさいよ。なによりも休養が大事なんだから」

私は「はい、ありがとうございます」と再び頭を下げる。

「まったく、返事だけはいいんだから」

苦笑して病室を出ていこうとする華先輩に、私は「あの……」と声をかける。

「どしたの？　あんたの担当患者なら任せておいて。私がちゃんと診ておくからさ」

「いえ、そうじゃなくて……」

言葉を濁した私は一度深呼吸をすると、覚悟を決めて口を開く。

「特別病室に入院しているイレス患者がどんな人なのか、やっぱりまだ教えてもらうわけにはいかないんですか？」

華先輩の表情が硬くなっていくのを見て、私は身をすくめる。しかし、怒声が飛んでくることはなかった。

「本当にしつこいね、愛衣ちゃんは。なんでそんなにあの患者にこだわるのよ？」

華先輩はこれ見よがしにため息をつく。

「それは……、やっぱりなにか治療の参考になるかもとか……」

マブイグミや、その過程で知ったことなど説明できるわけもなく、しどろもどろになってしまう。華先輩は「まあ、いいけどさ」と首筋を掻いた。

「え？　誰だか教えてくれるんですか？」

「それはだめ。まだそのタイミングじゃないから」

華先輩は胸の前で両手を交差させる。私は失望すると同時に、華先輩が思いのほか軽い口調で答えてくれたことに安堵していた。

「そのタイミングって、じゃあいつならいいんですか？」

私が唇を尖らせると、華先輩は「そうだなぁ……」と腕を組む。

「愛衣ちゃんが担当している三人目のイレス患者さん、たしか加納環さんだっけ？　彼女が目醒めたら考えてあげる。準備ができたってことだから」

「本当ですか⁉」

準備とはなにか分からないが、これで四人目のイレス患者に会えるかもしれない。

「どうしたのよ、そんな大声出して」華先輩は眼鏡の奥の目を丸くした。

「だって、絶対に教えてくれないかと……。昨日、袴田先生に訊いたら怒られたし」

「怒られた？　ああ、まったくあのおっさんは」

華先輩は苛立たしげに髪を掻き上げると、ぐいっと私に顔を近づけてくる。

「愛衣ちゃん、あんな奴のこと気にしなくていいからね」

「あんな奴って……」

「あんたが院長を慕うのは理解できるよ。私もなんだかんだ言って、医者としての院長は尊敬してる。でもね、あの男には裏の顔もあるってことを覚えておきなよ」

「裏の顔って、どういうことですか？」

「聖人面しているけどさ、じつはその裏でろくでもないこと企んでいたりするってこと」

「そんな……」

「ああ、つらそうな顔しなさんなって。あくまで私の意見だって。私が言いたいのは、どんな人間だって多面性を持っているってこと。だから、油断はしないようにね。愛衣ちゃんにもそのうちに分かるからさ」

あまりにも曖昧なアドバイスに、私は「はぁ」と生返事をすることしかできなかった。

「そもそもね、特別病室にいる患者だって、別にそこまでして隠す必要なんてないんだよ。愛衣ちゃんだって知っている人なんだからさ」

「私が知っている人⁉」突然出てきた大きな手掛かりに、声が裏返る。

「うん、そうだよ。よく知っている人」

「誰なんですか、それは⁉」

勢い込んで訊ねると、華先輩は人差し指を立てて左右に振る。

「だから、それについてはもう少し待ちなさいって。まずは仕事のことは忘れて、実家でゆっくり休んできなさい。そうすれば、色々とうまくいくだろうからさ」

私が「でも……」と食い下がろうとすると、華先輩は私の眉間をつついた。

「それ以上反抗するなら、退院取り消しにするよ。もう一晩この殺風景な部屋に泊まるのと、実家でゆっくり過ごすの、どっちを選ぶの」

「……実家で過ごします」

渋々と答えると、華先輩は柏手でも打つように胸の前で両手を合わせた。

「よし、それじゃあ決まり。行ってらっしゃい」

ぱんっという小気味いい音が病室に響きわたった。

『おかけになった電話は、電波の届かないところにあるか……』

今日だけで何度も耳にした音声案内が流れてきたのを聞いて、私は回線を切る。

病院をあとにし、グリーン車を使って実家の最寄り駅までたどり着いた私は、土砂降りの雨の中をビニール傘をさして歩いていた。アスファルトに跳ね返った雨粒が足元を濡らしていく。靴の中に水が溜まり、踏み出すたびにぱちゃぱちゃと音を立てるのが不快だった。近くに立ち並ぶお好み焼き屋から、食欲を誘うソースの香りが漂ってくる。

病院を出てからも、何度か父さんの携帯電話に連絡を取ろうとしたのだが、最終的に一度も繋がることはなかった。とりあえず、メールも送っておいたが、この調子では届いているのか怪しいところだ。

私は父さんからメールの着信がないか確認する。フォルダの中に、昨日父さんから送られてきたメールがある。私はなんとなく、そのメールを開いてみた。

『そろそろ時間だよ　準備を整えてな』

このメールを受信して以降、父さんからの連絡はない。いったい、これはどういう意味なんだろう。あらためて見ると、なんとなく気味が悪かった。

「なんの時間なの？」

スマートフォンをバッグにしまった私は、雨の中を歩きながら夢幻の世界で見た環さんの記憶を思い起こす。華先輩のアドバイスに従って、いまは仕事のことも事件のことも考えないようにと思うのだが、どうしても思考がそちらに引きつけられてしまう。

そういえば、久米さんが少年Xだったかもしれないという情報にショックを受けて忘れていたが、環さんの記憶の中で、倉庫に貼られた中年男性の写真には、全てノイズがかかっていた。その人物の顔を隠すかのように。

なぜ、被害者の顔だけ見えなかったのか分からない。ネットニュースなどでも、その人物の情報はほとんど載っていなかった。

「なんでだろ?」

つぶやいた瞬間、目の前に閃光が走った。私はうめき声をあげてこめかみを押さえる。

「なんなの……いまの……?」

一瞬、頭の中で映像が弾けたような気がした。フラッシュバックに似た感覚。ただ、その映像はトラウマになった記憶ではなく、見たことのない光景だった。

こめかみに電流が走ったかのような衝撃とともに、再び脳内に映像が流れ込んでくる。色がなく、ノイズが入る映像。意識を集中すると、音声すら伴っていることに気づく。

古い白黒映画が頭蓋骨の裏側に投影されているかのようだった。ダイニングテーブルの前に座った人物の目から見た光景。手の質感からすると、おそらく男性だろう。

男の手がテーブルの上に置かれた郵便物の山に伸ばされ、一番上に置かれていた封筒を取る。映像にノイズがかかり、宛名は読めなかった。

なにが起こっているのか分からないまま、映像は進んでいく。男は少し迷ったあと、封筒を破く。紙の繊維が千切れていく音が、私の耳でなく、直接頭に聞こえてくる。

中には契約書のようなものが入っていた。男はそれを上から下に丹念に眺めては、裏返して背面まで確認している。戸惑っている気配が伝わってくる。そのとき、扉が開く音が響いた。

男の手が落ち着きなく動き、まずは封筒をわきにあったゴミ箱へと捨てると、持っていた書類を強引にズボンのポケットへと押し込む。その瞬間、電源が落ちたかのように、脳内で流れていた映像が消え去った。

気づくと、私は雨のなかに立ち尽くしていた。さしていたビニール傘は、いつの間にかわきに落ちている。容赦なく降りつけてくる雨粒が髪を濡らし、頬からあご先にかけて水の流れができ上がっている。すぐに傘を拾うことはできなかった。いま起こったことの意味が分からず、ただ雨に打たれていた。いまのはなんだったのだろう？　誰かの記憶のようだった。

マブイグミの際も、囚われているククルに触れて記憶を見てきたが、その際は俯瞰的に眺めている感じだった。それに比べて、いま起きた現象では、白黒映画のようにやや粗い映像ではあったが、極めて主観的に、何者かの記憶を追体験することができた。

なにが起きているのだろう。不安を覚えつつ、私は腰を曲げて傘を手に取る。ここまで濡れてしまっては、さしても意味はない。私は傘を引きずりながら、とぼとぼと歩き続ける。ビニール傘の先端がアスファルトをこする音を、雨音が掻き消していった。

内臓を揺らすような雷鳴が轟く。思わず身をすくめた私は、ふと足を止めて顔を上げる。いつの間にか、実家の前まで到着していた。

門扉を開けて敷地に入った私は、玄関扉の前でシャワー後のように水分を吸っている髪を束ねてしごく。髪に含まれていた大量の雨水が髪から絞り出され、玄関前のコンクリートにばしゃっと落ちた。

濡れた服が肌に吸い付いて気持ち悪い。雨に体温を奪われ、体の芯まで冷え切っている。早く熱いシャワーを浴びたい。インターホンのボタンを押すと、ピンポーンという軽い音が響いた。しかし、返答はない。もう一度くり返すが、やはり結果は同じだった。

もしかしたら、父さんは留守なのかもしれない。会社で営業部に所属している父さんは、ときどき出張をすることがあった。今日がその日なのかもしれない。

父さんが留守でも、おばあちゃんはいるだろうが、なにしろ高齢だ。チャイム音に気づかない可能性がある。

仕方ない。私はバッグからキーケースを取り出し、錠を外すと、ノブを引く。玄関扉がなぜか、普段よりも重く感じた。

「ただいまー」

濡れた傘を靴入れに立てかけると、パンプスを脱ぐ。水を含んだストッキングのせいで、歩くたびに、廊下にはっきりとした足跡ができてしまう。

ストッキングを脱いでしまおうかと足を止めた私は、違和感を覚えて周囲を見回す。

「きなこ?」

実家の玄関扉を開けると、きなこはいつもそこにいた。猫の鋭敏な五感で私が帰ってくるのをいち早く察知し、玄関で待っていてくれた。なのに、今日に限って、クリーム色の毛玉のお迎えがない。

「きなこ、どこにいるの？　帰ってきたよ」

声のボリュームを上げるが、やはりきなこが姿を現すことはなかった。もしかしたら、おばあちゃんの膝の上で熟睡でもしているのだろうか？

「父さーん、ただいまー。電話繋がらないから、連絡なしで帰ってきちゃった」

廊下の奥に向かって呼びかけてみたが返事はなかった。やはり、父さんは留守なのかもしれない。私は腕時計に視線を落とす。時刻は午後七時半になっていた。父さんがいるなら、この時間はリビングでテレビを見ているはずだ。

私はもう一度周囲を見回して誰もいないことを確認すると、濡れたストッキングを素早く脱いだ。素足にフローリングの冷たさが伝わってくる。

廊下を奥まで進んだ私は、リビングの扉の前にやってくる。扉を開いた私の口から、「は？」と呆けた声が漏れた。

そこには、なにもなかった。ダイニングテーブル、ソファー、テレビ、ハネ太のケージ、きなこのキャットタワー、そこにあったはずのあらゆるものが消え失せ、虚ろな空間が横たわっていた。

私は吸い込まれるようにふらふらと部屋の中に入っていく。全ての家具、生活用品が取り払われたリビングはやけに広く、寂しく感じた。

「父さん……、きなこ……、ハネ太……」

家族を呼ぶ声が寒々しく壁に反響する。

なにが起こっているの？　なんで誰もいないんだろう？　現実感が希釈されていく。

私は力の入らない足を動かしてリビングを出ると、廊下を戻り、階段をのぼっていく。

おばあちゃん、二階にいるおばあちゃんに訊けばなにか分かるかもしれない。

階段を上がりきったすぐ右手にある襖に近づいた私は、「おばあちゃん、起きてる」と声をかけてみる。いつもの「起きてるよぉー」という声が、今日は返ってこない。いてもたってもいられなくなり、私は襖を勢いよく開いた。

「なんで……」かすれ声が口から漏れる。

おばあちゃんはいなかった。年中置かれていたちゃぶ台も、琉球ガラスの食器が入っていた棚も、部屋の隅に畳まれていた布団もなくなっていた。琉球畳が敷かれていた床は、無機質なフローリングで覆われている。その空間からは、おばあちゃんがいた痕跡が根こそぎ消え去っていた。

私は後ずさりして部屋から出ると、廊下の突き当たりにある自室へ向かう。怯えつつ扉を開くと、そこには見慣れた光景が広がっていた。簡素なシングルベッド、年季の入った勉強机、大量の参考書に交じって小説や漫画が詰め込まれた本棚。

自分の部屋、自分の領域に入った私は、安物のカーペットの上に倒れこみ、四つん這いになる。髪の毛先から零れ落ちる水滴がカーペットの生地に吸い込まれていくのを眺めながら、必死に状況を把握しようとする。

「引っ越し……？」

営業部で働いている父さんは、以前はよく数ヶ月単位で支社に出向し、単身赴任をしていた。もしかしたら、また転勤になったのではないだろうか。

昔とは違い、いまはおばあちゃん一人を置いて単身赴任するわけにはいかない。だから、おばあちゃん、きなこ、ハネ太、全員を連れて行った。そう考えれば辻褄が合う。

だとしても、なぜそんな重要なことを私に教えてくれなかったんだろう？

「ううん……、話してくれていたのかも」私はカーペットに向かってつぶやく。

三人のイレス患者を受け持ってからというもの、色々なことがありすぎて常に悩んでいた。もしかしたら、実家に帰って一緒に食事をしているとき、お父さんが転勤や引っ越しについて説明していたのに、聞き流していたのかもしれない。

昨日父さんから送られてきた『そろそろ時間だよ　準備を整えてな』という意味不明のメール。それも、もうすぐ引っ越しだから、自分の部屋にあるものをどうするか、準備を整えておけと理解できなくもない。

そうだ、そうに違いない。私は必死に自分に言い聞かせる。頭の隅でむくむくと膨らんでいる不安に気づかないふりをしながら。

でも、どうやって確認すればいいのだろう。父さんの携帯電話には繋がらない。カーペットと見つめ合ったまま考え込んでいた私は、「そうだ！」と声を上げると、そばに放ってあるバッグからスマートフォンを取り出す。

父さんの会社だ。勤務先に連絡を取って、どこに転勤になったのか訊ねればいい。

私はディスプレイに電話帳を表示させると、指をせわしなく動かして番号をスクロールしていく。目的の番号を見つけると、私は迷うことなく『通話』のアイコンに触れる。

残業をしている社員がいたのか、こんな時間だというのにすぐに回線は繋がった。

『はい、営業部ですが』はきはきとした声がスマートフォンから響いてくる。

「あの、お世話になっております。私、そちらに勤めている識名の娘ですが……」

『ああ、識名さんの娘さん。どうされました、こんな時間に？』

どうやら、相手は父さんの同僚のようだ。これなら話が早い。

「えっとですね、最近、父が転勤になったと思うのですが、新しい勤務先がどちらか教えていただけたらと思いまして。もし可能でしたら、新しい自宅の電話番号なども」

『転勤？』

電話の相手が、訝しげに聞き返してくる。不安がみるみる膨らんできた。

「はい、そのはずなんですけど……」

『えっと、なにかお間違いじゃないですか？　識名さんなら十ヶ月ほど前に、一身上の都合ということで退職されていますけど』

スマートフォンが急に重くなった気がして、だらりと腕が下がる。振り子のように揺れる手の中から、『もしもし？　もしもし？』という声が聞こえてきた。

3

熱いシャワーが皮膚に残っていた雨水のべとつきを洗い流してくれる。

父さんの会社への電話を終えた私は、スマートフォンが手から零れ落ちるのも気にせずタンスから着替えを取り出し、一階にあるバスルームに向かった。

なんでこんなときにシャワーを浴びるのか、自分でもはっきりわからなかった。ただ、この不可解な状況を解き明かすためにも、一度心身の汚れを落としたかった。

私はシャワーを全開にしたまま、バスルームの床に腰をおろす。体育座りになって首を反らすと、軽く痛みを覚えるほど熱いお湯が顔に降り注ぐ。目を閉じて両腕を左右に伸ばし、私はバスルームに満ちている熱気を全身で受け止める。

混乱もいくらか落ち着き、少しずつ冷静な思考ができるようになってきた。

父さんは十ヶ月前に仕事を辞め、そして最近、私になにも告げることなくどこかへと消えてしまった。これが現在分かっている事実だ。いま考えるべきことは、なぜ父さんは消えたのか、どうして私にはなにも言わなかったのか、その二点だ。

ふと、『夜逃げ』という言葉が頭に浮かぶ。

私の知らないうちに大きな借金をしていて、返済ができなくなり姿を消した。私に伝えなかったのは、情けなかったのと、迷惑をかけないため。おばあちゃんたちは、父さんがいないと生活が成り立たないので一緒に連れて行った。

いや、違うか……。シャワーを顔に浴びたまま十秒ほど考えて、私は頭を振る。夜逃げは基本的に着の身着のまま行うものだ。今回のように家財道具を根こそぎ持っていくわけがない。そんなことをすれば目立って、借金取りに気づかれてしまうだけだ。

ただ、トラブルに巻き込まれ、迷惑をかけたくなかったという線はあり得る。最近、父さんと交わした会話を必死に思い出す。しかし、どれだけ頭を絞っても、父さんのセリフにトラブルの種らしきものは見つからなかった。

目を開けて立ち上がると、シャワーを止め、バスルームから出る。髪と体を拭いて、新しい下着を身につけた私は、洗面台の鏡に映る弱々しい表情の女に気づく。

私は流し台を両手で摑むと、鏡に顔を近づけた。

「なに情けない顔してるの！　落ち込んだってしょうがないでしょ！」

そう、落ち込んでいてもなにもはじまらない。この不可解な状況を解明するために、前を向いて進んでいかなくては。鏡の中にいる女の弛緩した表情が引き締まってくる。私は「よしっ！」と両手で頰を叩くと、新しいシャツとジーンズに着替えて廊下に出た。

胸に手を当て、私はこれから取るべき行動を考える。

警察に通報して探してもらおうか？　いや、家の状況からして、父さんたちは自分たちの意志で姿を消している。警察が本気で探してくれるわけがない。なら、自分で探すしかない。まだこの家で、確認していない場所がある。まずはそこに手がかりがないか探すとしよう。

トイレ、物置、キッチン、思いつくところから探していく。食器、調理用具、はてはトイレットペーパーすら消え去っていて、手がかりらしきものは見つからない。私は大きく息を吐くと、意識的にあとまわしにしていた場所へと向かう決意をした。

廊下にもどった私は、玄関のすぐそばにある父さんの寝室の扉を開ける。やはり、その部屋も空になっていた。父さんが使っていたベッドもタンスも消えている。

寝室の奥にある襖に視線が吸い寄せられる。その襖の向こう側にある和室を、父さんは書斎として使っていたはずだ。けれど私は二十年以上、そこを覗いたことがなかった。

踵を返して逃げ出したいという衝動に耐えた私は、襖へと近づいていく。伸ばした手が襖の取っ手に触れた瞬間、焼けた鉄にでも触れたように手を引いてしまう。自分がまだ、あの人を喪ったことを受け入れられていないと思い知らされる。

細く長く息を吐いて、私は嵐に翻弄される木の葉のように、乱れに乱れている心を静めていく。あれから二十三年間、私はたくさんの人に支えられて成長してきた。あの人と同じように昏睡状態に陥った患者さんを、二人も救うことができた。いまこそ、二十三年前の悲劇に向き合うべきときなんだ。

私は歯を食いしばると、勢いよく襖を開いた。四畳半の和室。置いてあるはずのデスクは消えていた。ただ、部屋は空ではなかった。その中心に仏壇が鎮座していた。

仏壇に近づいた私は正座をすると、そっと観音開きの扉を開く。位牌は入っていなかった。代わりに、一枚の写真がそこには飾られていた。幸せそうに微笑む三十歳前後の女性の写真。震える手を伸ばして、私はそれを摑む。

「ママ……」

脳の奥底にしまい込んでいた記憶が、一気に浮き上がってくると、大輪の花火のように弾けて華麗に広がった。

転んで泣いている私の頭を撫でてくれた、幼稚園で描いた似顔絵をすごく喜んでくれた、ハイキングで並んでお弁当を食べた、怖い夢を見たとき抱きしめてくれた。

あの人との、ママとの思い出が部屋に咲き乱れ、私を包み込む。

視界が滲み、網膜に映るママの笑顔が滲んでいく。

「ごめんなさい……、本当にごめんなさい……」

ママの写真を胸に強く当てながら、私は謝罪の言葉をくり返す。

二十三年前、誰よりも愛してくれた人がいなくなったことがあまりにも苦しすぎて、『自分』という存在が哀しみと苦悩で満たされた皮袋になってしまったかのように苦しくて、私はママとの思い出を脳の奥にある底なし沼へと沈めてしまった。

忘れてしまえば、もともといなかったのだと思い込んでしまえば、もうつらくないと思って。体の内側から腐っていくような苦しみから逃れられるような気がして。

あの時、ママが助けてくれたからこそ、私はここにいるのに。

あの時、ママを助けられなかったからこそ、私は医師を目指したのに。

二十三年前、東京に単身赴任していた父さんに会いに行った私たちは、遊びに行った遊園地で少年Xが起こした通り魔事件に巻き込まれた。多くの人々がパニックに陥って逃げ惑い、怒声と悲鳴で溢れかえった現場で、人の波に押しながされた私はママと繋いでいた手を離してしまい、気づいたら広い通りの真ん中で立ちすくんでいた。周りにいた人々は逃げ去り、一人佇んでいる私に少年Xは悠然と近づいてきた。

少年Xが振り上げたナイフの血に濡れた刀身が、陽光を妖しく反射したのを、いまでもまざまざと思い出すことができる。

ナイフが振り下ろされた瞬間、私と少年Xの間に人影が飛び込んできた。気づいたときには、胸元から脇腹にかけて切り裂かれ、白いワンピースを血で紅く染めたママが、私の方を向いてひざまずいていた。

ママは笑顔を、いつも泣いている私をあやしてくれるときと同じ笑みを浮かべて、「大丈夫よ、愛衣。私が守ってあげるからね」と抱きしめてくれた。深い傷を負っているとは思えないほど力強く。

少年Xは私たちに追撃を加えることなく棒立ちになっているところを取り押さえられ、ママは駆けつけた救急車で病院に搬送された。けれど……、出血が多すぎた。

ママは救急車の中で心肺停止となった。搬送先の病院で蘇生したものの、長時間低酸素状態に置かれた脳細胞が致命的なダメージを負い、昏睡状態になってしまった。

子供だった私には、ママはただ眠っているようにしか見えなかった。だから、何度も「ママはいつ起きるの？」と父さんに訊いたが、そのたびに痛みに耐えるような表情を浮かべられるので、そのうちに悟りはじめた。

もう、ママは起きることがないのだと。もう、二度と頭を撫でてくれることも、優しく微笑みかけてくれることも、頬にキスをしてくれることもないのだと。

私はただ、病院でママの手を握ることしかできなかった。なんで、自分にママを治すことができないのかと無力感に押しつぶされながら。

そして、事件から一ヶ月ほど経ったある日、ママは亡くなってしまった。大切な人が私の人生から消えてしまった。小さな私の胸に、ぽっかりと大きな穴が開いてしまった。

だから、私はママのことを忘れようとした。ママとの幸せな記憶を底なし沼へと沈めてしまった。そうすれば、胸に空いたどこまでも昏く深い穴を埋められると思ったから。なんて馬鹿だったんだろう。ママを忘れることの方が、ずっとつらいのに。忘却という無機質な補塡剤で胸を満たしても、ただ虚しさに苦しめられるだけだというのに。

事件の記憶がフラッシュバックする。しかしそれは、これまでのように恐怖と嫌悪感を伴うことはなかった。身を挺して私を守ってくれたママの笑顔。これまでは逆光で見えなかったその顔を、今日ははっきりと思い出すことができた。

声を抑えることなく、私は泣く。熱い涙が瞳から溢れ出す。絶叫が狭い部屋に反響する。目から、鼻から、口から止め処なく零れ落ちる液体が、畳に大きな染みを作っていく。二十三年間、ため込んできた想いが体の中で爆発する。

ママ、愛してた。本当にとっても愛していたんだよ。本当に、本当に……。

心のなかで絶え間なくママに語り掛けながら、私はただただ慟哭を上げ続けた。

何十分も、誰にも憚ることなく号泣した私は、しゃくりあげながら深呼吸をくり返す。体中の水分がなくなってしまうのではないかと思うほど泣いたせいで、目の奥や鼻の付け根に重い痛みがわだかまっている。しかし、体は軽かった。ずっと腹の底に溜まっていた澱を、涙に溶かして洗い流せたかのように。

二十三年かけてようやく、私はトラウマと向き合うことができた。あとは、それを乗り越えるだけだ。それにはきっと、いま起きている不可解な現象を解決し、そしてあの日のママと同じように、いまも昏睡状態に陥っている環さんを助ける必要がある。

私は涙で濡れた顔をハンカチで拭い、大きな音を立てて洟をかんだ。

父さんがママの写真を残していったことには、なにか意味があるはずだ。私は乱れた呼吸を整えながら胸に当てていた写真を裏返してみる。そこに小さな黒い染みがあった。よごれかな？　私は涙で濡れた指で、その部分を拭いてみる。その染みは消えるどころか、大きく広がった。

もしかして。私は顔に残る涙を掌で拭き取ると、写真の裏側を一撫でした。そこに、文字が浮かび上がってきた。東京都杉並区にあるアパートの住所。

これが手がかりだ。ここに書かれた住所に父さんはいるに違いない。

なんで父さんが、ここまで手の込んだことをしたのかは分からないが、いまは行動するべきだ。そう判断した私は書斎を飛び出ると、階段を駆け上がって自分の部屋へと戻る。カーペットに放られていたスマートフォンとバッグを手に取り、玄関へと向かった。

傘を摑み、扉を開けて外に出ると、ちょうど家の前の道をタクシーが通りかかった。私は迷うことなくタクシーを止めて乗り込む。

「毎度どうも、どちらまででしょう？」

私が写真の裏に書かれていた住所を告げると、運転手は怪訝な表情で振り返った。

「かなり離れていますけどよろしいですか？　運賃、それなりにかかっちゃいますよ」

「かまいません、行ってください」

即答すると、運転手は「承知しました」とタクシーを発進させる。シートベルトを締めた私は、目を閉じて頭の中を整理していく。

久米さんが起こしたという事件、少年X、最後のイレス患者、そして消えてしまった父さんたち。考えるべきことは腐るほどあった。

どこからか、「頑張ってね、愛衣」というママの優しい声が聞こえた気がした。


「お客さん、もうすぐ到着しますよ」

視覚を遮断して思考を巡らせていた私は、運転手に声をかけられて目を開ける。タクシーは滝のような雨の中、閑静な住宅街を走っていた。いつの間にか杉並区に入っていたらしい。ずっと頭を使っていたせいか、思いのほか早く着いた。

「えっと、ここですね」

カーナビを確認した運転手は、二階建てのアパートの前で車を停めた。私は財布から取り出したカードで精算をすると、タクシーを降りる。ビニール傘を開いた私は、目の前に立つアパートを見上げた。年季の入ったアパートだった。おそらく築四十年は経っているだろう。ひびが目立つ壁には多くのツタが這い上がり、二階へと上がる鉄製の階段は錆で覆われている。昭和時代の単身者向けアパートといった様相を呈している。

「こんなところにみんなが？」

外見から想像するに、部屋も狭そうだ。二人と二匹が生活するのは厳しいだろう。なぜ父さんは私をここに導いたんだろう。私は傘をさしたまま、外階段を上がっていく。写真の裏に書かれていた住所は、このアパートの二階の部屋だった。一段ごとに悲鳴のような軋みを上げる階段をのぼり、古い型の洗濯機が並ぶ外廊下を進んでいく。私は一番奥にある扉の前で足を止めた。そこが目的の部屋だった。

乾燥した唇を舐めてチャイムを鳴らす。反応を待つが、扉が開くことはなかった。

私はそっとドアノブを回し、引いてみる。鍵はかかっておらず、ほとんど抵抗なく扉は開いていった。電灯のともっていない室内には、闇が揺蕩っていた。

「父さん、いるの……？」おそるおそる声をかけてみるが、返事はない。

上がるべきだろうか？　息をひそめて闇を見つめながら、私は迷う。ここが父さんの居場所でなかったとしたら、勝手に上がれば不法侵入になってしまう。けれど、ほかに手がかりはない。覚悟を決めた私は、玄関に上がると手探りで壁にあるスイッチを入れる。天井の蛍光灯が弱々しく灯った。切れかけなのか、ときおり点滅する白い灯りに短い廊下が浮かび上がる。

靴を脱いだ私は、廊下を進んでいく。左手には小さな台所が、右手には扉が見える。配置からすると、おそらくはトイレかユニットバスがあるのだろう。

外見通り、単身者用の部屋のようだ。私は左手にあるキッチンに視線を向ける。そこにはわずかな食器と調味料が整理されて並んでいた。単身赴任が長かった父さんは、水回りを整頓する癖がついていた。やっぱり、父さんはここに住んでいる？

慎重に廊下を進み、突き当たりにある扉の前までやってくる。

この中になにがあるのだろう？　父さんがいるのか。それとも誰か違う人が潜んでいるのか。心臓の鼓動が加速していく。私は扉を開けると、一歩後ずさって身構える。灯りのついていない部屋が、点滅する廊下の蛍光灯にかすかに浮かび上がった。

六畳ほどの部屋だった。薄暗いので断言はできないが、誰もいないように見える。

私はすり足で部屋に入ると、電灯からぶら下がっている紐を引く。暗さに慣れた目にはやや強すぎる灯りが部屋を照らし出した。眩しさに目を細めながら、私は部屋を観察する。シングルベッドとデスクだけが置かれた簡素な部屋。

「ここになにが……？」

振り返った私は息を吞む。染みの目立つ壁に大量の写真が貼られていた。

その写真に写っていたのは、私の見知った人物だった。

久米さんと環さん。二人を写した写真が、壁を覆いつくさんばかりにそこにはあった。

「なんで……？」呆然と私はつぶやく。

ここは父さんが使っていた部屋である可能性が高い。そこに、なぜ久米さんと環さんの写真が貼られているのだろう。二人と父さんの間に、いったいどんな繋がりがあるというのだろう。疑問と混乱の海に沈んでいき、呼吸ができなくなる。

大量の写真に覆われた壁の圧迫感にじりじりと後ずさっていった私の背中が、カーテンの閉められた窓際に置かれているデスクに当たった。振り返った私の目に、デスクに積まれている本のタイトルが飛び込んでくる。


『少年X　その心の闇』『なぜ少年Xはナイフを手にしたのか』

『遊園地通り魔事件　その深層』『少年Xを生み出した家庭』


それらは全て、二十三年前に起きた通り魔事件と、その犯人である少年Xについて記されたものだった。なんの関連もなかったはずの父さんと久米さんが、頭の中で繋がる。

環さんの記憶の最後で刑事が、久米さんが少年Xだったかもしれないと言っていた。もしその情報が外部に漏れていたとしたら、この状況にも説明がつく。

二十三年前、ママを守れなかったことに父さんはずっと苦しんでいた。ママを殺した少年Xが少年法により守られ、たいした罰を受けなかったことに憤っていた。

あの事件後、ママを忘れることで必死に自我を保とうとした私とは対照的に、父さんは少年Xに対する恨みを生きる糧にしていたのかもしれない。

どこからか、久米さんが少年Xだったかもしれないという情報を手に入れた父さんは、その真相を確かめるために、仕事を辞めてここを拠点にして調査をはじめた。

実家に帰るたび、ちゃんと父さんがいたのは、私が前もって連絡してから帰っていたからだろう。私の帰宅に合わせて父さんも家に戻り、仕事を辞めて少年Xについて調べていることを隠していた。

「……なんでそこまでしたのよ」思わず、恨み言が口をついてしまう。

少年Xを赦せないのは理解できる。だからといって仕事を辞め、高齢のおばあちゃんを置いてこんな部屋に移り住んでまで追う必要がどこにあるというのだ。

そもそも、少年Xを見つけてどうするつもりだったのだろう。居場所を世間にリークするつもりだったのか、それとも自分の手で……。恐ろしい想像に鳥肌が立ってしまう。

私だって、少年Xを赦すことなんかできない。けれど、殺したいとは思わない。それをすれば、少年Xと同じ人殺しにまで堕ちてしまう。なにより……。

「なにより、……そんなことをしてもママは戻ってこない」

今日、父さんがいなかったのは、電話が通じなかったせいで私が帰ってくることを知らなかったからだろうか？

いや、そうじゃない。数秒考えて、私は首を振る。だとしたら、おばあちゃん、きなこ、ハネ太までいなくなり、家財道具も消えていた理由が分からない。実家の状況からは、二度とここには帰ってこないという強い意志が見て取れた。

私はバッグからスマートフォンを取り出し、最後に父さんから来たメールを表示する。

『そろそろ時間だよ　準備を整えてな』

「なんの時間なの？」

文面は父さんがなにか決意をしたようにも読める。父さんは数日前に大きな行動を起こすことに決めた。おそらくは、少年Xに対する復讐を。

だからこそ、安全のためにおばあちゃんたちを実家から移動させ、私にも思わせぶりなメールを送って警戒させた。そういうことではないだろうか。

私は奥歯を嚙みしめる。復讐が成功したら父さんは犯罪者となり、失敗すれば少年Xに返り討ちにされる。どちらにしても、家族はバラバラになってしまう。父さんは家族を犠牲にしてまで、少年Xを破滅させたかったのだろうか。いつも私のことを一番に考えてくれていた父さんは、どこに行ってしまったのだろう。あごに力が入り、奥歯がぎりりと軋んだ。

私は再び壁に近づき、そこに貼られている写真を一つ一つ眺めていく。

半年前、久米さんに殺されたとされている中年男性も、父さんと同じように少年Xを追っていた。それゆえ警察は、久米さんが少年Xかもしれないと考えた。自分の正体が暴かれそうになり、久米さんが被害者を殺害したのかもしれないと。

久米さんは少年Xなのだろうか？　そもそも、久米さんは本当に中年男性を殺したのか？　マブイグミを成功させて環さんを救うため、そして父さんがいまどこにいるか知るために、それを知る必要があった。

環さんの記憶の中で、刑事は久米さんが少年Xだと断定してはいなかった。ということは少年Xの本名は『久米』ではないのだろう。戸籍が乗っ取られたと警察は疑っているのか。

私は久米さんの経歴を思い出す。中学生時代に両親を亡くし、田舎にいる祖母に引き取られ、大学入学時に東京に戻ってきた。唯一の肉親である祖母ももう亡くなっている。

「入れ替わったとしたら、田舎に行ってから東京に戻ってくるまでの間……」

久米さんは同窓会で、中学時代の友人に会っている。そこで気づかれないことなどあり得るだろうか？

「あり得る、か」

少し考えた後、私はそう結論づけた。大人ならともかく、成長期の少年にとっての数年間は限りなく大きい。完全に外見が変わってしまうほどに。それに、中学時代の久米さんは、あまり目立たない存在だったようだ。同窓会に別人が来ても、「だいぶ雰囲気が変わったな」と思われる程度だろう。では、やはり久米さんが少年X……？

私は壁に貼られている写真に触れていく。写真の中では、環さんと久米さんが幸せそうに寄り添っていた。思わず口元がほころんだとき、頭蓋骨の中で声が反響した。

『……違う』

慌てて部屋を見回す。しかし、心の隅では気づいていた。いまの声が、実体のある人間から発されたものではないことに。夢幻の世界で、衰弱して囚われているククルからの声を聞いたときと同様に、いまの声は頭の中に直接響いてきた。

環さんの夢幻の世界から脱出する寸前、輝くオルゴールの箱から溢れ出した一筋のレーザーが頭部をかすめたことを思い出す。いま聞こえた〈声〉、そして実家に向かう途中で見た〈映像〉、それらはあの時私に入ってきた環さんのククルの欠片によるものだ。私はなぜか、そう確信していた。

これまで、現実世界でククルからのメッセージを受け取ったことはなかった。きっと、私はユタとして成長しているのだろう。だから、夢幻の世界から出ても、環さんのククルのメッセージを受け取ることができるようになった。

ならば……。私は胸に手を当てて、意識を集中させる。脳裏に白黒映画が投影された。

右側に古びた倉庫群が並んでいる道が、右手に持った懐中電灯の光に照らされている。実家に帰る道すがら見たのと同じような、ある男性の目から見た映像。やがて、その男は鉄製のシャッターで閉じられた倉庫の前にやってくる。見覚えのある場所だった。環さんの記憶の中で見た倉庫。

しゃがんだ男は、シャッターを勢いよく開いていく。ガチャガチャと耳障りな音が響いた。男は慎重に倉庫に入ると、懐中電灯で中を照らす。

『なんだよ……、これ……』

うめくように男は言った。壁に貼られた佐竹優香さんの写真を見て。

倉庫の奥にある机に鍵が置かれているのに気づいた男は、そちらに近づきながら、優香さんの写真が貼られていたのと反対側の壁を見る。

たしかそこには、久米さんに殺害されたという中年男性の写真が貼られているはず。そう思った瞬間、映像が乱れて見えなくなる。

「ちょっと、なによ」

壊れた電化製品にするように、私が平手でこめかみを叩くと、再び映像が戻ってきた。男は机の上に置かれていた鍵を手に取ると、逃げるように倉庫から出てシャッターを下ろし、鍵を閉めた。荒い息をついた男は、ズボンのポケットからスマートフォンを取り出す。そこで映像が途切れた。

すこしふらつく頭を振ると、私は部屋をあとにする。玄関に立てかけてあった傘を手に取り、外廊下に出ると、階段を降りていく。自分がどこに向かっているか分からなかった。ただ、どちらに進めばいいかは分かっていた。

生まれ故郷の川に戻ってくる鮭や、季節ごとに大陸を移動する渡り鳥はこんな気持ちなのだろうか。私はただ本能に導かれるままに、土砂降りの夜道を進んでいく。

また、映像が頭に流れ込んでくる。自分の目に映る映像と、脳に直接映し出されている白黒の映像、二つを同時に眺めつつ私は足を動かしていく。

その人物は、狭いユニットバスにいた。左手が黒い液体で濡れている。荒い呼吸音が聞こえてくる。いまや私は、その空間に充満する生臭さまで感じ取ることができた。

『もしもし、先生ですか!』

男が叫ぶように言う。視界には入っていないが、右手でスマートフォンを持ち、誰かと会話をしているようだ。電話から返事が聞こえてきているようだが、その声はノイズがかかって聞き取れなかった。

『そうです! 言われた通りに倉庫に貼られていた写真にあった住所に行ったんです! 鍵が開いていたんで、入ったんです。そうしたら、そうしたら……』

興奮で舌が回らなくなったのか、声が途切れる。左手が壁を叩く。手についていた黒い液体が飛び散った。

『人が倒れていたんです！　写真に写っていた中年男性が刺されて、血塗れで……』

液体で濡れた手が大きく映し出される。私の足が止まる。白黒の映像の中で黒く映っていた液体の正体に気づいて。

血液だ。男の左手は、血塗れだったのだ。

いま頭に流れ込んでいる映像は、ある人物が半年前に殺されたという中年男性の死体を目撃し、混乱してユニットバスに逃げ込んだときのものだろう。

男は『先生』と呼ぶ相手に助けを求めている。いったい『先生』とは誰のことなのだろう。私は再び本能に促されて足を動かしはじめる。

『……分かっています。このままじゃ、どうなるか。……いいえ、それはありません』

映像の中の人物の口調が低く籠ったものへと変化していく。

『はい、そうします。……ええ、佃先生がいいと思います。……はい、俺は姿を消します。少なくとも、予定の日まで……』

強い決意を孕んだ声で言うと、男は通話を終えた。同時に、白黒の映像は消える。

私はふと視線を上げる。遠くに小高い丘が見えた。ようやく自分の目的地に気づいた私は、街灯が落とす光の中、丘に向かって真っすぐ延びている道を足早に進んでいった。


私は延々と続く暗い階段をのぼり続ける。

膝が痛い、酷使している下半身の筋肉が悲鳴を上げはじめている。それでも私は一段一段、ひたすらにのぼり続ける。

また、頭の中に映像が流れ込んでくる。いま私が踏みしめているものと全く同じ階段をのぼっていく映像。この暗さではカラーも白黒も違いはないので、どちらが実際に自分の目で見ているもので、どっちが頭の中に流れ込んできているものなのか、区別がつかなくなってくる。

『はい、もうすぐ着きます。あとちょっとで……』

男が、スマートフォンで通話をしている。相手は『先生』だろうか？

白黒映像の階段が途切れる。それと同時に、私も階段をのぼり切った。私が見ている二つの映像に、大きな鳥居と、その奥にある社が映し出された。この神社を私は知っていた。優香さんに囚われ、隷属していた久米さんが、環さんによって救われた神社。

男は通話を終えたスマートフォンをポケットにねじ込むと、『先生！　先生、どこですか？』と声をあげながら境内へと入っていく。私も男と同じように、鳥居をくぐって石畳を進んでいく。

頭に流れ込む映像がどんどんと鮮明になっていく。視覚、聴覚、嗅覚だけでなく、男の五感の情報全てを、いつの間にか感じるようになっていた。

男が、何者かの声を聞く。しかし、他の感覚は現実に体感しているかのようにリアルに伝わってくるにもかかわらず、その声だけは獣の唸りのような音にかき消され、男の声か女の声かさえもはっきりしない。声に誘われるように映像の人物は社の裏側へと回り込んでいく。傘をさした私も何者かに操られるかのように、そちらへと移動していく。

男と私は、同時に社の裏手にある雑木林へと入っていった。

『こっちでいいんですか？　早く身を隠さないとヤバいんです。出てきてください』

男が言う。返事の代わりに背後から枯葉を踏みしめる音が聞こえた。

次の瞬間、男の首にロープが巻き付き、一気に絞め上げた。彼と五感をシンクロさせている私の喉も強い圧迫感に襲われる。手にしていた傘が、濡れた土の上に落ちた。

私は映像の中の男と同じように両手を喉元に当て、足をばたつかせる。男の恐怖と絶望が染み入ってくる。喉の筋肉が千切れ、首の骨が折れていく感触が伝わってくる。口腔内が鉄の味がする泡で満たされる。眼球が後ろ側から押し出され、破裂しそうだ。

消える……。『自分』という存在が消え去ってしまう。これまでになくリアルに『死』を感じ取った瞬間、映像が消えた。男の感覚、感情が一瞬で消え失せた。

ぬかるみに四つん這いになり、私は必死に酸素を貪る。

呼吸が落ち着いてきた私は、泥で濡れた手で喉に触れてみる。さっきまで断ち切られそうなほどの痛みが走っていた部分を押しても、違和感を覚えることはなかった。

映像の中の男がどうなったか、火を見るよりも明らかだった。私はわずかな間、五感を共有した男性に思いを馳せる。彼が誰だったのか、私にはもう分かっていた。

いまわの際、彼の脳裏に映し出された人物を、私も見たから。

私は泥の中に四肢をついたまま、天を仰ぐ。漆黒から落ちてくる大粒の雨が顔を濡らしていく。そのとき、声が聞こえた気がした。私を呼ぶかすかな声が。

「どこ!?　どこなの？」

私は闇に満たされた森の中を見回す。上空から雷鳴が響く中、再び弱々しい声が聞こえた。私は泥まみれになることも気にすることなく、声が聞こえてくる場所を探して森の中を這い回る。

やがて、大木の根元のわずかに土が盛り上がっている部分にたどり着いた。

「……ここね。……ここにあなたはいるのね」

私はぬかるんだ地面を両手で掻き分けていく。指の皮が剝け、細かい木の根が手に刺さり、爪が欠けても、私は手を動かし続けた。

どれだけ掘り続けただろう。感覚がなくなりかけていた指先に硬いものが触れる。私は残っている力を振り絞って土を分けていく。

暗順応した瞳がそれを捉える。地面から突き出る、白骨化した手を。

私は唇を嚙むと、その手を両手で包み込んだ。

「ずっと……ここにいたんだ……」

そうつぶやいたとき、私は骨となった手になにかが絡みついていることに気づいた。

きっと、最期の瞬間、とっさに握りしめたものだろう。

顔を近づけた私は、それがなにかに気づいて目を細める。

かつて環さんが彼に渡したもの。音符の形をしたペンダントがそこにはあった。

「本当にお疲れ様でした、……久米さん」

わずかな間だけだが感覚を、苦痛を、苦悩を共有した同志に、私は静かにねぎらいの言葉をかけた。

糊のきいた新品の白衣を纏うと、ロッカーの扉の内側についている小さな鏡を覗き込む。薄くメイクが施された顔に、凛とした決意が浮かんでいた。

「よしっ」小さく声を出してロッカーを閉じる。

4

雑木林で久米さんの遺体を見つけた翌々日の朝、私は神研病院のロッカー室にいた。

一昨日の深夜、久米さんの遺体が埋まっている神社をあとにした私は、泥まみれのまま夜道を歩き、見つけた公衆電話から警察に通報をした。神社の雑木林に遺体が埋まっていることを告げ、名前を訊いてくる相手を無視して受話器を戻し、自宅マンションまで徒歩で戻った。

汚れた服を脱ぎ、シャワーを浴びて寝間着に着替えると、私は眠った。夢を見ることもなく泥のように眠り続けた。

翌日、昼近くに目を醒ましてテレビをつけると、すでに杉並区の神社で遺体が発見されたというニュースが流れていた。警察が捜査すれば、発見者が私だと気づかれるかもしれないが、別にかまわなかった。久米さんの遺体をあんな冷たい土の下に放置しておくわけにはいかなかった。

私は久米さんの婚約者である環さんの主治医だ。いざとなれば、昏睡状態の彼女が寝言であの場所のことをつぶやいたとでも言っておけばいい。

私は食事をとったあと警察署に向かい、父さんとおばあちゃんの行方不明者届を出した。明らかに自分の意志で消えた二人の行方不明者届を受理してもらえるかどうか不安だったが、受付の警察官は拍子抜けするほどあっさりと受け付けてくれた。「なにか分かったら連絡しますので」という警察官に礼を言って、私は警察署をあとにした。

警察が本気で捜査してくれるとは思っていなかったが、それでも行方不明者届を出していれば、なにか情報があったときに連絡をくれるはずだ。それで十分だった。

自宅に戻った私は、再び寝間着に着替えてベッドに横になった。マブイグミができるほどに、もう一度、環さんの夢幻の世界に這入り込めるほどに回復するため。

父さんのことは心配だったが、まずは休むべきだと判断した。環さんのマブイグミを行い、手がかりを掴む。それこそが、父さんを見つける最短の道のはずだ。

しっかり栄養を摂り、体を休めたおかげで今朝には体力がかなり戻っていた。もう、マブイグミが行える。そう判断した私は、こうして今朝出勤したのだった。

ロッカールームから出て、エレベーターに乗って病棟に向かう。環さんの病室に向かっていた私は、談話室の前で足を止めた。入院患者が見舞客などと話すための広い部屋の窓辺に、小柄な少年の姿が見えた。少し迷ったあと、私は談話室の中に入って行く。

「レント君」

近づいて声をかけると、入院着に包まれた華奢な背中が小さく震えた。振り返った少年、レント君は私の顔を見て、少しだけ表情を緩めてくれた。

「なにを見ているの？」

私はレント君と並んで窓の外を見る。レント君は雨雲に覆われた空を指さす。

「今日も天気悪いね。最近雨ばっかりだね」

太陽の光は厚い黒雲に遮られ、早朝だというのに外は深夜のように昏かった。異常気象なのか、本当に最近は雨の日が多い。

「パパとママが呼んでる……」

空を見上げたまま、レント君は小声でつぶやく。その顔に恐怖が広がっていく。

「大丈夫だよ。ここにはパパもママも来られないからね」私は彼の柔らかい髪を撫でた。

「……でも、僕を呼んでいるんだ」

レント君は首をすくめ、身を小さくする。長い時間虐待を受けてきた恐怖から、幻聴が聞こえているのかもしれない。彼の頭を撫でたまま、私は唇を固く閉じた。そのとき、「あっ、いた！」という声が聞こえた。振り返ると、談話室の入り口に、腰に両手を当てた宇琉子ちゃんが立っていた。

「病室にいないからびっくりしたじゃない。外に出ちゃったかと思ったわよ」

相変わらずの猫背のまま近づいてきた宇琉子ちゃんは、レント君の手を取った。

「ほら、部屋に戻るよ」

レント君は小さく頷いた。どうやら、宇琉子ちゃんが姉代わりになって面倒を見てくれているようだ。

「愛衣センセ、ありがとうね。この子を見ててくれてさ」

「ううん、こちらこそありがと、宇琉子ちゃん。レント君を気にかけてくれて」

「だってさ、この子、ほっとくと危なっかしいんだもん。愛衣センセが助けてあげられるようになるまでは、一応私が見ていてあげないとね」

助けてあげる……か。私は頬を掻く。可能なら、私もレント君を助けてあげたい。しかし、小児精神医学の臨床経験がない私に、彼を救う力があるとは思えなかった。

「私もレント君を治してあげたいんだけど、専門家じゃないし……」

「関係ないよ。この前、約束したじゃない」

たしかに先日、レント君を助けてあげると約束した。子供との約束とはいえ、いや、子供との約束だからこそ守らないといけない。

「分かった。レント君を守るためにできる限りのことをするね。それでいいかな？」

宇琉子ちゃんは「うん！」と、猫を彷彿させる大きな目を細めた。

「それじゃ、お部屋に戻ろ。クサナギレント」

宇琉子ちゃんの言葉を聞いた私は、「え？」と声を上げる。

「どうしたの、愛衣センセ」宇琉子ちゃんは可愛らしく小首を傾げた。

「宇琉子ちゃん、いまレント君のこと、なんて呼んだ？」

「クサナギレントだよ。それが名前だもん」

「レント君の名字を知ってるの⁉」

私が甲高い声を出すと、宇琉子ちゃんは「もちろん」と頷いた。

「レント君、クサナギっていう名字なの？　クサナギレント君っていうの？」

私が視線を合わせると、レント君は躊躇いがちにあごを引いた。どうやら、仲良くなった宇琉子ちゃんにだけはフルネームを教えていたようだ。

これは重要な情報だ。フルネームが分かれば、彼の身元も分かるだろう。虐待を加えていた両親を逮捕することもできるかもしれない。そんなことを考えていると、レント君は身を翻し、小走りで談話室から出ていってしまった。宇琉子ちゃんが「あっ、待って」とそのあとを追う。

一度姿が見えなくなった宇琉子ちゃんは、談話室の入り口から顔だけ覗かせると、「頑張ってね、愛衣センセ。応援してるよ」と言い残して去っていった。

なんに対してエールを貰ったのだろう。今日も一日、仕事を頑張れということだろうか。私は頬を搔きながら、談話室をあとにする。たしかにいまから頑張る必要があった。

ヒールを鳴らして廊下を進みながら、私は気合を入れなおしていく。

レント君のフルネームについては、袴田先生に報告しなければならないが、その前にやるべきことがあった。個室病室のドアを開いて中に入った私は、窓際のベッドに近づいていくと、そこに眠る環さんの顔を覗き込む。これから、彼女に伝えなくてはならないことを思うと心が痛かった。しかし、それをしなければ彼女は決して目醒めない。

私は環さんの額に手を当てると、これで四度目となる呪文を唱える。

「マブヤー、マブヤー、ウーティキミソーリ」

環さんの中に『私』が流れ込んでいった。

「やあ、愛衣。お帰りなさい」

目を開けると、ククルが片耳を上げていた。

「ただいま、ククル」

私は素早く周囲に視線を這わせる。そこは処刑や拷問に使う道具に溢れた、薄暗い地下室だった。前回の失敗したマブイグミの際、私が最後にいた場所。

「ここからはじめられるんだ。よかった。また鍵盤の道からだと思っていたから」

「夢幻の世界は常に変化しているからね。ただ、いいことばかりじゃないよ。前回の続きということは、危険もそのままってことなんだからさ」

ククルは耳で私の背後を指さす。振り返ると、奥の壁の隙間から、無数の蟲が蠢きながら湧き出してきていた。前回と同じように、口から光線を吐き出して蟲を防ぐつもりか、ククルが私を守るように前に出る。

「大丈夫だよ、ククル」

私はさっと手を横に振る。同時に、蟲の大群と私たちの間に壁が生じた。私がイメージした光の壁が。壁に衝突した蟲たちは、ジジッという音を残して蒸発していく。

「どう?」

少しだけ得意げにあごを突き出すと、ククルは瞳孔の開いた瞳で私を見上げて数回まばたきをしたあと、拍手をするように両耳を合わせる。

「すごいね、愛衣。かなり成長したじゃないか。なにか、吹っ切れたみたいだね」

「うん、ママを思い出した。ママに会ったんだ。……二十三年ぶりに」

「そうか、良かったね」

前回のマブイグミからいままでの間、私になにがあったのか知っているのだろう。ククルはただ嬉しそうに微笑むだけだった。

ただ無為に光の壁に突っ込んでいた蟲たちが集まっていく。前回のように、サソリへと変身するつもりだろう。そうなれば、光の壁は長くはもたない。

「ククル、私はこれから環さんのマブイを呼び出して、マブイグミをする。その間、なんとか蟲を食い止めておいて」

「任せといて！」

ククルは胸を張ると、蟲の突撃で薄くなっている部分の壁に向かって「にゃおーん！」と咆哮を上げる。ククルの口から放たれた光線が、輝く壁を修復していった。

私は壁に立てかけられた十字架に近づいていくと、その陰に置かれているオルゴールに入っている環さんのククル、心臓のように拍動する小さなレーザーの玉に話しかける。

「大丈夫、あなたの大切な人は私が助けてあげるから」

レーザーが光量を増した気がした。私は首を反らして天井を仰ぐ。飛鳥さんや佃さんのときのように、声を張り上げることはしなかった。そんな必要はなかった。

「環さん、私の話を聞いて」

小声で囁くと、目の前にワンピースを着た環さんが現れた。うっすらと向こう側が透けていて、彼女が実体ではなく、あくまで意識が投影されたものだということが分かる。

「はじめまして環さん」

「……あなたは？」環さんは生気のない瞳で私を見る。

「私は識名愛衣、あなたの主治医です」

私が自己紹介すると、環さんは「主治医？」と眉根を寄せた。

「私が誰かは重要なことじゃないの。きっと、あなたが起きたら覚えていないだろうから。それよりも大切なのは、久米さんのこと」

久米さんの名前を出した瞬間、弛緩していた環さんの表情が複雑に蠕動する。愛する人への想いと、彼に対する疑念がそこから読み取れた。

「婚約者である久米さんが殺人犯で、しかも二十三年前に無差別大量殺人を犯した少年Xかもしれないと思い、あなたは絶望した。そうですね？」

おずおずと頷いた環さんに向かって、私ははっきりと言う。

「久米さんは誰も殺していません。もちろん、少年Xでもありません」

環さんの目が見開かれる。かすかに開いた唇から「でも……」という声が漏れた。

「まず、佐竹優香さんの事件は殺人ですらありません。彼女は自殺だったんです」

そっと環さんの眉間に触れた私は、意識を集中させ、あの事件の真相についてのイメージを流し込んでいく。環さんの顔に驚きの色が広がっていった。

「けれど、そのあとに起きた事件は自殺なんかじゃない！」

私の手を払った環さんは後ずさって叫ぶ。

「警察は間違いなく彼が犯人だって。証拠があるって言っていた。それに、あの人が私に内緒で借りていた倉庫には、殺された男性の写真がたくさん貼られていたの！」

「本当に、その倉庫は久米さんが借りていたものなんですか？」

私がつぶやくと、環さんは虚を突かれたように「え？」と声を漏らす。

「なんでその倉庫が、久米さんが借りていたものだと思うんですか？　だって、書類の借主には、あなたの名前が書いてあったんでしょ？」

「けれど、私は倉庫なんて借りてないし……。それに、私が帰ってきたとき、彼は慌てて書類を隠したの」

「環さん、おかしいと思いませんか？　あの倉庫はあなたの名義で借りられていたんですよね。それなのに、なんで久米さんに書類が届くんですか？」

「それは……、本当に契約していたのは彼だからじゃ……。他人の名前で契約できるような適当な会社だし」

「たしかに、お金さえ払えば本人確認をしなくても契約できるような管理の甘い会社だったんでしょう。だからって、契約者となっているあなたにではなく、保証人の久米さんに宛てて契約書を送るのはおかしいと思いませんか？」

「じゃあ、どういうことに……？」戸惑い顔で環さんはつぶやく。

「あれは、契約していた会社ではなく、第三者が送ったものだと思います。それを、久米さんに見せるために」

「え……？　え……？」環さんは戸惑いの表情を浮かべる。

「久米さんの立場になって考えてみてください。自分宛に来た封筒を開けてみたら、婚約者であるあなたの名義で借りられている倉庫の契約書が入っていた。そして、保証人の欄には自分の名前が書かれている。さらに、内密に至急確認するような警告文まで同封されていた。それを見たらどう思いますか？」

「どうって……」

「あなたが自分に隠れて倉庫を契約していた。そしてトラブルに巻き込まれた。そう思うんじゃないですか。だからこそ、久米さんは書類をとっさに隠した」

環さんの目が大きくなるのを眺めながら、私は話を続ける。

「そして後日、久米さんがその倉庫を訪れてみると、そこには佐竹優香さんと、とある中年男性の写真が貼られていた。あなたをストーキングしていた人物と、そっくりの格好をした男性の写真が。その写真を手がかりにして、男性の潜伏先を突き止めた久米さんは、そこに向かう。そして、惨殺されている男性の遺体を見つけた」

私は一息に話すと、環さんの反応をうかがう。彼女はこわばった表情で頭を抱えていた。洪水のように押し寄せてきた情報を必死に咀嚼《そしゃく》しているのだろう。そのとき、ダイナマイトが破裂したかのような轟音《ごうおん》が響き渡った。

私は振り向く。光の壁の向こう側で、象ほどの大きさのあるサソリが尾を振り上げていた。尾が鞭のようにしなり、先端の毒針が光の壁に突き刺さる。再び轟音が響く。ククルが口から光線を吐き出し、壁を必死に修復している。

「こっちは任せて、愛衣はマブイグミに集中を！」

光線を吐き終えたククルが叫ぶ。サソリは再び尾を振り上げた。ククルは頭を伏せると、両耳を伸ばす。鋼と化した両耳が交差して、巨大なハサミとなり、サソリの尾を根元から切断する。マイクのハウリングのような奇声をあげながらサソリが暴れ狂う。槍のような八本の足が石の床を削っていく。

　脳の表面を引っ掻くような雑音に私はこめかみを押さえた。大量の蟲の羽音が、地下室の空気を震わせる。奥の壁から湧いた蟲の大軍が、尾の切断面にたかり、同化していく。みるみるうちに、切断された尾が再生されていくのを見て、環さんに向き直った。

「環さん、あなたの名義で借りられている倉庫に、優香さんと中年男性、二人の写真が貼られていて、大量の凶器まで置かれていた。その後、写真に写っていた中年男性の殺害された遺体が発見される。その状況は客観的にはどう見えると思う？」

「客観的に……」

　呆然とその言葉をくり返した数秒後、環さんの表情が急速にこわばっていく。私はあごを引くと、ゆっくりと言った。

「そう、あなたが二人のことを調べ、……そして、殺害したように見える」

「そんな……、私が殺すわけない」

「いえ、客観的に見たらそうとは言い切れない。あなたは久米さんを解放するため、彼を虐げていた優香さんを殺害した。けれど、とある男性がそのことに気づき、あなたを調べはじめた。優香さんの殺害がばれると思ったあなたは、逆にその男性の居場所を突き止め、口を封じた」

「そんなのおかしい！　優香さんは久米君と別れていた。殺す必要なんてない」

「別れても久米さんは優香さんを忘れられなかった。それで、彼を自分のものにするために優香さんを殺した。そう疑われるかもしれない。少なくとも、そう思わせるだけの状況ができ上がっていた」

私は一度言葉を切ると、唇を舐めたあとに決定的なセリフを口にする。

「だからこそ、あなたを守るために久米さんは罪を被った。自分が二人を殺したと佃さんに告白したんです」

環さんの口から、か細い悲鳴が漏れた。

「なんで、そんなことに……。いったいなにが……」

「裏で手を引いていた人物がいるんです」

「裏で……誰がそんなことを……」

「……少年Xですよ」

その名を発した瞬間、私を見つめる爬虫類じみた瞳が脳裏をかすめる。私は下っ腹に力を込めて、恐怖を押し殺した。

「少年……X……？　でも、警察は久米君が少年Xだって……」

「環さん、よく思い出してください。久米さんが少年Xのわけがないんです。だって、あなたがまたピアノを弾けるようになった同窓会の翌朝、久米さんはこう言ったじゃないですか。昔、あなたがピアノを弾いている姿を見たことがある。そのときはすごく楽しそうに弾いていたって」

環さんの口から「あっ⁉」という声が漏れた。

「そうです。もし久米さんが少年Xと入れ替わっていたなら、中学時代にあなたの演奏を見ているわけがないんです。久米さんはスケープゴートにされただけなんです」

「スケープ……ゴート……？」

「久米さんが殺したことになっている中年男性は、名を変えて隠れている少年Xを追っていました。正体が暴かれそうになった少年Xは男性を始末し、久米さんの犯行に見せかけたんです。そして、久米さんこそ少年Xだったと思わせるように計画したんです」

「そんなこと、どうやって……」

「まず、少年Xは管理の甘い倉庫会社を見つけて、環さんを借主、久米さんを保証人として倉庫を借りました。賃料は先払いだったんで、会社の方も本人確認などはせず、郵送でやり取りしたんでしょう。被害者となる中年男性があなたのことを調べていたかのように見せかけるため、その男性と同じような格好をして、あなたを夜道で追うなどの小細工もしたはずです。そして、準備を整えた少年Xは、倉庫の契約書を、不安をあおる警告文と一緒に久米さんに送った。不安を覚えた久米さんは、どうするべきか少年Xに相談をした」

「相談⁉　久米君と少年Xが知り合いだったっていうんですか？」環さんは目を剝く。

「知り合いどころか、久米さんは少年Xの操り人形のようになっていたと思います。少年Xはいま、心理カウンセラーのような仕事をしているはずです。そして、どのような経緯で知り合ったか分かりませんが、久米さんを……洗脳していた」

なぜか、自然と『操り人形』や『洗脳』といった刺激的な言葉が口をつく。私は違和感を覚えつつ、話を続ける。

「環さん、あなたももしかしたら少年Xに会っているかもしれません。昏睡になる直前、誰かがあなたに連絡してきませんでしたか？　久米さんの居場所を教えてやるとか言って、あなたを呼び出したりしませんでしたか？」

イレス患者たちは、昏睡に落ちる前、何者かに呼び出されて一ヶ所に集まった可能性が高い。その呼び出した人物こそ、少年Xだと私は睨んでいた。

名前を変えた少年Xは、他人の人生をコントロールすることに快感を覚え、多くの人々を自分の支配下に置いて絶望へと追いやり、自殺に追い込んでいった。きっと、飛鳥さん、佃さんも少年Xに操られていた被害者だった。

そこまで考えたところで、私は額に手をやる。なんで私はそんなことまで知っているんだ。いまの情報はどこから……？　再び強い違和感を覚える私の前で、環さんは髪を振り乱した。

「分かりません！　思い出せないんです！」

やはり、マブイを吸われた前後の記憶は曖昧になっているらしい。私は少年Xの正体を探ることをいったん棚上げにする。

「混乱させてすみません。話を戻します。久米さんの生い立ちを知る少年Xは、いざというときは自分の身代わりにしようと思っていた。そして、被害者となった中年男性に正体を知られ、温めていた計画を実行に移したんです。久米さんは追い詰められると、いつも少年Xに相談していた。そんな彼を操って、少年Xは彼を倉庫、そして自分が殺害した男性の遺体があるアパートの部屋まで導き、こう言ったんです」

自分が残酷なことをしていると自覚しつつ、私は口を開く。

「このままだと、君の婚約者が佐竹優香と中年男性を殺害した犯人として逮捕される。それを避けるためには、君が罪を被るしかない、と」

環さんは両手を口に当てるとひざまずき、縋りつくような眼差しを向けてきた。

「彼は……、久米君はいまどこにいるんですか？」

私はゆっくりと手を伸ばす。久米さんの最期を伝えるために。事実を知ることが、どれだけ環さんにとってつらいことか分かっていた。けれど、これを知らせずにマブイグミは行えない。

私の指先が環さんの眉間に触れる。彼女の瞳孔が開いていく。半開きの口からうめき声が漏れた。土下座をするような姿勢で頭を抱え、細かく体を震わせはじめる。

「いや……、嘘よ……、嘘だって言って……」

痛々しい環さんの姿を見つめていると、ガラスが割れるような音が響いた。振り返った私は歯を食いしばる。光の壁が割れ、黒光りする巨大なサソリが近づいてきた。

身構えた私の前に、小さな影が立ちはだかる。

「だから、あのサソリは僕に任せてってば」

ククルは刀に変えた両耳でサソリと斬り合いながら言った。標的が大きいだけに、ククルの攻撃はほとんどが命中し、サソリの体に傷をつけるが、すぐその部分に蟲がたかり修復していく。

私が「でも……」と迷うと、ククルは口の片端を上げた。

「愛衣にはやるべきことがあるだろ。愛衣にしかできないことがさ」

私にしかできないこと……。マブイグミ。

「あと少しだけ時間を稼いで！」

声を張り上げると、ククルは嬉しそうに「ラジャー！」と答えた。

私はひざまずき、倒れている環さんの顔を覗き込む。

「環さん、分かったでしょ。久米さんは人殺しなんかじゃなかった。全部愛する人を守るための行動だったの。彼はすごく優しい人だった」

環さんは反応しなかった。私は横目で、オルゴールに入っている環さんのククルを確認する。そのレーザー光線の輝きは、さっきより弱々しくなっている。

たとえ真実を伝えても、環さんが絶望したままではマブイは力を取り戻すことはない。マブイグミは完遂せず、この夢幻の世界は終わらない。

久米さんは殺人犯ではなかった。しかし、彼は殺されてしまい、二度と会うことはできない。環さんはいま、そのことに絶望している。

「聞いて、環さん。久米さんはあなたを救うために命を賭けたの。だからこのままじゃだめ。あなたが幸せになること、それこそが彼の願いだったのよ」

「なんで久米君は、私を信じてくれなかったの……？」小声で環さんは言う。

「え？　どういうこと？」

「私が人殺しなんてするわけがない。私が犯人のわけがないって信じてくれたらよかった。そうしたら、死ぬ必要もなかった。彼は……私を信じてくれなかった」

「違う！　そうじゃない！」

私は無意識に叫んでいた。環さんは顔を上げ、感情の光が消えた目で私を見る。

なぜ私は叫んだのだろう。なにに気づいたんだろう。目を閉じ、神社へと続く階段で彼とシンクロしたときのことを思い出す。脳に流れ込んできた彼の感情が蘇ってくる。

大きく息を呑んだ私は、目を見開いて環さんの両肩を摑んだ。

「環さん！　久米さんは信じていた。あなたが犯人のわけがないって信じていたの」

「なにを言って……。それじゃあ、なんで彼は自分が犯人だなんて……」

「あなたが犯人じゃないと分かっていた。けれど、状況から警察はそうは思ってくれない。このままだとあなたが逮捕される。だから、彼は自分に疑いの目を向けさせた」

「私が……逮捕される……」たどたどしく環さんはつぶやく。

「そう、彼は優香さんの件で逮捕されたとき、警察の取り調べがどれだけ苛烈なものか知った。その経験があったからこそ、いまのあなただけは逮捕させるわけにはいかなかった。あなたは特殊な状態だったから」

「特殊な状態？　そんなことない。私は普通だった。普段と同じだった」

「いいえ、そうじゃない」私は首を横に振る。「あなたは忘れているだけ。思い出して。なんで夜道で男に追われたとき、そのまま手をつくんじゃなく肩から倒れたの？　なんで、あなたも久米さんもお酒が強いのに、ノンアルコールビールを買っていたのか」

視界の隅で、オルゴールに入った環さんのククルが大きく拍動した。

「私は……」

環さんはひざまずくと両手で下腹部を押さえる。その手の下から、柔らかい光が溢れてきた。私は環さんに微笑みかけると、柔らかくその事実を告げる。

「そう、あなたは妊娠しているの。久米さんとの子供を」

「子供……、赤ちゃん……、私と彼の赤ちゃん……」

震え声でつぶやく環さんの周囲の床が輝き出し、そこから拳大のシャボン玉のような、蒼い泡が湧き上がってくる。環さんの顔の高さでその泡が弾けると同時に、ハンドベルを鳴らしたような澄んだ音が響いた。

唖然とする私の前で、紅、緑、黄色、ピンク、橙、様々な色の泡が床から生まれては浮き上がり、弾けて音を鳴らしていく。泡が弾ける音が、美しい曲を紡いでいった。

きよしこの夜。救い主の誕生を祝う静かながら荘厳、そして涼やかな旋律。

きよしこの夜　星は光り　救いの御子は
まぶねの中に　眠りたもう　いとやすく

哀しげに微笑みつつ、弱い光が宿る下腹部を撫でながら、環さんは歌詞を口ずさむ。その姿を、目を細めて眺めていた私の肩に、小さな影が飛び乗ってきた。

「いい雰囲気のところ悪いけどさ、ちょっとだけ手伝ってくれるとありがたいかな」

私の肩に乗ったククルが、刃の両耳を必死に振るいながら言う。振り向いた私の頬が引きつった。いつの間にか、巨大なサソリがそばまで迫ってきていた。ゾウの鼻ほどの太さのある尻尾が、勢いよく振り下ろされる。私はとっさに両手をかざす。掌から迸った光の奔流が、サソリの尾と激しく衝突した。骨が軋むような衝撃が全身に走る。

ククルが両耳の刃でサソリの足を切り落としていくが、やはり大量の蟲によってすぐに修復されていく。私は足に力を込めて押し返そうとするが、尾の先に付いた毒針が光線を掻き分けるようにしてじりじりと迫ってきていた。

毒針が私の掌に触れようとしたそのとき、シンバルを叩いたような音が地下室に響き渡った。私は音がした方向に視線を向ける。小さなオルゴールが転がっていた。

一筋の紅いレーザー光線がオルゴールから飛び出し、巨大サソリの頭部を貫いた。サソリは黒光りする体を一度大きく痙攣させると、その場に崩れ落ちる。迫っていた尾がだらりと垂れ下がり、腕にかかっていた圧力も消え去る。

倒れ伏したサソリの体から、無数の蟲が湧きだし、壁や天井の隙間へと逃げていこうとする。しかしその前に、オルゴールから浮きだしてきたレーザーの玉が、一気に膨張した。間近でオーケストラが演奏しているような大音響が地下室に響き渡る。

交響曲第九番、第四楽章。ベートーベンが作曲した最後の交響曲のクライマックス。『歓喜の歌』とも呼ばれるその力強く雄大な旋律とともに、レーザー光線が複雑に色を変化させつつ、薄暗い部屋を駆け巡った。

レーザーに触れたはしから、蟲たちが蒸発していく。わずか十数秒の間に、部屋に満ちていた蟲の大群は一匹残らず駆逐された。

数秒ごとに色を変えるレーザーと、壮大な演奏で満たされたこの地下室は、もはや前衛的なコンサートホールと化していた。贅沢な演奏会に私が酔いしれていると、レーザー光線が環さんの前に収束していく。やがて、それは人の形へと変化していった。レーザーの輝きが消えたとき、環さんの前には一人の男性が立っていた。

久米さん。環さんを愛し、彼女のために全てを捧げた人物。

「……環」

「……久米君」

久米さんの手を摑んで、環さんは立ち上がる。寄り添った二人の額が触れる。

「ごめん、哀しい思いをさせて。本当はずっと君のそばにいたかった。君と家族になって、この子を育てていきたかった」

久米さんは愛おしそうに、環さんの腹部を撫でた。

「謝らないで」微笑む環さんの瞳から、一筋の涙が零れる。「あなたは救ってくれたんだから。私と……この子を」

久米さんと、環さんの手が重なる。二人の命の結晶が宿る腹部の上で。

「いやあ、美しい光景だね。これで今回もマブイグミは成功かな」

サソリとの戦いで、ところどころに軽い出血が見られるククルが、私の肩の上で言う。

私はククルの怪我に手を添え、そこを治療していった。

「おっ、こんなことまでできるようになったんだ。本当に成長したね、愛衣」

ククルは嬉しそうに両耳を立てた。

「ねえ、もしかしてククルっていう存在って……」

私はこれまでの三人のマブイグミの経験から思いついた仮説を口にしようとする。しかし、ククルは「しっ」というと、片耳で私の口を塞いだ。

「ほら、いいところなんだからさ、邪魔しちゃだめだよ」

もう片方の耳で、ククルは環さんたちを指す。

「この子を大切にするから……。きっと幸せにするからね……」

「うん、この子と君。二人の幸せをずっと祈っているよ」

地下室の壁、天井、床が淡く輝きはじめた。その光が部屋に満ちていく。

「環、忘れないで。僕はずっと君のそばで、ずっと君のことを見守っている」

二人の姿が光の中に溶けていく。夢幻の世界が消えようとしている。

「さて、そろそろ、いったんお別れの時間かな」

「待ってククル。まだ訊きたいことがあるの！」

私は体が透けていくククルに必死に話しかける。

「なにを訊きたいかは分かってるけど、それは次に会ったときに教えるよ。それより、これで三人のマブイグミが成功した。けれど、本番はこれからだよ」

「本番？　どういうこと？」

私が早口で訊ねると、ククルは両耳を羽ばたかせて私の肩から浮き上がった。

「次が一番重要な人物のマブイグミだっていうことだよ」

「一番重要な人物って、最後のイレス患者のこと？　やっぱり特別病室に入院している患者が、他の三人のマブイを吸った人、サーダカンマリなの？」

おばあちゃんの説明では、サーダカンマリは他の人のマブイを吸ったことで昏睡状態になっている。そして、その人物のマブイは、自分が創った夢幻の世界で彷徨い続けているということだった。

環さんの夢幻の世界に、彼女自身のマブイはいなかった。マブイグミの仕上げの際に出てきた環さんは、あくまで実体のない影のような存在だった。そうなると、最後のイレス患者、特別病室に匿われている人物こそ、サーダカンマリに違いない。

「その通りだよ」

光の中に浮いているククルは、あっさりと肯定した。

「特別病室にいる人物こそ、三人のマブイを吸った張本人、サーダカンマリな人さ。その人物のマブイグミが成功したとき、全てが解決する。これまでの三人のマブイグミは全て、その人物のマブイグミをするための準備だったんだよ」

「準備？　どういうこと？　その人って誰なの？」

私とククルの体がさらに透けていく。夢幻の世界がもうすぐ崩壊する。

ククルは私の問いに答えることなく、「ねえ、愛衣」と話しかけてきた。

「最後のマブイグミはすごく過酷なんだ。愛衣はそのためにすごくつらい思いをしないといけない。けれど、いまの愛衣ならきっと大丈夫だって信じているよ。これまで三人のマブイグミを通して、愛衣はとっても成長したからね。もう全部受け入れられるはずさ」

「どういうこと？　意味が分からない」

ククルに近づこうとしたとき、その姿が光の中に消えていった。

「それじゃあ愛衣、また会おうね。最後の夢幻の世界でさ」

ククルの声を聞きながら、私は意識がふわりと浮き上がっていく感覚を覚えた。


「ククル……」

つぶやきながら私は瞼を上げる。目の前のベッドに環さんが横たわっていた。

彼女の額からそっと手を引くと、その顔には涙の跡があった。

環さんがうめき声を上げる。彼女の両手が、新しい生命が宿っている下腹部に重ねられる。ククルが言い残した言葉でざわついていた胸が、達成感で満たされていく。

まもなく、環さんは目を醒ますだろう。私は三人のマブイグミに成功し、担当するイレス患者全員を治療することができたのだ。

ふと壁時計を見ると、夢幻の世界に入ってから一時間ほど経過していた。

今回はやけに現実世界での時間が経っているな。そんなことを考えていた時、首からぶら下げている院内携帯がブルブルと震えだした。液晶画面を見ると、袴田先生からだった。

どうしたんだろう？　私は通話ボタンを押す。

『愛衣君、大変なことが起きた』

回線が繋がるなり、袴田先生はひどく深刻な声で言った。彼のこんな口調をこれまで聞いたことがない。不安を覚えつつ私は環さんのベッドに背中を向けると、「どうしたんですか?」と押し殺した声で訊ねる。すぐ横にある窓が風でガタガタと軋む。叩きつけられた雨粒の音がうるさかった。私が院内携帯を耳に押し付けると、袴田先生の苦悩に満ちた声が聞こえてきた。

「レント君が行方不明になった。どうやら病院から出ていったらしい」

窓の外で走った雷光が、部屋を黄色く染め上げた。

5

「残念ながら、少年はいまだ発見できていません」

机を挟んで向かい側の席に座った園崎刑事が言う。環さんのマブイグミが成功した日、そしてレント君が行方不明になった日からすでに三日が経っていた。

レント君が院内にいないことが判明してすぐ、暴風雨のなか、私や華先輩を含む職員十数人で病院の周辺を探した。しかし、レント君は発見できなかった。警察にも連絡して捜索してもらったが、いまだに発見はおろか、足取りすら摑めていない。

そうしてなんの手がかりもないまま三日が経った今日、園崎さんはペアを組む三宅という練馬署の刑事とともにやってきて、現在の状況説明をしはじめた。

病状説明室には机の向こう側に園崎、三宅の両刑事、こちら側には私と袴田先生が座っている。四畳半ほどの空間に四人もの人間が詰め込まれているせいか、少し息苦しく感じる。

「三日も発見できないとなると、なんらかの犯罪に巻き込まれた可能性もあります」

低い声で園崎さんが言う。

「それってまさか、連続殺人の犯人に見つかったとか……」

声が震える。レント君はいまも続いている恐ろしい殺人事件の、唯一の目撃者かもしれないのだ。犯人に狙われた可能性も否定できない。三宅さんが「その可能性も含めて、現在捜査をしています」とそっけなく答えた。

「しかし、まさかこんなことになるとは思いませんでしたなぁ」

当てつけるような口調で言いながら、園崎さんは袴田先生を睨む。

「警察病院に転院させるのは危険だと院長先生がおっしゃるから引き下がったのに、あの少年はさらに危険な状況に追いやられている。どう責任を取るおつもりなんですか？」

「責任の追及は、少年が発見されてからでも遅くないんじゃないですか。彼が生存して見つかるか、それとも遺体で見つかるかで責任は違ってくるでしょう」

袴田先生の答えに、私は耳を疑う。園崎さんもあっけにとられた表情を浮かべていた。

「はっ、彼の生死にあまり興味がないようですね」

気を取り直したように園崎さんは言う。

「こんな無責任な人物だと知っていたら、大切な目撃者を任せたりしませんでした。本当に腹立たしい。これで、殺人事件の解決が遠ざかっただけでなく、新しい犠牲者が出るかもしれない」

その通りだ。袴田先生ならレント君を救ってあげることができる。そう思ったからこそ、私も任せたのだ。それなのに……。私は隣に座る袴田先生に視線を向ける。仮面を被っているかのように表情のないその顔は、全く知らない人物のように見えた。

「あなたがたからなにか、少年を見つけるための情報が得られると思ってきたんですが、とんだ無駄足だったみたいですね。主治医がこんなに適当な医者じゃ、話にならない」

園崎さんが立ち上がりかけたとき、私は先日、宇琉子ちゃんと交わした会話を思い出す。あの日、レント君は私が助けると、宇琉子ちゃんに約束した。袴田先生が頼りにならないなら、私がなんとかしなくては。

私は「あの……」と立ち上がる。園崎さんが「なんですか？」と訝しげな視線を向けてきた。

「レント君が両親のところに戻ったっていうことはあり得ませんか？」

「両親のところに？　そんなことあり得ませんよ」

園崎さんの態度には取りつく島がなかったが、私は気にすることなく言葉を続ける。

「けど、失踪する前に、レント君が外を眺めて言ったんです。『パパとママが呼んでいる』って」

園崎さんは目付きを鋭くすると、浮かしかけていた腰を椅子に戻した。

「なるほど、院長先生に比べるとあなたは少年のことを気にしていたらしい。彼のフルネームを聞き出したのもたしか、あなたでしたね」

「私というか、レント君と仲良くなった子が教えてくれたんですけど」

「細かいことはいいんですよ」園崎さんはかぶりを振る。「あの少年について知っていることがあったら、どんなことでもいいんで教えていただけますかね」

あのことまで言うべきだろうか？　あれはきっと、混乱して口走っただけのはず。数秒迷ったあと、私は口を開く。

「レント君は……パパとママがやったとも言っていました」

「やった？　なにをですか？」

「そのときの話の流れから考えると、……連続殺人だと思います」

刑事たちが目を剝く。しかし袴田先生は、私の話が聞こえていないかのように無反応だった。

「両親が連続殺人の犯人だと、少年が言ったんですか？」園崎さんは前のめりになる。

「はっきりではないですが、それに近いことを……」

私がおずおずと言うと、園崎さんは乱暴に髪を搔き上げた。

「まったく、なにがなんだか分かりませんな」

「たぶん、酷い虐待をした両親の姿と、連続殺人犯の姿を混同しただけだと思います」

園崎さんは腕を組み、私を見る。

「もちろん、少年の両親は連続殺人犯なんかじゃありません。それどころか最近は、少年は実の両親から虐待を受けてもいません」

「……え⁉」今度は私が驚く番だった。「虐待を受けていない？　そんなことあり得ません。レント君の体の傷は、間違いなく最近まで、過酷な虐待を受けたことによってついたものです」

「けれど、それをしていたのは、あの少年の実の両親ではありません」

「なんでそう言い切れるんですか！　しっかり調べてください！」

興奮した私が立ち上がると、園崎さんは冷めた眼差しを向けてきた。

「クサナギレント。それが少年の名前でしたね。調べた結果、たしかに該当する子供の記録がありました。おかげさまで、彼の身元が分かりましたよ。児童相談所に問い合わせたところ、両親からの虐待の被害児として昔の記録もありました」

私が「じゃあ」と身を乗り出すと、園崎さんは片手を突き出してきた。

「落ち着いてください。それでも彼の両親が、最近まで虐待をしていたり、連続殺人の犯人だったりすることはあり得ないんですよ。……なぜなら、もういないんですからね」

「もういない？」意味が分からず、私は眉根を寄せて聞き返す。

「ええ、クサナギレントの両親はずっと前に死んでいるんですよ。……何者かに殺害されてね」

言葉を失う私の前で、園崎さんは陰鬱に言葉を続けた。

「両親の遺体が見つかって以来、クサナギレントという人物の記録はまったくありません。彼は先日発見されるまでずっと、社会から消えていたんですよ」

Ｔシャツにジーンズというラフな格好でベッドに仰向けになりながら、私は自室の天井を眺め続ける。自宅マンションに帰ってから、ずっと同じ姿勢で考え込んでいた。

――クサナギレントの両親はずっと前に死んでいるんですよ。……何者かに殺害されてね。

――両親の遺体が見つかって以来、クサナギレントという人物の記録はまったくありません。


数時間前、刑事たちから聞いた話が頭の中でくり返される。

両親が何者かに殺害され、そしてレント君はずっと行方不明になっていた。つまり、犯人がレント君を誘拐し、その後、虐待をしつつ育てていたということだろうか？

物心つかないうちに誘拐されたとしたら、自分に虐待を加えている大人を親だと思い込んでも仕方がない。レント君は自分の両親こそ、現在この周辺で起きている連続殺人事件の犯人だと仄めかしていた。だとすると、彼の両親を殺害した犯人は、レント君を誘拐したうえで苛烈な虐待を加えつつ育て、最近になって連続殺人を開始したのか？そして、事件現場にレント君を連れていき、残忍な犯行を目撃させたうえで解放を……。

私は両手で髪を掻き乱す。いまの仮説では、あまりにも犯人の行動に一貫性がない。なぜレント君を誘拐して育てたのか、なぜ犯行現場に彼を連れていったのか、そもそもなぜ連続殺人を犯し続けているのか、全てに説明がつかない。

なにかが間違っている。違うアプローチをしなくてはレント君を見つけることはできない。

　気怠さを覚えながら緩慢に身を起こした私は、ナイトテーブルに置かれているリモコンを手に取り、テレビの電源を入れる。夜のニュース番組が映し出される。

『……から行方不明になっている少年の捜索は現在も続いており、警察が三百人態勢で周囲を捜索しています。しかし、いまだ発見にはいたっておらず、少年の安否が心配されています』

　ちょうど、レント君についてのニュースが流れていた。連続殺人事件の目撃者かもしれない少年の失踪に、世間は強い関心を持っており、大きなニュースになっている。

　画面の中では、警察官たちが雨の中、長い棒で茂みの中を突いたり、ダイバーが池に潜ったりしていた。それらの映像が意味することを理解して、リモコンを摑む手に力がこもる。

　警察はすでにレント君が死亡しているかもしれないと考えている。そして、時間が経てば経つほど、その予想が現実になる可能性は高くなる。

　一刻も早く彼を見つけなくては。気が急くのだが、警察が大規模な捜索を行っているいま、一般人である私に出る幕などあろうはずがなかった。無力感が容赦なく心を苛んでくる。ニュースキャスターの『次のニュースです』という言葉とともに、映像が切り替わった。心臓が大きく跳ねる。それは、私が久米さんの遺体を見つけた神社を空撮したものだった。

『先日、杉並区の神社の裏にある林で発見された白骨化した遺体が、殺人の容疑で指名手配され、逃亡中とみられていた久米隆行容疑者のものであることが、警視庁の調べで明らかとなりました。久米容疑者は二年ほど前、以前交際していた佐竹優香さんを……』

滔々《とうとう》と原稿を読むキャスターの声を聞きながら、私は乾燥した唇を舐める。とうとう、あの遺体が久米さんのものだと警察が気づいた。殺人の容疑者がすでに死んでいたということで、本腰を入れて捜査を開始するだろう。彼の遺体を発見したのが私だと気づかれるかもしれない。そうなっても動揺しないよう、覚悟を決めておかなくては。

そのとき、テレビから軽い電子音が響き、画面の上方に『ニュース速報』の文字が現れた。なんだろう、興味を惹かれた私は軽く前傾する。

『練馬区内で五人の遺体を発見　現在東京西部で起きている連続殺人事件か』

目を疑った私は、ベッドから降りてテレビに近づく。

また殺人事件が起きた。あの恐ろしい連続殺人が。しかも今回は五人も……。

呆然自失のままニュース速報の文字を何度も読み返していると、画面の横から出てきた手がキャスターに原稿を渡した。キャスターは一度目を見張ると、やや上ずった声で喋りはじめた。

『えー、ただいま速報が入りました。練馬区内の路上で、五人の男女の遺体が見つかったとのことです。遺体の状況から警視庁は殺人事件と断定、東京西部で連続して発生している殺人事件との関連を慎重に……』

リモコンのボタンを押し、テレビの電源を落とす。重い沈黙が降りた部屋で、私は正座をして考え込む。レント君が入院している間、殺人事件は起きていなかった。そして、彼が姿を消すと、再び事件が起きてしまった。これは偶然なのだろうか？

窓から外を眺めながら、レント君が「パパとママが呼んでいる」とつぶやいたことを思い出す。もしかしたら、犯人にとってレント君はなにか重要な意味があるのかもしれない。なんらかの理由で、彼がいないと殺人を犯せないとか……。

そこまで考えたところで思考の袋小路に迷い込んでしまう。レント君がいないと人を殺せない。そのロジックが思いつかない。脳を素手で握られているかのように疼く頭を私は押さえる。あまりにも考えることが多すぎる。心配なのはレント君だけではない、父さんのこともずっと気になっていた。ただ、父さんについてはレント君ほどの危機感を覚えていなかった。父さんが追っている少年Xがいまどこにいるのか、予想は付いている。いまのあの男には、父さんを傷つけることなどできるわけがない。

私はこめかみを揉みながら、頭を整理していく。

半年前、少年Xは自分の正体を探っていた中年男性を殺害し、その罪を久米さんになすりつけたうえで絞殺した。久米さんとシンクロし、その一連の経験を共有した私は、久米さんが少年Xと思われる人物を『先生』と呼んでいたことを知っている。

おそらく少年Xは現在、カウンセラーのような仕事についているはずだ。そして、優香さんに虐げられていたときか、それとも釈放後なのか分からないが、久米さんは患者として少年Xと出会い、魅了されてしまった。それほどに、少年Xはカリスマ性を持ち、カウンセリングの腕が良いのだろう。患者を自分の虜にして、思い通りに操れるほどに。

マブイグミで見てきたイレス患者の記憶の中に、それに該当する人物が登場していた。愛する父親に殺されかけたと思い込んだ飛鳥さん、自らの正義が間違っていたと苦悩した佃さん、絶望の中にいた二人は何者かのケアによって、心が壊れる寸前で踏みとどまっていた。そして、マブイを吸われて昏睡に陥る前日の夜、その人物に呼び出されているらしき記憶があった気がする。

二人の記憶の最後の部分は、その直後にマブイを吸われた影響なのか、ノイズが入ってはっきりとは見えなかった。しかし、きっと二人を呼び出した人物は少年Xに違いない。絶望に付け込まれて彼の支配下に置かれていた飛鳥さんと佃さんは、深夜であろうと呼び出しに応じた。そして、その場には環さんもいたのだろう。行方不明の久米さんの情報を教えると言えば、環さんは容易に誘い出すことができたはずだ。

少年Xがなぜ三人を誘い出したのか。直接的な危害を加えるため。おそらく少年Xは三人を殺害するつもりだった。自分の正体を探っていた中年男性を殺害し、さらには久米さんを手にかけたことで、二十三年間抑えこんでいた殺人への衝動が爆発し、止められなくなっていたから。

そこまで考えたところで、私は口元に手をやる。落ち着いて見直すと、やや強引な論理展開のような気もする。しかし、なぜかこの仮説が正解だという確固たる自信が胸に宿っている。

もしかしたら、ユタとしての能力が上がっているからだろうか。三人の記憶の中でよく見えなかった部分が私の潜在意識に溶け込み、答えを導き出しているのだろうか。

そうだ、そうに違いない。無理やり自分を納得させつつ、私は思考を進めていく。

少年Xと三人が一堂に会したとき、なにかのトラブルがあった。そして結果的に、三人のマブイは少年Xに吸われてしまいイレスを発症した。さらに、マブイを吸った少年Xもその負担に耐え切れず昏睡状態に陥り、イレスとなった。だからこそ三人は少年Xに傷つけられることなく、マブイを失った体は帰巣本能に従って自宅へと戻ったのだ。

他人のマブイを吸ってイレスとなった者は、自らの創り出した夢幻の世界に囚われ、マブイの状態で彷徨い続けるはずだ。しかし、これまでの三つの夢幻の世界では、それを創り出した本人のマブイが彷徨っているようなことはなかった。

つまりは、最後のイレス患者こそ少年Xであり、彼こそがマブイを吸った張本人、サーダカンマリに違いない。私はそう確信していた。

いまも昏睡状態の少年Xは、袴田先生や華先生によって神研病院の特別病室に匿われている。

いったい少年Xは誰なのだろう？　なぜ、袴田先生たちは彼を隠すのだろうか？

もう少しだ。もう少しで真相にたどり着く。そんな予感が背中を押す。

果たして、入院患者が少年Xだということを、袴田先生や華先輩は知っているのだろうか？　私は口元に手を当てて頭を絞る。

華先輩は以前、最後のイレス患者が連続殺人事件にかかわっているかもしれないと言っていた。二ヶ月前から昏睡状態の少年Xが、いまも続いている連続殺人の犯人ということはあり得ない。ただ、事件に少年Xが一枚嚙んでいる可能性は十分にある気がした。

二十三年前、私を見つめた感情の浮かんでいない瞳。あの男は怪物だった。遺体が原形をとどめないほど破壊されているような連続殺人と、なにか関係があっても不思議ではない。

連続殺人事件に巻き込まれたレント君と、少年Xを追っていた父さん。二人の手がかりは昏睡状態で特別病室に入院している少年Xと思われる人物にある。そして私は、その人物の記憶を覗き見る力を持っている。

前回のマブイグミからすでに三日が経ち、体力は回復してきている。いつでも次の、そして最後のマブイグミを行える。ただ、問題はどうやって特別病室に……。

そこまで考えたとき、ピンポーンという音が部屋に響いた。

思考を邪魔され、思わず舌が鳴る。こんな時間にいったい誰だ。玄関へと向かった私は、ドアスコープを覗き込み小さくうめいた。ドアの外に立っているのは、見知った二人の男だった。園崎と三宅という名の刑事たち。

こんな遅い時間に刑事が自宅まで押しかける理由など、一つしか思いつかない。久米さんの件だ。彼の遺体を見つけたのが私だと知られてしまったのだろう。

私は緊張を息に溶かして吐き出しながら、そっと扉を開ける。

「こんばんは、識名先生。夜分恐れ入ります」

園崎さんは深々と頭を下げる。しかし、革靴を履いた彼の足が、閉めることができないように扉を固定したのを私は見逃さなかった。

「……なんのご用でしょうか？」

警戒しつつ訊ねると、園崎さんは左右を見回した。

「ここですと、他の住人の方に聞かれるかもしれません。よろしければ、上がらせていただけませんでしょうか?」

言葉面こそは丁寧だが、その口調には拒否を許さない響きがあった。

私は振り返って部屋の中を見る。男性を二人、しかもこんな時間に部屋に上げることには抵抗があったが、断ったところで刑事たちが引き下がるとは思えなかった。渋々、「どうぞ」と二人を招き入れる。堂々と部屋に入ってきた刑事たちの態度から、彼らが他人の生活空間を踏み荒らすことに慣れていることを感じた。私は座布団を二枚出し、部屋の中心に置かれたローテーブルのそばに二人を座らせると、とりあえずコーヒーを淹れることにする。

「どうぞ、インスタントですけど」

私は三つのコーヒーカップとスティックシュガーをローテーブルに並べた。園崎さんは「どうも」とブラックのまま一口コーヒーを飲むと、カップをソーサーに戻す。陶器がぶつかるカチャッという音が、空気を揺らした。

「さて……」園崎さんは唇に付いたコーヒーを舐める。「急にお邪魔して申し訳ございません。どうしても直接お話しして伝えたいことがあったもので」

「伝えたいことってなんでしょう?」背中に冷たい汗が伝う。

「その前に確認したいことがあります。先日、先生はお父様とおばあ様の行方不明者届を提出された。そのことに間違いありませんか?」

「はい、間違いありません。もしかして、父と祖母の居場所が分かったんですか⁉　二人がどこにいるのか、新しい情報があったんですか⁉」

　私が座布団から腰を浮かすと、園崎さんと三宅さんは顔を見合わせる。その表情には、かすかに戸惑いの色が浮かんでいるように見えた。

「えー、識名先生、申し訳ありません」園崎さんは咳ばらいをする。「お二人について新しい情報はありません。それに、少年の件も残念ながら特に進展はありません」

　膨らんだ期待が急速にしぼんでいく。

「では、今日いらした理由を教えてください」

　もはや、好ましい話題はあり得ない。私は居ずまいを正す。

「どこから話しましょうかね。まずですね、先日とある神社の裏にある雑木林から、白骨化した男性の遺体が見つかりました」

　やっぱりその話だったか。私は動揺が表情に出ないように奥歯を噛みしめる。

「なんとなくニュースで見た気がします。それがどうかしたんですか？」

「実はですね」園崎は声をひそめる。「科捜研で調べた結果、その遺体が久米のものであることが分かったんです」

　私は「久米？」としらを切る。これは誘導尋問だ。佃さん、そして環さんの主治医であること以外、私と久米さんの接点はない。彼のことを詳しく知っていては不自然だ。

　二人の刑事は、再びなにやらアイコンタクトを取る。なぜか彼らの顔に浮かぶ戸惑いが濃くなっているように見えた。

「えー、識名先生。久米隆行のことはご存じですよね？」

「えっと、どなたでしょうか？　もしかして、私が担当した患者さんとかですか？　たくさんの患者さんを診察しているので、全員まで覚えては……」

「いえ、違いますよ。久米はあなたの患者ではありません。あなたが担当した、加納環さんの婚約者で、佃三郎さんが弁護をした男です」

「はぁ、環さんと佃さんの関係者ですか」

自分でも白々しいと思いつつも、私は演技を続ける。園崎さんは頭痛を覚えたかのようにこめかみを押さえながら、話を続けた。

「久米は二年ほど前、元恋人の女性を殺害したうえ、遺体を酸で溶かした容疑で逮捕、起訴されました。しかし、佃さんの弁護によって高裁で無罪判決を受けて釈放され、その後、加納さんと婚約しています。思い出されましたか？」

「ええ、そんな事件があったのは覚えています。けれどたしか、無実だったんですよね」

そう、久米さんは無実だった。優香さんは自殺で、その後に起きた中年男性の殺害は、少年Xが起こしたものだ。

「いえ、話はそう単純じゃないんですよ。釈放されてから数ヶ月後、久米はとある中年男性を殺害したと告白して姿を消したんです」

「そうなんですか⁉」私は目を剝いて声を高くする。

「それも覚えていらっしゃらないんですか。これは困ったな」

園崎さんはこめかみを押さえたまま、深いため息をついた。

騙されるな。この刑事たちは私が久米さんについて詳しく知っていたと証明し、彼が殺害された事件について、私を容疑者の一人にしようとしているに違いない。私は久米さんの遺体発見に関与していない。それで押し通すんだ。もし警察が、私が彼の遺体を掘り起こしたという確実な証拠を持っていたとしても、久米さんの遺体だとは知らなかった。昏睡状態だった環さんがうわごとで言った場所を探したら遺体が出たので、怖くなって逃げた。そう釈明すればいい。

「ええとですね。久米に殺されたと思われていた中年の男性は、二十三年前に少年Xによる通り魔事件の被害者の一人でした。少年Xはご存じですね」

「……ええ、もちろんです。私もあの事件に巻き込まれ、母を喪っているんですから」

「そうですか。それについては覚えていらっしゃるんですね。安心しました」

それについては？　なにが言いたいんだろう？

「識名先生。殺された中年男性は、少年Xを追っていました。少年法に守られてたいした罰を受けなかった少年Xが、名前を変えて社会に溶け込んでいると睨み、その正体を暴こうと考えていたんです」

「その気持ちは……わからないでもないです」

父さんもその男性と同じように少年Xを追っていた。二十三年前のあの事件に巻き込まれた人々の心に刻まれた傷は、いまも癒えていないのだ。私も含めて……。

「これはちょっと言いにくいんですが……、その中年男性の遺体には、少年Xが両親を殺害したときに付けたのと極めて似たシンボルのようなものが刻まれていました。なので我々は、久米こそが少年Xであり、正体に気づかれたので男性を殺害して姿を消したと思っていました。さらに、これはまだ公にされてはいない情報なのですが、その後からこの付近で発生した連続殺人事件も、我々は久米、つまりは少年Xが身を隠しつつ、人を殺し続けていると思っていました」

口から「え……?」と呆けた声が漏れる。いま起きている連続殺人が少年Xの犯行?そんなはずはない。少年Xは二ヶ月前から昏睡状態で、神研病院の特別病室に入院しているはずだ。今日も犠牲者が出た連続殺人事件の犯人のわけがない。

よく考えたら、そもそも園崎さんが久米さんの件で私に話を聞きに来るのはおかしい。この刑事たちは、連続殺人事件の特別捜査本部に所属していたはずだ。被害者の遺体が原形をとどめていないほどの暴力で、人間が犯したとはにわかには信じられないような残酷な連続殺人。半年ほど前に久米さんが犯したとされていた、中年男性の殺害とは明らかに違う事件だ。

なぜ、警察は二つの事件を同一犯によるものだと思っているんだろう?

針で刺されたような痛みが頭に走り、私はうめき声を上げてこめかみを押さえる。

一瞬、脳裏でイメージが弾けた。なにかおぞましいイメージが。

なにかがおかしい。私はなにか勘違いしている。胸の中で膨らんでいく違和感の正体を必死に探っている私を尻目に、園崎さんはさらに話を進めた。

「しかし、今回久米の遺体が発見され、状況は大きく変わりました。司法解剖の結果、久米が死亡したのは数ヶ月前で、さらに喉頭の骨が砕けていることにより、絞殺されたと推測されます」

久米さんとシンクロした際に、背後から絞め殺された感覚。ロープが皮膚に食い込み、喉の奥で骨が砕ける音を聞いたことを思い出し、私は喉元に手を当てる。

「つまり、久米は失踪直後に殺害されたと思われます。元恋人と男性の殺害についても、何者かに脅されて虚偽の告白をした可能性が高くなりました。久米は半年前にアパートで中年男性が殺害された事件の犯人ではないのかもしれません」

「そうなんですか。でも、なんでわざわざ、関係者でもない私にそのことを伝えに？」

胸にわだかまっている違和感の正体を探ることを棚上げにして、私は訊ねる。園崎さんのまどろっこしい物言いに苛つきはじめていた。久米さんの遺体を発見したのが私だと疑っているなら、さっさとそう言えばいい。

「関係者じゃない？」園崎さんが目を覗き込んでくる。

「私がどう関係しているっておっしゃるんですか？」

やや口調を強めると、みたび園崎、三宅の両刑事は顔を見合わせた。

「えー、識名先生、話が戻って恐縮なんですが、あなたはお父様とおばあ様の居場所が分からないから行方不明者届を提出したんですよね。お二人を探しているんですよね」

「家族が行方不明になったんだから、当然じゃないですか」

なぜ久米さんの遺体の話ではなく、行方不明者届について訊ねるのだろう。

「いえ、お二人は行方不明ってわけじゃ……」

「父と祖母が、いまどこにいるのかご存じなんですか⁉　でも、さっき新しい情報はないって言っていたじゃないですか！」

私はローテーブルに手をついて身を乗り出す。

「いえ……、新しい情報ではないんですよ。十年ほど前の情報なんです」

園崎さんの口調はやけに歯切れ悪かった。

「十年前？　十年前の情報がなんでいま出てくるんですか」

「それはですね、識名先生……」

子供に言い聞かせるように、ゆっくりとした口調で園崎さんは言う。

「あなたの父方のおばあ様は、十年も前に亡くなっているはずなんですよ」

なにを言われたか理解できなかった。園崎さんのセリフが脳に浸透していかない。

「な、なにを言って……。だって、おばあちゃんとはこの前、実家で……」

「しかし、死亡届によると十年ほど前に心筋梗塞で亡くなっています。葬式を上げて埋葬された記録もあります」

「葬式……」

つぶやくと同時にまた頭痛が走り、脳内でイメージが弾ける。穏やかな表情で目を閉じているおばあちゃんが横たわっている棺を、涙を流した私が覗き込んでいるイメージ。

私はテーブルについていた両手を押して、後方に飛びすさる。

「大丈夫ですか、識名先生？」

三宅さんが心配そうに話しかけてくるが、答える余裕などなかった。いま頭に浮かかんだ光景はなんなんだ？　あれではまるで、おばあちゃんが……。

　裸で氷点下の世界に放り出されたかのような悪寒を覚え、私は体を震わせる。

「先生、驚かれているところ申し訳ありませんが、話を続けさせてもらいます」

　園崎さんが私を見つめる。

「今日こちらにお邪魔したのは、おばあ様のことを話すためではありません。久米が何者かに殺害された可能性が出てきたことにより、お父様の件の状況が大きく変わってきたんです」

「父さんの件……？」

　父さんと久米さんに、なんの関係があるのだろうか。もしかして、父さんが久米さんこそ少年Xだと思って追っていたことを、警察は把握しているのだろうか。だとしたら……。顔から血の気が引いていくのが分かった。

「まさか、父が久米さんを殺したと疑っているんですか⁉」

　興奮で声が裏返ってしまう。園崎さんはまばたきをすると、大きく首を横に振った。

「まさか、そんなこと思っていませんよ。なんでそんな話になるんですか？」

「あ……、すみません、頭がこんがらがってしまって」

「先生、少し落ち着きましょう。久米の遺体が見つかったことで、半年前にアパートで中年男性が殺害された事件についての状況が大きく変化した。私たちはそのことをあなたに伝えに来た。それだけなんです」

　この刑事たちは、私が久米さんの遺体を見つけた件で来たわけじゃない？

「なんで、私に半年前の殺人事件の報告をする必要があるんですか？　関係者でもないのに」

「……いえ、そんなことはありません。識名先生、あなたはあの事件の関係者ですよ。……とても重要な関係者です」

園崎さんの口調が重量感を増していく。

この刑事はさっきからなにを言っているんだ？　正体不明の不安と恐怖が体内で暴れまわり、いまにも皮膚を突き破りそうだった。

「識名先生、これから私が言うことをよく聞いてください。あなたは半年前に起きた殺人事件に大きくかかわっています」

言葉を切った園崎さんは私をじっと見つめた後、そのセリフを放った。

「なぜなら、その事件で殺害された男性は、あなたのお父様なんですから」

6

唇の隙間から「は？」と間の抜けた声が漏れる。なにを言われたのか分からなかった。

「半年前、先生のお父様は借りていたアパートの一室で何者かに殺害されました。お父様の部屋からは少年Xについての資料と、久米の写真が発見されました」

思考がショートしている私の前で、園崎さんは滔々と話し続ける。

「二十三年前の通り魔事件で奥さんを喪い、自らも重傷を負ったお父様は少年Xを追い、久米こそが奴であると突き止めた。そのことに気づいた久米が、正体を暴かれる前にお父様を殺害した。状況から、私たちはそう思っていました。しかし、久米の遺体が見つかったことにより、久米は少年Xのスケープゴートだった可能性が高くなっています。少年Xは自分の正体に気づいたお父様を殺害したあと、お父様の部屋に貼ってあった自分の写真を久米のものに代えて……」

「ちょっと待ってください！」私は声を張り上げる。「わけの分からないことを言わないでください！　ほんの十日ほど前に、私は実家で父と祖母に会っているんですよ」

二人の刑事はまた顔を見合わせた。彼らの態度を見て、頭に血が上る。

「私の家族が死んでいるなんて失礼です！　そもそも、半年前に父さんが事件に巻き込まれたなら、そのとき連絡してくるはずでしょ！」

一気にまくしたてると、園崎さんは冷めた表情で「連絡しましたよ」とつぶやいた。

「……はい？」

「ですから、連絡しましたよ。連絡を受けたあなたはその事件現場に行って、私の同僚の刑事から色々と説明を聞いているはずです」

また頭痛が走り、脳裏に映像が弾ける。虚ろな目で立ち尽くす私に、刑事らしきスーツ姿の男が話しかけている光景。その後ろには、アパートが立っていた。見覚えのあるアパートが。

「識名先生、お疲れなんですよ。ご自分の病院で診てもらった方が……」

「園崎さん！」私は叫んで園崎さんのセリフを遮る。「現場はどこですか⁉　半年前に殺人事件があったアパートはどこにあるんですか!?」

私の剣幕に圧倒されたのか、園崎さんは軽くのけぞりながらその住所を告げた。愕然とした私は数瞬固まったあと、急いで立ち上がって玄関に向かう。靴を履くと、「識名先生、どこへ⁉」という園崎さんの声を無視して扉を開け、外廊下に出た。エレベーターを使うことすらもどかしかった。非常階段を駆け下りた私は、横殴りの雨が降りしきる夜道に飛び出した。

夏にもかかわらず氷のように冷たい雨を全身で受け止めながら、必死に足を動かし続ける。足の筋肉が軋み、体温を奪われ、酸素不足になった体中の細胞が悲鳴を上げても、稲光が走り、落雷の破裂音が響きわたっても、私はただがむしゃらに走り続けた。背後から得体のしれない怪物が追ってくるような妄想に囚われながら。

分厚い雨のカーテンの向こう側に、目的地が見えてくる。古ぼけた木造のアパート。実家の仏壇に残されていた、ママの写真の裏に記されていた場所。数日前に訪れた父さんの潜伏先。

足を止めた私は必死に酸素を貪りつつ、アパートを見上げる。さっき、半年前の事件現場がどこか訊ねたとき、園崎さんが迷うことなくここの住所を口にした。

きっと、あの刑事の勘違いだ。ここが半年前に殺人事件が起きた現場のはずがない。父さんが被害者なんてこと、あり得ない。十日くらい前に私は実家で父さんたちと会っているのだから。

必死に自分に言い聞かせて、アパートに向かおうとする。しかし、足が動かなかった。

見えない障壁が立ち塞がっているかのように敷地に入れない。

怖かった。ただ怖かった。なにが起きているのか知ることが。このまま身を翻して去ってしまいたいという衝動にかられる。

いや、だめだ。私は両拳を力いっぱい握りしめる。逃げてもなにも解決しない。それを私はこの二十三年間、思い知らされてきた。

三人のマブイグミを経て、私は成長したはずだ。だから、前を向こう。真実に立ち向かおう。そうすればきっと、全部あの刑事たちの勘違いだったと分かるはずだ。

自らに発破をかけた私は、奥歯を嚙みしめて敷地に一歩踏み出した。

錆びた階段を上がり、洗濯機の並ぶ外廊下を進んでいった私は、目的の部屋の前で目を見張る。玄関扉は開き、入り口には黄色い規制線が張られていた。

前回来たときは、こんなものなかったはずだ。私は唾を飲み込むと、『警視庁　立入禁止』と記された規制線をくぐって室内に入る。

「父さん！」

声を張り上げ、靴を脱ぐこともなく廊下に上がった私は、右手にある扉がわずかに開いていることに気づく。前回はどうせトイレだろうと思って、ここを開けることはしなかった。しかし、今日はやけにその扉が気になった。開いた隙間から、瘴気が溢れ出しているような気がした。

そっとノブを摑んで扉を開けた私は立ちすくむ。口から「なんで……？」というかすれ声が漏れる。力なく点滅する、いまにも消えそうな電球の灯りに映し出された薄暗い空間には、見覚えがあった。私自身の目ではなく、数日前にシンクロした久米さんの目によって目撃した場所。手を血塗れにした久米さんが、興奮しながら『先生』に電話をかけていたユニットバス。

吸い込まれるように扉をくぐった私は、洗面台に近づいて小さく悲鳴を上げる。鏡にはっきりと手形が付いていた。血液による手形が。

よく見ると鏡だけではない。廊下からは暗くて気づかなかったが、蛇口、便座、シャワーカーテン、浴槽、このユニットバスのありとあらゆる箇所に血で描かれた手形が刻まれている。

私は震えながら後ずさってユニットバスから出た。背中が廊下の壁にぶつかると、足を上げて扉を蹴る。大きな音を立てて、ユニットバスの扉は閉まった。早鐘のように打つ心臓の拍動が、鼓膜にまで伝わってくる。

半年前、遺体を見つけ混乱した久米さんが逃げ込んだユニットバス。それがなんでここに？　分からない、分からない、分からない……。

頭を抱えながら、私は横目で廊下の突き当たりにある扉を見る。その奥にどんな光景が広がっているのか、確認するのが怖かった。にもかかわらず、私は誘蛾灯に誘われる羽虫のように、ふらふらと扉に向かっていく。ノブを摑んだ私は、自分が何者かに操られているかのような感覚を覚えたまま扉を開いていく。

その部屋の様子は、数日前に訪れたときとほとんど変わらなかった。一点を除いて。

床に白線が引かれていた。人が倒れている形の白線が。その周囲のカーペットには、赤黒い染みが広がっている。刑事ドラマなどでよく見る、事件現場そのままの光景。

気づくと、私は座り込んでいた。口を半開きにしたまま、焦点の合わない目で部屋の中心にある白線を眺める。数日前に来たときは、こんなものなかった。いったい、この数日でなにが起きたのだろう?

いや、前回来たときもあったのだろうか? まさか、私が気づかなかっただけなのだろうか?

――識名先生、お疲れなんですよ。

ついさっき、園崎さんに言われたセリフが耳に蘇る。もしかしたら、私は現実をまともに認識できなくなっていたのかもしれない。父さんは半年前、本当にここで……。

いや、そんなわけない。私は勢いよく頭を振って、脳に湧いた不吉な考えを振り払う。そんなわけがないのだ。この数週間、私は何度も実家に帰り、父さんに会っている。父さんと交わしたたわいない会話を、父さんが作ってくれたカレーの味を鮮明に覚えている。これはきっと誰かが、私を混乱させようとして仕組んだことに違いない。

まだ力の入らない足に活を入れて立ち上がると、久米さんと環さんの写真が大量に貼られている壁の前に移動する。少なくとも最近まで、父さんはこの部屋で久米さんを追っていた。彼が少年Xだと思い込み。それは間違いないはず……。

「……あれ?」口から無意識に声が漏れる。

久米さんが少年Xかもしれないと警察が考えはじめたのは、彼の失踪後、つまりは約半年前のはずだ。けれど、父さんが会社を辞めたのは十ヶ月も前……。

警察が久米さんを少年Xだと疑いはじめ、その情報をどうにかして掴んだからこそ、父さんは会社を辞めたと思っていた。しかし、それでは時系列が合わない。なんで私はいままで、こんな当然のことにさえ気づかなかったんだ。

棒立ちになっていた私はふと、天井近くの壁紙の端がめくれていることに気づいた。あれは……。私はデスクにあった椅子を持ってきて、その上に乗って、めくれている壁紙を引く。ぺりぺりと音を立てながら壁紙が剝がれていく。椅子から降りて移動しつつ、さらに引いていくと、全面の壁紙が剝がれた。

「なんなの……、これ……?」

壁紙の下から現れた壁を見て、私は凍りつきながらつぶやく。そこにも、大量の写真が貼られていた。しかし、それらに写っているのは久米さんではなかった。

「なんで……あの人の写真が……」

手にしていた壁紙を離した私は、写真を一枚一枚眺めていく。そこに映っているのは見知った人物だった。なかには、その人物と私が並んで話している写真すらある。

視線が一枚の写真の上で止まる。その写真にだけは人はおらず、かわりに重厚な作りの観音開きの扉が写し出されていた。神研病院の特別病室。

その写真をそっと剝がし、裏返すと、文字が記されていた。

『準備はできたね　真実を見つけに行こう』

誰からのメッセージなのか分からない。誰がこんな仕掛けをしたのか想像もつかない。なにかの罠なのかもしれない。けれど、一つだけ確かなことがある。

特別病室に入院している最後のイレス患者。三人のマブイを吸ったサーダカンマリであり、おそらくは少年X。その人物こそが全ての謎を解く鍵だ。

なにが起きているか分からないいまこそ、特別病室に行くべきだ。そこに入院しているのが誰なのか確かめ、その人物の夢幻の世界に這入り込んで記憶を覗き込む。そうすればきっと、一連の事件の裏で怪しく蠢いている闇の正体が摑めるはず。全ての真実が明らかになるはずだ。

行こう！　私は手にしていた写真をジーンズのポケットにねじ込むと、玄関に向かった。視界の隅に映る、床に描かれた白線から必死に意識を逸らしながら。


夜間の出入り口から院内に入ると、顔見知りの警備員が目を丸くした。

「識名先生、どうしたんですか？　ずぶ濡れじゃないですか」

「途中で傘が壊れちゃって」

適当にごまかした私は、顔に張り付いた髪を搔き上げながら奥に進む。昼間は患者でごった返す外来の待合も、いまは照明が落とされ人気がない。非常灯の明かりに妖しく照らされた無人のフロアを横切った私は、エレベーターで三階に向かう。

衝動に突き動かされて神研病院まで走ってきたが、どうやって特別病室に入ればいいいのだろうか。私の職員証では、特別病棟の自動ドアを開けることすらできない。

エレベーターから降りた私は、内科医局の扉を開いた。この病院に勤務する内科医全員のデスクがあるフロアには蛍光灯が灯ってはいるものの、同僚医師の姿はなかった。

私は医局の洗面台に置かれていたタオルで濡れた顔を拭きながら、自分のデスクに向かう。とりあえず腰を落ち着けて、これから取るべき行動について考えたかった。

特別病室に入院している患者は、病院ぐるみで匿われている。あの病室に入れるのは、主治医である華先輩や、院長である袴田先生など、限られた職員だけだ。

華先輩か袴田先生、どちらかを説得して、職員証を借りなくては。

「可能性があるとしたら……華先輩か」濡れたうなじをタオルで拭く。

先日、特別病室の患者について袴田先生に訊ねたとき、彼はこれまで見たことがないほど激高した。とても面会を許可してくれるとは思えない。それに、レント君に対する態度などを見ても、最近の袴田先生は様子がおかしい。彼にこんな気持ちを抱くのはとても残念だが、いまは心から信頼することはできなかった。

対して、華先輩はこの前、準備ができたら会わせてもいいというようなことを言ってくれた。担当する三人のイレス患者、全員を目醒めさせることができたらと。

マブイグミにより、三人を昏睡から救い出すことができたいまなら、華先輩のいう「準備ができた」状態になったと言えるだろう。

「いったいなんの準備だか分からないけど……」

私は壁時計を見る。すでに日付が変わっている。深夜にいきなり電話をして特別病室の患者に会わせてくれというのはさすがに無茶だろうか。数秒考えた私は、体を拭っていたタオルを両手で丸めると、低い声でつぶやく。

「……無茶でもやるしかない」

身の回りで起きている不可解な状況。それを一刻も早く解決しなくてはならない。

……父さんの安否を確認するためにも。

決意を固めつつ私は自分のデスクに到着する。とっさに自宅を飛び出してきたのでスマートフォンを持ってきていない。デスクの抽斗にしまってある院内携帯で交換台に連絡して、外線で華先輩を呼び出してもらわなくては。

抽斗に手をかけたところで、デスクに置かれているものに気づき、私は動きを止める。

それは職員証だった。『神経内科　杉野華』と記され、笑顔の華先輩の写真が載っている。

「華先輩の職員証……？」

なんでこれが私のデスクに？　わけが分からないままに持ち上げて見ると、その下から小さなメモ用紙が姿を現す。

『頑張ってね』

用紙には一言、そう記されていた。

華先輩からのエール。どうして今夜、私が最後のイレス患者に会おうとするのが分かったのかは不明だが、華先輩は特別病室の鍵である自分の職員証を私に託してくれた。

職員証を鷲掴みにした私は、小走りに医局をあとにした。特別病棟のある十三階に着いてエレベーターを降りると、消灯されている薄暗い廊下が伸びている。夜の見回りに出ているのか、ナースステーションに看護師の姿はなかった。

私は足音を殺しながら廊下を進んでいき、華先輩の職員証をカードリーダーにかざして特別病棟の自動ドアを開く。鉄製の自動ドアが重い音を立ててスライドしていく。

特別病棟に侵入した私は、自動ドアが閉まる音を背中で聞きながら、柔らかい絨毯が敷き詰められた廊下を進んでいく。

壁には絵画がかけられ、西洋の甲冑すら飾ってある空間。昼に見たときは豪奢な雰囲気だったが、非常灯の薄い灯りに浮かび上がった廊下は不気味で、いまにも甲冑が襲ってくるような気がしてしまう。

おそるおそる足を進めた私は、とうとう突き当たりにある観音開きの重厚な扉の前までやってくる。この扉の向こう側に、サーダカンマリが、……少年Xがいる。二十三年前に浴びた氷のような眼差しが蘇り、胸元が疼く。体の奥底から湧き上がってきた震えを、私は下っ腹に力を込めて抑え込んだ。

もう怯えない。もう、あの男の記憶に潰されない。

この部屋に入院している人物の正体を暴き、夢幻の世界に侵入し、全ての謎を解き明かす。そのときこそ私は、二十三年間、全身に纏わりつき、締め上げてきた茨の鎖から解放される。

大きく息を吐いた私は、華先輩の職員証をカードリーダーにかざした。ピッという軽い電子音が響き、扉が開いていった。私はその隙間に体を滑り込ませる。

白い空間が広がっていた。面積はテニスコートぐらいあるだろうか、床も壁も、そして遥か高い位置にある天井も真っ白な部屋。

「ここが、特別病室？」

てっきり、高級ホテルのような部屋だと思っていた。それなのに、こんな手術室や研究室を彷彿させるような殺風景な病室だなんて……。

戸惑いつつ、私は部屋の中心に目を向ける。そこにはポツンとベッドが置かれていた。あそこにサーダカンマリが、少年Xがいる。口の中の水分が急速に失われていく。

ベッドに横たわっている人物の正体を確認し、すぐにマブイグミをはじめる。夢幻の世界へと侵入してククルと合流したあと、その人物の記憶を探って、この不可解な状況を解明する。

頭でシミュレートしながら、私は一歩一歩踏みしめるようにベッドに近づいていく。距離が詰まっていくにつれ、心拍数が上昇していった。ベッドのそばに着いた私は、こうべを垂れてベッド柵を両手で掴む。まだ、患者の顔を見ることができなかった。

少年Xがすぐそこにいる。ママを奪い、父さんを傷つけ、そして二十三年間私を苛み続けてきた人物が。

柵を掴む手がガタガタと震える。それが恐怖によるものか、それとも武者震いなのか、自分でも分からなかった。

行け！　いまこそ、トラウマを乗り越えるんだ！　自らを鼓舞した私は勢いよく顔を跳ね上げると、両腕に力をこめ、身を乗り出してベッドを覗き込んだ。

ベッドの上で目を閉じている人物、最後のイレス患者の顔が網膜に映し出される。

思考が凍りついた。私はまばたきもせずに、ただその人物の顔を凝視し続ける。

「なんなの……これ……？」

なにが起こっているか分からなかった。なにを見ているのか、理解できなかった。

ベッドで横たわっていたのは若い女性だった。見覚えのある女性。

いや、見覚えがあるどころじゃない。私は彼女の顔を毎日見ている。

毎日、鏡の中で。

特別病室に入院していた最後のイレス患者、それは……私自身だった。

7

「あり得ない……、こんなことあり得ない……」

私はうわずった声で「あり得ない」とくり返しながら後ずさり、自分と同じ顔の女性が横たわるベッドから離れていく。そのとき、背後から足音が聞こえた。

「愛衣センセ」

小さく「ひっ」と悲鳴を上げて振り返ると、入り口に小学校低学年ぐらいの少女が立っていた。小柄な体躯、顔を突き出すように前傾した姿勢、猫を彷彿させる大きな瞳が細められている。

「宇琉子ちゃん⁉」

「こんばんは愛衣センセ」久内宇琉子ちゃんは軽い口調で挨拶をする。

「だ、ダメじゃない、こんなところに入ってきちゃ。それに、もう寝る時間でしょ」

注意すると、宇琉子ちゃんは肩を震わせて忍び笑いを漏らした。

「こんな状況なのに、常識的なこと言うんだね。ということは、まだ全然気づいてないんだ。混乱しているとはいえさ、ちょっと鈍すぎるんじゃないかな」

「なに……言っているの……」

「分かんないか。けど心配しないで。この状況を説明するために、私が来たんだからさ」

「説明⁉　なんで私と同じ顔をした人が、そこに寝ているのか教えてくれるの⁉」

私は甲高い声を出すと、宇琉子ちゃんは緩慢な足取りで部屋に入ってくる。彼女が軽く両手を振ると、入り口の扉が閉まった。まるで、彼女が触れることなく扉を閉めたかのように。

「同じ顔をした人じゃないよ。そこに寝ているのは愛衣センセ本人だよ」

私から三メートルほどの距離で足を止めた宇琉子ちゃんは、ベッドに横たわる『私』を指さす。

「そんなわけないじゃない！　だって、私はここにいるでしょ！」

「そんなに興奮しないでよ。もちろん、君も愛衣センセさ」

宇琉子ちゃんの口調が心なしか変わっていることに気づきつつ、私は頭を抱える。

「意味が分からない。……なんで特別病室に私が寝ているのよ。この部屋にいるのは、最後のイレス患者で、サーダカンマリで、少年Xだったはずなのに」

「大筋は当たっているよ」宇琉子ちゃんは肩をすくめる。「愛衣センセは少年Xではないけれど、イレス患者でサーダカンマリな人さ」

「なにを言って……」

そこまで言ったとき、また激しい頭痛とともに脳裏で映像が弾けた。

雑居ビルの階段を上っている。やがて私は、階段を上がり切ったところにある鉄製の扉を開いて、薄暗い部屋へと入った。

「こんばんは、先生。いらっしゃいますか？」

奥にある『診察室』に入っていく。革製のリクライニングシートが置かれたその部屋で、あの人がこちらに背中を向け、デスクの前に座っていた。

「やあ、愛衣君」

あの人は振り返ると笑みを、不自然なほどに優しい笑みを浮かべた。

「どうしたんです、灯りもつけないで。こんな時間に急なご用って、なんですか？」

「ああ、もう少し待っていてくれるかな。すぐに他の方々も来るから」

「他の？　まだ誰かいらっしゃるんですか？」

私が訊ねると、彼は口角をさらに鋭角にして、デスクに置いてあるモニターに視線を向けた。防犯カメラの映像のようなものが映っている。

「ああ、ちょうど他の三人も来たみたいだ。それじゃあ、君は最後にするつもりなんだが、とりあえず私が誰なのかだけ教えておこう」

「誰なのか？　どういうことですか？」

あの人はゆっくりと立ち上がると、心から愉しげに言った。

「愛衣君、実は私はね、少年Ｘ……」

映像が途切れ、悲鳴が響きわたる。私の口から迸った悲鳴が。

「……なんなの⁉　私はなにを見たの⁉」

私は膝から崩れ落ちる。近づいてきた宇琉子ちゃんが、目を覗き込んできた。

「どうやら思い出したみたいだね。うん、いい傾向だよ。受け入れる準備ができたからこそ、記憶が蘇ってきたんだから。さて、時間もないし、そろそろ説明しちゃおうかな」

「知っているなら教えて！　なんで私の周りでおかしなことが起きているの⁉」

「おかしなこと？」宇琉子ちゃんは小首を傾げる。「おかしなことってなにかな？」

「なにって、私と同じ顔をした人が、そこに寝ていることに決まっているじゃない！」

私が叫ぶと、宇琉子ちゃんは「それだけ？」と顔を近づけてきた。

「それだけじゃない。いま頭におかしなイメージがよぎったし、それに刑事が父さんも、おばあちゃんももう亡くなっているとか言って……。父さんが借りていたアパートに今日行ったら、ユニットバスが血塗れで、事件現場になっているし……」

縋りつきながら必死に言葉を紡ぐと、宇琉子ちゃんは「それだけ？」と同じ言葉をくり返した。宇琉子ちゃんの大きな瞳に、怯えた表情の私が映る。

「それだけって……、どういうこと……？」不吉な予感に声が震える。

「ねえ、愛衣センセ。よく思い出してごらんよ。他にもおかしなことはいっぱい起こっていたんだよ。この世界はずっとおかしなことだらけだったんだよ」

宇琉子ちゃんは大きく両手を広げる。恐怖を覚えた私は彼女の華奢な肩から手を離し、尻餅をつきながら後ずさった。

「最近、雨ばっかりだよね」宇琉子ちゃんは天井を見上げた。「ねえ、愛衣センセ。この雨さ、いつから降っているんだっけ？」

「いつから……」

記憶をたどった私は、顔から血液が引いていく音を聞く。

「そう、二ヶ月間だよ。この二ヶ月、一度たりとも止むことなく、雨が降り続けているんだ。おかしいと思わなかったのかい？」

滔々と喋り続ける宇琉子ちゃんを、私はただ見つめることしかできなかった。

「それだけじゃないよ。なんで子供の私とかクサナギレントが、この病棟に入院して、病院中を歩き回っているの？　子供なら小児病棟に入院して、外に出られないようになっているもんでしょ。それにさ、イレス患者を三人も受け持つのだっておかしいよ。そんな貴重な疾患の患者なら、できるだけ多くの医者に担当させて、経験を積ませるのが当然じゃない？　あと、主治医だったら加納環が妊娠していることくらい、前もって知っているもんでしょ。そんなこと、入院時の検査で分かるだろうし」

「それはきっと……、小児科病棟が満床だから仕方なく。イレス患者は私が志願したから。環さんの妊娠は、たぶん検査漏れで……。それに今年は異常気象で……」

無理筋だと理解しつつも、私はなんとか理由付けをしていく。

「しかたないなあ、それじゃあこれはどうかな。ねえ、この前実家に帰ったとき、子供の頃から飼っている猫とウサギに会ったんだよね」

なぜ宇琉子ちゃんがそのことを知っているのだろう。さらに深く混乱の渦に巻き込まれつつ、私は「それがどうしたっていうの？」と語気を強める。

「ねえ、愛衣センセ」

宇琉子ちゃんは微笑んだ。どこまでも哀しげに。

「猫とウサギの寿命ってどれくらいかな？」

電撃に体を貫かれたような気がした。体の力が抜けていく。

「そう、子供の頃に飼っていた猫やウサギがまだ生きているわけがないんだよ。残念なことに、彼らの寿命は人間よりも遥かに短いんだからさ」

「そ、そんなことない。きなことハネ太は長生きで……」

喘ぐように言うと、宇琉子ちゃんはこれ見よがしにため息をついた。

「まったく強情というか、頭が固いというか。よし、それじゃあ決定的なのを行こうか」

宇琉子ちゃんは顔の前で人差し指を立てる。

「愛衣センセは最近、よく実家に帰っていたよね。ちょっと気が向いたときとか気軽にさ。そして、朝に実家から病院に出勤したりしていた。そうだよね？」

私は力なく頷く。なにを言われるのか怯えつつ。

「それじゃあ聞くけどさ、愛衣センセの実家って、いったいどこにあるの？」

「実家……」

視界がぐらりと揺れる。私の実家……。指定席やグリーン車があるような特急電車が止まるターミナル駅。そこから出る路面電車。赤く染まるスタジアムに、世界平和を祈る公園。そして、いたるところにあるお好み焼き屋。

震える唇の隙間から、私は声を絞り出す。

「広……島……」

そうだ、広島だ。新幹線で四時間もかかる場所だ。それなのに、私はまるで隣の県に行く程度の気軽さで実家に帰っていた。

そんなことできるはずないのに。

「分かったみたいだね。そう、思いついてすぐ行けるような場所じゃないんだよ。ましてや、タクシーで東京に戻るなんてできるわけがない」

「けれど、私は……」

「うん、君はこの二ヶ月間、周りで起きている異常なことに気づいていなかった。それを当然のことだと受け入れていた。でもね、それが普通なんだ」

宇琉子ちゃんの体が少しずつ縮んでいく。入院着から覗く首元や腕に柔らかそうな毛が生えてくる。

「誰でも、おかしなことを自然と受け入れてしまうものなんだよ。……夢の中ではね」

宇琉子ちゃんはさらに前傾し、両手を床についた。いや、それはもはや手ではなく、前足だった。ピンク色の肉球がある前足。

「夢の中……」

その言葉をくり返す私の前で、毛で包まれた宇琉子ちゃんの頬から長いヒゲが伸びていく。はらりと落ちた入院着から見慣れた生物が這い出してくる。ウサギの耳を持つクリーム色の猫が。

「そう、ここは夢の世界。愛衣、君は二ヶ月前から、自分が創り出した夢幻の世界で彷徨い続けていたんだよ」

ククルは挨拶でもするように、長い耳をぴょこんと立てた。

幕間　4

「ねえ、とうとう他の三人、全員が目を醒ましちゃったよ」

パイプ椅子に腰かけた杉野華は、目の前のベッドで目を閉じている女性に向かって話しかける。

数日前、イレス患者の一人だった加納環という女性が目を醒ました。妊娠中だった彼女の健康状態は良好で、お腹の胎児も順調に育っている。昨日からは、産婦人科医の指導のもと、出産に向けて体力を取り戻すためのリハビリも開始している。

これで、同時に昏睡状態に陥った四人のイレス患者も、残すところは華が担当する彼女だけとなった。

「まったく、あなたが起きないせいで、私の腕が悪いみたいに見えるじゃない。後輩たちがどんどん、患者を治していっているからさ」

他のイレス患者たちは、三人の後輩医師がそれぞれ担当していた。彼らにどうやって患者を治療したのか訊いても、三人とも「特別なことはなにもしてません。勝手に目を醒ましたんです」と同じ答えが返ってきた。

華は立ち上がると、ベッドに横たわる女性の頬を撫でる。

「ねえ、昨日園崎っていう刑事が言っていたんだけど、あの人が連続殺人の犯人なのは間違いないらしいんだ。しかもさ、どうやら本当にあの人が、少年Xだったみたい。そう、あんたが子供のときに襲われた少年Xだよ」

華は大きくため息をつく。

「私さ、あの人のこと、けっこう尊敬していたんだよ。なんと言っても、あんたを助けてくれた恩人だったからね。けれど、そのトラウマを植え付けた本人だったなんて……」

拳を握りしめる華の鼓膜を、小さな寝息が揺らす。華は苦笑を浮かべると、女性のこめかみを軽く指で弾いた。

「愚痴とかを黙って聞いてくれるのは嬉しいんだけどさ。やっぱり、前みたいにちょっと生意気なこと言うあんたの方が、話していて楽しいんだよね」

二ヶ月間、仕事が終わるとこの病室に来ては、その日にあったことをこと細かに話す生活が続いている。そうすればいつの日か、「へぇ、そんなことがあったんですね、華先輩」と彼女が目を醒ましてくれるような気がして。

今日こそは……。そんな期待を胸に、華は彼女の顔を覗きこむ。しかし、その目は閉じられたままだった。瞼が細かく震え、その下で眼球が激しく動いているのが分かる。

華は首をわずかに傾ける。心なしか、彼女の寝顔がいつもより険しい気がした。もしかしたら、悪い夢でも見ているのかもしれない。

「そんなに怖い夢なら、もう見るのやめちゃいなよ」

華は彼女の頬をそっと撫でたあと、出口へと向かう。

「また明日ね、愛衣ちゃん。いい夢を」

後輩であり、そして親友でもある識名愛衣に軽く手を振ると、華は病室をあとにした。

さて、あとは特別病室の様子でも見てから帰るか。

病棟の廊下を進んでいくと、背後からホイールの音が聞こえてきた。

またか……。肩を落として振り返ると、車椅子に乗ったこの病院の院長が近づいてきていた。

「なにかご用ですか、馬淵《まぶち》先生」

「院長と呼んでくれと言っているじゃないか」

二ヶ月前にこの病院の副院長から院長へと昇格した馬淵大介《だいすけ》は、眉間にしわを寄せた。

そんな情けないこと言ってるから、みんなから院長って認められないのよ。呆れつつ、華は「はいはい、院長先生」と言い直す。

「識名先生の調子はどうかな?」

馬淵は器用に車椅子を回転させて、愛衣の入院している病室を指さす。大学時代、ラグビー部の試合で腰椎を粉砕骨折して半身不随となり、それ以来二十年以上車椅子を使用しているらしい。さすがに車椅子の扱いは慣れたものだった。

「相変わらずの眠り姫ですよ」

あんたが本当に知りたいのは、あの子のことじゃないでしょ。華が胸の中でつぶやくと、案の定、馬淵は「それでは」と、廊下の奥にある特別病室へと繋がる自動扉を指さす。

「彼の方は？　目を醒ます気配はないのかい？」

「ありませんね。正直、病状は芳しくありません。体のダメージが大きいですから」

これも、この新しい院長が本当に訊きたいことじゃないはずだ。華は冷たい声で「もういいですか？」と言い放つと、踵を返す。

「いや、ちょっと待ちなさい。話はまだ終わっていない」

華を慌てて呼び止めた馬淵は、神経質に辺りを見回したあと、声をひそめる。

「噂なんだが、彼がなにか大きな犯罪にかかわっているかもしれないと聞いたんだ。主治医である君はなにか知っていたりしないかい？」

馬淵が瞳を覗き込んでくる。この心の底まで見透かそうとするような目が大嫌いだった。

「……ええ、知っていますよ。彼は暗示にかかりやすい患者を洗脳して、自殺に追い込んでいました。しかも、この前まで世間を賑わせていた連続殺人事件の犯人かもしれません。さらに、二十三年前、自分の両親を殺してバラバラに解体した翌日、遊園地で十人以上を殺害した少年Xの可能性すらあります。それがばれたら、マスコミがこの病院に殺到するかもしれませんが、その際はどうぞ、病院の最高責任者として毅然とした対応をお願いいたします」

早口でまくしたてた華は「では」と、放心状態の馬淵から離れていく。思わず刑事たちとの約束を破り、彼のことを明かしてしまった。嫌っている院長をやり込めれば気分が晴れるかと思ったが、気持ちはさらに沈んでいくだけだった。

特別エリアの前までやって来た華は、首からぶら下げている職員証をカードリーダーにかざす。ガラス製の自動扉が開いていった。

特別エリアの殺風景な廊下を、華は重い足取りで進んでいく。

「高い個室料を取っているんだから、このエリアぐらい絨毯敷くとか、絵を飾るとかぐらいすればいいのにさ」

つぶやきながら、突き当たりにある最も個室料の高い特別病室の前までやってきた華は、引き戸のハンドルを握ったところで動きを止めた。

一ヶ月ほど前から、この部屋にはずっと同じ人物が入院している。この病院にとって、そして華自身にとっても重要な人物が。病室に入って彼の姿を見るのは、いつも覚悟が必要だった。とくに、刑事たちから彼がなにをしたのか聞いてからは。

「よしっ」口のなかで小さく声を出すと、華は引き戸を開いて病室に入る。

中には高級ホテルのスイートルームのような空間が広がっていた。トイレとバスルーム、革張りのソファー、マホガニー製のデスク、さらには見舞客用のベッドルームまでついている。

華が住んでいるマンションの数倍の広さがあるその部屋の窓際に置かれたベッドの周りには、様々な医療機器が置かれていた。

天井にぶら下がった点滴パックから、彼の鎖骨下静脈へと伸びる点滴ラインの側管には数個のポンプが取り付けられ、昇圧剤などの生命維持に必要な薬品を流し込んでいる。リズミカルに電子音を響かせるディスプレイには、心電図、血圧、脈拍、呼吸数などが細かく表示されていた。彼の呼吸を管理し、肺へと酸素を送っている人工呼吸器が、一定のリズムでポンプ音を響かせる。

植物のツルのように垂れ下がっている点滴ラインを掻き分け、華はベッドサイドにたどり着く。そこに横たわる男性の姿を見て、華は口元に力を込めた。

硬膜下血腫の除去手術を受ける際に剃り上げられた頭部には、うっすらと髪が生えている。右の顔面は特に損傷が激しく、いまも巻かれている包帯の下には、頬から眉にかけて抉り取られた傷が広がっているはずだ。一度、包帯の交換に立ち合った際には、眼球を失い黒い虚ろと化している眼窩に、吸い込まれていくような錯覚に襲われた。

右腕と右下腿は骨が粉砕されて修復不能で、放置すると感染症を起こす危険があったため、手術で切断されている。

華は彼の左手にそっと触れると、小声で囁いた。

「こんばんは、……袴田先生」

この病院の前院長からの返事はなかった。小さくため息を吐いた華は、ディスプレイに表示されている数値や、人工呼吸器の設定を確認していく。

約二ヶ月前の深夜、彼は交通事故に遭った。多くの車が高速で行き交う幹線道路にふらふらと飛び出し、大型のＳＵＶと衝突した。

ドライブレコーダーには、横断歩道でもない場所で、おぼつかない足取りで突然車道に飛び出した袴田の姿が記録されていたらしい。まるで魂が抜かれたような様子で車道に出た彼の様子から、自殺をはかった可能性もあるということで、SUVの運転手は不起訴になっている。

事故後、袴田はすぐに大学病院の救急センターに搬送された。二十メートル近くはね飛ばされた袴田の全身は損傷が激しく、特に内臓は大きなダメージを負っていた。

緊急手術が行われ、破裂していた脾臓が摘出され、大きく破れていた大腸も半分以上が取り去られた。胸郭ごと潰された右肺の摘出手術、硬膜下血腫の除去術も同時に行われた。

その後も腕と下腿の切断手術などを受けながら一ヶ月以上ICUに入院したのち、全身状態が安定したタイミングでこの神研病院に転送され、華が主治医となって特別病室に入院している。

本来なら大学病院に入院し続けても良かったのだが、袴田が事故に遭ったことで副院長から院長に昇格した馬淵が強引に転院させたらしい。人望のあった前院長への誠意を見せることで、新しい院長として認められやすくなる。そんな計算があったのではないかと華はふんでいた。

一通りの確認を終えた華は肩を落とす。ディスプレイに表示されている数値が芳しくない。採血データでも各種臓器の機能が落ちてきているのが認められている。

大事故から奇跡的に生還した袴田の肉体も、限界を迎えつつあった。おそらく遠くない未来、彼の心臓は拍動を止めるだろう。

華はベッドのそばに置かれていたパイプ椅子に腰掛ける。

「なんで目を醒ましてくれないんですか、袴田先生」

胴体部に比べれば、袴田が受けた頭部の損傷は軽度と言えた。頭蓋内に生じた血腫も、早い段階で手術によって除去できているので、脳細胞へのダメージはそこまで大きくないはずだ。CTやMRI等の画像検査でも、そのことは証明されている。にもかかわらず、事故後、袴田の意識は戻らず、昏睡状態が続いていた。

華は袴田の顔を見つめる。瞼がぴくぴくと動き、その薄い皮膚の下で眼球が激しく動いているのが見て取れる。もしかしたら夢を見ているのかもしれない。それは、まるで……。

「まるで、……イレス患者みたい」

ぼそりとつぶやいた華は、鼻の頭を撫でる。袴田が事故に遭った翌日に、片桐飛鳥、佃三郎、加納環、そして識名愛衣の四人がイレスを発症していた。刑事の言葉を信じるなら、袴田は事故に遭う少し前に、〈カウンセリング〉に使っていたビルに四人を呼び出している。

そこで袴田が毒物を使い、四人をイレスにしたのかもしれないと園崎は言っていた。そして、自分もその毒物の影響を受けたせいで道路へと飛び出し、事故に遭ったのではないかと。

袴田は事故によって脳にダメージを負ったせいで、昏睡状態に陥っている。そう思っていた。けれど、違ったのかもしれない。袴田が目醒めないのは脳の損傷のためではなく、イレスに、あの魂が抜かれたかのように眠り続ける奇病に罹っているからなのかもしれない。

興奮して椅子から腰を浮かしかけた華だったが、すぐにまた臀部を座面に戻す。もしそうだとしても、なんら状況が変わるわけではなかった。イレスに特別な治療法があるわけではない。いまできることは、袴田の生命が消えないように処置を続けながら、祈ることだけだ。

彼の意識が戻るように。

「袴田先生、目を醒ましてくださいよ。訊かなくちゃいけないことがいっぱいあるんですよ」

華は声のトーンを下げる。

「あなたは本当に患者を洗脳して、自殺に追い込んでいたんですか？　本当に連続殺人を犯したんですか？　本当に愛衣ちゃんのお父さんを殺したんですか？」

言葉を切って立ち上がった華は、袴田の耳元に口を近づける。

「本当にあなたは……少年Xなんですか？」

返事はなかった。しかし、かすかに袴田の眉間にしわが寄った気がする。

やっぱり夢を見ているんだろうか？　だとしたら、どんな夢なんだろう？

袴田の眉間に指を添わせていると、白衣のポケットの中で院内携帯が震えだした。液晶画面に表示されていた内線番号は、十三階病棟のナースステーションのものだった。

「はい、杉野ですけど、どうしたの？」

電話を取ると、若い看護師の声が聞こえてくる。

『あ、すみません、杉野先生。識名先生に会いたいっていう方々がいらしているんですけど』

「お見舞いってこと？　べつにいいんじゃない。なんでわざわざ連絡を？」

普通、見舞客が来たことを主治医に伝えることはしていない。

『いえ、それがですね、三人とも識名先生とは直接は面識ないらしくて。ただ、どうしてもいま会わなくちゃいけないって……。言っていることがよく分からないんです』

「はぁ？　面識がないのに見舞い？　そもそも、その人たちって誰なの？」

『それは……』

見舞客たちの名前を聞いた華は、まばたきをくり返した。

なんであの人たちが？　疑問は解消されるどころか、さらに深まっていく。

「えっとね、その人たちにはちょっと待ってもらっていて。すぐに行くからさ」

なにが起こっているのかは分からない。ただ、あの人たちが愛衣に会いたがっていることにはなにか意味があるはずだ。院内携帯をポケットに戻した華は、ベッドに横たわる男の顔を覗き込む。

「また来ます。ゆっくり休んでいてくださいね、袴田先生。ああ、これって本当の名前じゃないんでしたっけ。もしかしたら、あっちの名前で呼んだ方がいいんですかね」

華は静かにその名を呼んだ。

「少年X、……草薙蓮人《くさなぎれんと》さん」

第5章　そして、夢幻の果てへ

1

「私が最後のイレス患者……、私がサーダカンマリ……」

呆然自失でつぶやくと、さっきまで宇琉子ちゃんの姿で身につけていた入院着の上にちょこんと座ったククルは頷いた。

「その通り。サーダカンマリな人は『性高い生まれの人』っていう意味、簡単に言えば霊感の高い人間のことを指す言葉さ。たとえば……ユタみたいにね」

「ユタ……。じゃあ、本当にここは……」

「うん、夢幻の世界だよ。愛衣自身が創った夢幻の世界だ」

「そんなわけない！　ここはこれまで見てきた夢幻の世界と全然違うじゃない！」

私が喘ぐように言うと、ククルが肩の付け根をすくめた。

「佃三郎の夢幻の世界で説明したじゃないか。現実にそっくりな夢幻の世界もあるってね。たしかにこの世界は、片桐飛鳥や加納環が創ったような幻想的な世界じゃない。けれど、ここも立派な夢幻の世界なんだよ」

「で、でも……」

私は襲い掛かってくる残酷な現実から逃れようと、必死に否定材料を考える。

「そうだ。もし私が二ヶ月間も夢幻の世界にいたなら、うちの病院にイレス患者が四人入院していることとか、交通事故にあった院長が車椅子が必要になったこととか、久米さんの遺体が見つかったこととか、そういうことを知っているはずがないじゃない。それとも、それも全部私の想像が生み出した妄想だっていうの？」

「いや、いま愛衣が挙げたことは、大まかには現実に起きたことさ」

大まかにという言葉が気になりつつも、私は「じゃあ」と前のめりになる。ククルは掌を突き出すように片耳を上げた。

「それはね、愛衣。杉野華のおかげだよ」

「華先輩の……？」

「そう、君の主治医である彼女は毎日、勤務が終わったあと病室に来て、その日にあったことを細かに話してくれているんだ。目を醒まさない君にね。それらの情報は君の潜在意識に入り込み、そしてこの世界に投影された。実際とは、少しだけ違った形でね」

ククルは片耳をメトロノームのように左右に振りながら、喋り続ける。

「現実では、愛衣がマブイグミをした三人には、それぞれ主治医が付いている。それに、久米の遺体は一ヶ月以上前に近所の人間によって見つかっているみたいだね」

「嘘よ！　そんなのなんの証拠もないじゃない！」

私が叫ぶと、ククルは耳で頬を掻いた。

「さっき挙げたことと、いま僕がここにいることで十分に証拠になると思うんだけど、まあそう簡単には受け入れられないか。それじゃあ、こんなのはどうかな」

ククルの目がすっと細くなる。

「さっき、院長は車椅子が必要になったって言ったけど、その『院長』って誰のこと?」

「誰ってもちろん……」

そこまで言ったところで私は絶句する。頭の中に、車椅子を器用に操る、固太りし頭髪がやや薄くなった中年男性の姿が浮かんだ。

「馬淵……副院長……」

「そう、馬淵っていう男だよ。その男は二ヶ月前に昇格して、いまは院長になっている。けれど、愛衣の中では『院長』というのは別の男だった。現実で起こってたことと、愛衣の固定観念が融合して、この夢幻の世界では全く違う男が『車椅子に乗った院長』として登場していたんだよ」

「じゃあ……、じゃあ、本当にここは夢幻の世界……」

「だから、さっきからそうだって言っているでしょ。ショックを受けるのも分かるけど、そろそろ受け入れようよ」

ククルは両耳を羽ばたかせて私の顔の高さまで浮かび上がる。

「愛衣はあの夜、他の三人とともに奴に呼び出されてビルに行った。いつも〈カウンセリング〉を受けているビルにね。そして、奴は自分の正体を明かしたうえで、君に危害を加えようとした。ただでさえ憔悴していたのに、誰よりも信頼していた相手に裏切られ、その正体を知ったことで精神が限界を迎えた君は、秘めていたユタの力を暴走させてしまったんだ。周囲にいた人々のマブイを吸い込み、その負荷に耐えられず、帰宅後に昏睡状態に陥った」

「……そして、イレスを発症した」

私が抑揚のない声で言葉を引き継ぐと、ククルは「そういうこと」と笑みを浮かべた。

「じゃあ、さっき見たイメージは、本当にあったことなの？　本当にあの人が……？」

呼吸が苦しくなり、言葉が出なくなる。喉元を押さえる私の前で、ククルは表情を硬くし、押し殺した声でつぶやいた。

「そう、袴田こそが少年Xだよ」

目の前が真っ暗になり、座り込んでいる体がぐらりと傾く。耳の羽ばたきを止めて着地したククルは、慰めるように私の手の甲を一舐めした。濡れたやすりで撫でられたような感覚が、わずかながらに現実感を取り戻させる。

……ここは現実ではないというのに。

「少年Xは退所後、袴田聡史《さとし》という人物の戸籍を乗っ取った。たぶん、形成手術で顔も変えただろうね。そして、医学部に入学して精神科医になった。それが一番欲求を満たせるからね」

「欲求って……どういうこと？」私は息も絶え絶えに訊ねた。

「杉野華が警察から聞いた話では、少年Xは絶望している人間を殺すこと、そして他人の人生をコントロールすることに強い快感を得ていたらしい。精神科医になった奴は、大量の患者の中から影響を受けやすい患者を見繕って、個人的な〈カウンセリング〉を行い、洗脳して自殺させていた。人生をコントロールし、絶望させ、そして殺す。まさに奴のやりたかったことだ。きっとこれまで、何十人もの人間が、奴に自殺に追い込まれたんだろうね」

「何十人……」想像を絶する数字に舌がこわばる。

「あの男は神研病院の院長だし、大学病院で診察もしている。大量の患者の中からよりどりみどりさ。犠牲者は三桁に達しているかもね」

「じゃあ、飛鳥さんとか佃さんも……」

「それだけじゃないよ。たぶん、片桐飛鳥の父親もさ。彼にパーキンソン病の薬を大量に飲めば震えが止まるって入れ知恵したのも、袴田だよ。片桐飛鳥の父親はここからそう遠くない場所に住んで、しかも神経の難病を患っていた」

「この病院に受診していた……」

「そうだろうね。疾患で仕事と家族を失ったストレスで、精神科も受診していたんだろう。そこで奴に目をつけられた。たぶん、事故のあと角膜を遺そうと首を吊ったのも奴にそそのかされたからだろう。遺書の内容が不十分だったのも、もしかしたら奴がなにか細工したからなのかもね」

「でも……、どうして飛鳥さんまで袴田先生に？」

「他人の人生を支配することに快感を覚えるあの男にとって、自分の陰謀で父親に殺されかけたと勘違いした彼女は最高の標的だよ。しかも、飛行機事故があったのは、奴が診察に行っている大学病院の近くだ。そこに救急搬送されて入院していた片桐飛鳥に接触したんじゃないかな」

「佃さんと、久米さんは……」

「佃の記憶で見ただろ。久米の精神鑑定を、経験のある鑑定医が行ったたって」

「それが、袴田先生だった……」

袴田先生は専門家として多くの精神鑑定を行っていた。鑑定は基本的に、被疑者を二ヶ月近く病院に入院させて行われる。それだけあれば、優香さんに隷属させられるほど他人の影響を受けやすかった久米さんを支配下に置くのは容易だっただろう。佃さんは、久米さんの鑑定について話を聞きに行ったときなどに袴田先生と接触を持ち、最終的に取り込まれてしまった。

そこまで考えた私は、はっと顔を上げる。

「もしかして、優香さんも!?」

「佐竹優香はこの病院の近くに住み、精神的に不安定だった。その可能性は高いかもね。いま考えると彼女の行動はあまりにも突飛すぎた。でも、裏で奴が操っていたとしたら納得がいく。久米に容疑がかかるようにして佐竹優香を自殺させ、そのうえで検察に働きかけて逮捕された久米の鑑定医を買って出る。まさに思うように他人の人生を支配している。奴にとってはとてつもなく大きな快感だったんだろうよ」

ククルは吐き捨てるように言う。

「でも、なんであの人は私を助けてくれたの……？」

袴田先生は私の恩人だった。彼がいなければ、私は壊れてしまっていただろう。

……けれど、私の苦しみの根源も、あの人によるものだった。

「分かるだろ。自分が壊した相手を癒して手元に置く。まさにその人物の人生全てを支配するに等しい行為だ。それに、奴にとって愛衣は特別だった。二十三年前の事件の際、愛衣を殺害することも救うこともできる状況になったとき、奴は他人を支配する快感に目覚めたんだからね」

「そんなことのために私を……」屈辱で頬が熱くなる。

「まあ、それだけではないかもしれないけどさ」

ククルの独白に「え、どういうこと？」と聞き返すと、ククルは「なんでもない、気にしないで」と片耳を振った。

「ねえ……、いま現実の世界であの人は、袴田先生はどうなっているの？」

私は静かに言う。ここが現実でないこと、自らが創り出した夢幻の世界だということを、ようやく呑み込みはじめていた。

「昏睡状態で入院しているよ。現実の世界のこの部屋、特別病室でね」

「私にマブイを吸われたから？」

「いや、事故で負った瀕死の重傷のせいさ」

私は「事故!?」と目を剝く。

「そう、この世界で袴田が交通事故に遭ったのは、杉野華が話してくれたことが愛衣の潜在意識に投影された結果なんだよ。ただ、実際は半身不随になった程度じゃない。手足を切断し、顔面もぐちゃぐちゃさ」

ククルは片耳で顔の右半分を覆った。

「あの夜、愛衣にマブイを吸われたあいつは、放心状態のまま帰巣本能で帰宅しようとした。けれど、その途中で大通りに飛び出してSUVにはねられたらしいよ。まあ、自業自得だよね。ただ、奴がまだ昏睡状態なのは、たしかに怪我のせいじゃない」

「私にマブイを吸われたから。……イレス患者は五人いた」

ククルは「そういうこと」と耳を振った。

「私はイレスの患者さんたちの体から夢幻の世界に入っていたわけじゃなかったのね。この世界で私が担当していた患者さんたちこそ、私が吸い込んだマブイだった。私はマブイに直接触れて、夢幻の世界に這入り込んでいた」

私は真っ白な天井を見上げながら、抑揚なくつぶやく。

「そうだよ。マブイグミが成功したあと、患者たちが退院していったように見えたのは、力を取り戻したマブイが現実世界にある自分の体に戻っていったからだ」

ああ、いま思えば、私は三人の退院に立ち合っていなかった。気づくといつの間にか三人はこの病院から消えていた。主治医なら、退院する患者を見送るのは当然なのに。

「……ククルは最初から全部知っていたの？」

「全部ってわけじゃない。袴田が少年Xだっていうこととか、イレス患者たちが愛衣にマブイを吸われていることは知っていたけど、彼らの過去とかは愛衣とマブイグミしたときにはじめて分かった。あと、杉野華のおかげで、現実世界でなにが起きているかもある程度知っていたね」

「……けれど、黙っていたのね」

「責めるような言い方やめてよね。僕はずっと愛衣をそばで見守って、待っていたんだよ。ああ、そう言えば久内宇琉子っていう名前はアナグラムさ。ローマ字にして組み替えたら、『愛衣のククル』になるんだよ。面白いと思わ……」

「なにを待っていたっていうのよ！」私の怒声ががらんとした空間に響く。

「愛衣の準備が整うのをさ。現実を受け入れる準備を」

「現実を……受け入れる……？」

「そうだよ。愛衣は現実でつらい思いをしていた。とてもつらい思いをね。そんな精神的に消耗している状態で、慕っていた袴田が少年Xだと知り、そのうえ殺されかけるという経験をして限界を迎えた。心が壊れることを避けるため、ユタの能力を開花させ夢幻の世界を創り出し、そこに逃げ込んだんだ。他人のマブイまで巻き込んだのは、その副作用に過ぎない」

ククルは両耳を大きく広げた。

「この夢幻の世界は、愛衣が心を守るために生み出した、自分に都合のいい世界だったんだよ」

自分にとって都合のいい世界。私が望んだ仮初の世界。

「愛衣はここに留まりたかった。けれど一方で分かっていた。いつまでもここにいてはいけないと。それで、三人のイレス患者を助けなくてはいけないという衝動に駆られた。だから僕は愛衣のククルとして、マブイグミの方法を教えて手助けをしたんだよ」

マブイグミの方法を教えて？　困惑する私を尻目に、ククルは話し続ける。

「この特別病室が厳重にロックされていたのも、愛衣が恐れていたからさ。読めないカルテ、開かない扉、必死に患者を匿う医師たち、それらは全部、現実に対する愛衣の恐怖がこの世界で具現化したものだよ」

「でも……今日は入ることができた」

「三回のマブイグミを通して愛衣が成長したからさ。全てを受け入れられるぐらいにね。それに伴って、夢幻の世界も変化してきた。段々、この世界の袴田が怪しい行動を取るようになってきたでしょ。あれは奴が殺人鬼だっていうことを受け入れはじめてきた証拠だ。僕はずっとそれを待っていた。ときどき、愛衣に袴田の印象を聞いたりしてね」

たしかにククルはときどき、袴田先生について訊ねてきた。私のことは全部知っているはずのククルが、なんであんな質問をしてくるのか訝しく思っていたが、ようやく合点がいった。

「この世界の袴田の態度が変化したのを見て、僕も決断したんだ。愛衣に最後の患者が自分であることを見せて、ここが夢幻の世界だと知らせようってね」

一連の説明を終えたククルは、「なにか他に訊きたいことはあるかい」と小首を傾げた。

「……一つだけ」

私はざらついて喉に引っかかる言葉を絞り出す。

「一つだけ教えて。現実世界で、……父さんはどうなったの？」

訊ねずにはいられなかった。答えは分かっているというのに……。

ククルは寂しそうに微笑む。

「死んだよ。半年前、袴田に……少年Xに殺されたんだ」

ああ……、やっぱりそうなのか。私はうなだれる。もはや、頭の重さを支えている力すら残っていなかった。魂が腐っていくような感覚。

半年前、アパートで殺害されたという中年男性、その人物こそ父さんだった。この世界では、どれだけ調べても被害者の名前が見つからなかった。あれは私の潜在意識が、父さんが被害者であることを受け入れられなかったから。

「十ヶ月前、愛衣の父さんは出張で東京に来て、君に会った。その際、袴田を紹介された彼は本能的に気づいたんだよ、奴が少年Xかもしれないってね。なんといっても、二十三年前、少年Xを捕まえたのは彼なんだからね」

そうだ。あの日、私は家族三人で遊園地に行っていた。最初に父さんが刺され、つづいて私を庇ったママが斬りつけられた。そして、私を見つめて動かなくなった少年Xを、父さんは脇腹から血を流しながらも必死に体当たりして倒したのだ。その後、少年Xは周りにいた人々に取り押さえられた。

「彼は少年Xに復讐したかったわけじゃない。大切な一人娘を守りたかったんだよ。だから、会社を辞め、東京のアパートに移り住んで慎重に袴田を調べはじめた。奴が本当に少年Xなのかどうか確かめるためにね。けれど、奴はそれに気づき、彼を手にかけた」

淡々と語るククルの言葉が脳に染み込んでくる。そのとき私はだらりと下げた両手が蒼黒く変色していることに気づく。まるで、じわじわと壊死をしているかのように。

「彼を殺害すると決めた袴田は、まず精神鑑定医として手に入れていた捜査資料を佃に送り、久米を無罪にして釈放させた。もしもの時は、久米をスケープゴートにしようと計画していたんだろうね。警察は奴の計画通り、久米が犯人で、さらに少年Xでもあると思い込んだ。けれど、一つだけ計画外のことが起きた」

「計画外のこと？」私は焦点の合わない目でククルを見る。

「愛衣の父さんと久米を続けざまに殺害したことで、奴の欲望に火がついたのさ。奴は紛れもない快楽殺人者だ。他人をコントロールして自殺させていたのは、代償行為に過ぎなかった。実際に人を殺す快感を思い出した奴は自らを制御できなくなり、〈カウンセリング〉をしていた患者たちを次々と手にかけていった」

「じゃあ、連続殺人事件も……」

「そう、奴が犯人だよ。ただ、暴れ狂う欲望をもはやコントロールできなくなっていたあの男の犯行は、どんどん計画性がなくなっていき、とうとう警察にも目を付けられるようになっていった。もはや逃げられないと悟った奴は、二ヶ月前、最後の犯行を決意したんだよ。自分の原点であり、二十三年前からずっとこだわり続けてきた標的を、そのときすぐに呼び出せる者全員とともに殺そうってね」

「私を……殺そうとした」いつの間にか肘の辺りまで、壊死部位は侵食していた。

「そういうことだね。ちなみに、この世界では事件は続いているけど、現実では二ヶ月前、あの男が事故で昏睡状態に陥ってから犠牲者は出ていないよ。模倣犯による事件みたいなのはあったようだけどね」

説明は終わりというようにククルが耳を振るのを眺めていたとき、脳天をナイフで串刺しにされたような頭痛が走った。悲鳴を上げることもできずうずくまった私の脳裏で、いくつものイメージが爆竹のように連続して弾ける。

目を閉じているハネ太を泣きながら庭に埋めている光景。

力なく横たわるきなこの、首筋に顔をうずめて縋りついている光景。

大量の花とおばあちゃんの遺体が納められた棺を、涙ながらに覗き込んでいる光景。

警察署の地下にある霊安室で呆然と立ち尽くして、父さんの遺体を確認している光景。

蒼白い顔で目を閉じている父さんのこめかみから頬にかけて、大きな×印のような切創が刻まれている。

いつの間にか、頭痛よりも胸の痛みの方が強くなっていた。シャツにじわじわと赤黒い染みが広がっていく。胸の傷跡が開いたのだ。ここは夢幻の世界で、ここにいるのはマブイ、私の魂。二十三年前、深く傷つけられた魂だ。ここが夢幻の世界だと認識したことで、マブイの傷がこの世界の私の体にも刻まれた。

壊死している部位が、上腕から体幹へと急速に広がっていく。マブイが腐っていく。

私自身が腐り落ちてしまう。私はおそるおそるシャツの襟元を引いて覗き込む。血液が滲んでいる傷跡まで壊死部位が侵食し、そこから悪臭を放つ膿が溢れ出してきた。

どす黒く変色した皮膚を緑色の膿が伝っていく光景はグロテスクで、激しい嘔気が襲ってくる。

準備なんかできていなかった。どれだけ成長したとしても、こんなつらい現実を受け入れることなんて、できるわけがなかった。

「大丈夫かい、愛衣?」ククルが肩に乗ってくる。

「大丈夫じゃない……。大丈夫なわけないじゃない……」

大丈夫なわけがない。私は全員、喪ってしまったんだから。

父さんも、おばあちゃんも、きなこも、ハネ太も、そして……ママも。

「私にはもう、誰もいないんだから……」

慟哭《どうこく》とともにその言葉を吐き出したとき、壊死して皮膚が剝がれはじめている首元に、柔らかく温かいものが巻き付く。真冬にマフラーを巻かれたように心地が良かった。

「そんなことないよ」抱きしめるように私の首に耳を回したククルが囁く。「僕がいるよ。いつまでも僕は愛衣のそばにいる。だから、安心して」

ククルのセリフが体に染み入ってくる。嘔気が引いていった。

「でも、現実には……」

「現実でも、愛衣は一人なんかじゃないよ。ほらね」

ククルは私の頭に、狭い額を当てる。その部位から映像が流れ込んできた。個室病室を高い位置から眺めた映像。

「これって……」

「いま、現実で起きている映像だよ」

私が横たわっているベッド、その周囲には見覚えがある三人が立っていた。病室の出入り口辺りでは、華先輩が怪訝な表情で彼らを見守っている。

「あの人たちは……」

「そう、片桐飛鳥、佃三郎、加納環。マブイグミによって君が助けた人たちさ」

「なんで三人が⁉ だって、現実では私とあの人たちは面識なんてないはずでしょ？ まさか、夢幻の世界のことを覚えているの？」

「覚えてはいないだろうね。けれど、完全に忘れたわけでもない。きっと愛衣に助けられたっていう感覚、かすかな記憶だけは目を醒ましたあとでも残っているんだよ」

私はククルの声を聞きながら、意識に直接入ってくる映像を眺め続けた。

「はじめまして……ですよね、識名先生」佃さんがベッドの私に声をかける。「けれど、なんでかな。なんとなくあなたのことを覚えているんですよ。あなたに救われたことを。あなたが、私の『正義』を守ってくれたことを」

佃さんに続いて、飛鳥さんが話しかける。

「私も先生に助けられた気がする。お父さんがなんであんなことをしたのか、どれだけ私を愛してくれていたのか気づかせてくれた気が。だから……ありがとうございます」

最後に、環さんがベッドサイドから私の顔を覗き込んだ。

「識名先生、目を醒ましたら……久米君は遺体で発見されていました。すごくつらかったです。けれど、私はあなたのおかげで乗り越えることができます。私とこの子のために彼がなにをしてくれたのか、あなたが教えてくれたから」

環さんは入院着の上から、少し膨らみはじめている下腹部を撫でる。

「私たちはあなたに救われました。だから、あなたも早く目を醒ましてください」

「そうです。早く良くなってください」飛鳥さんが私の手を握った。

「あなたが一日も早く回復することを、私たちは心から祈っています」

佃さんは目尻にしわを寄せると、「本当にありがとう」と頭を下げる。飛鳥さんと環さんもそれに倣った。

不意に映像が途切れる。私は言葉を発することができなかった。いつの間にか胸の激痛も、全身が腐っていく痛痒さも消えていた。視界が滲み、頬に熱いものが伝う。

「分かっただろ、愛衣」ククルが囁く。「絶望の底にいたあの三人は、君によって救われた。君がマブイグミによって彼らの苦悩を取り去ったんだよ。たしかに君は家族を喪った。それはすごくつらいことさ。けれど、今度は自分自身を絶望から救い出す番だよ」

「でも、私は忘れられないの！　父さん、おばあちゃん、きなこ、ハネ太、……ママ。みんなのことを忘れることなんかできないの！」

しゃくりあげながら叫ぶ私の頬を、ククルは優しく舐めてくれた。

「忘れる必要なんてないさ。みんなとの思い出を大切に胸に抱《いだ》いて、前に進むんだ。それこそ、みんなが望んでいることなんだから。みんな、ずっと愛衣のことを見守っているんだから」

抑え込んでいた感情が堰《せき》を切ったように溢れ出す。

私は泣いた。幼児のように大声を張り上げて泣いた。ママとの記憶を思い出したときと同じように。

その間、ククルはどこまでも柔らかい耳で私を抱きしめ続けてくれた。

2

涙が涸れ果てるほどに泣いた私は、目元を拭って立ち上がる。

「もう、大丈夫かい、愛衣」

私の肩から飛び降りたククルが見上げてくる。私は「うん！」と力強く頷いた。

まだ深い哀しみは胸に刻まれている。けれど、もう後ろは振り返らない。それがみんなが望んでいることだから。

自分の体を見下ろすと、壊死していた部分もいつの間にか元の肌の色に戻っていた。Tシャツに付いていた血液と膿の汚れも消え去っている。

「いい表情だね。それじゃあ、僕からちょっとプレゼントだよ」

ククルが耳を振ると、私の体は蜜柑色の光に包まれた。それが消えたとき、私はTシャツとジーンズという格好から、糊のきいたシャツと紺のズボンの上に白衣を纏った姿に変化していた。

「うん、やっぱりそっちの方が似合うよ。さて、やるべきことは分かっているね」

「私が吸い込んだ最後のマブイ、袴田先生の魂をこの世界から解放するのよね」

「そう、そうすれば愛衣は吸い込んだマブイを全部解放したことになる。その結果、この夢幻の世界は壊れて、愛衣は目を醒ますはずだ。それが、愛衣自身のマブイグミだ」

「けれど、これまでのマブイグミとは方法が違うよね。袴田先生はこの世界では、他の三人みたいに昏睡状態になっていなかった」

「この世界で車椅子に乗っていた袴田はマブイじゃないよ。愛衣のイメージから創り出された夢幻の世界の一部さ。奴のマブイは別にいる」

「そのマブイは、普通に動き回っているの？」

ククルは「うん」とあごを引く。

「マブイが強力な場合は、吸い込まれても意識を失わないことがあるって言ったでしょ。……まあ、このケースは、強力だったのはマブイじゃなくて奴のククルだろうけどね」

ククルはよく分からないことをひとりごつと、気を取り直すように両耳を合わせた。

「なんにしろ、袴田、つまりは少年Xのマブイは、この世界で彷徨っている。ユタとして成長したいまの愛衣なら、本能的にそれが誰だか分かるんじゃないかな」

この世界に彷徨っている袴田先生のマブイ……。口元に手を当てて考え込んだ私は、目を大きく見開く。脳裏に華奢な少年の姿が映しだされていた。

「レント君!?」

「その通り！　草薙蓮人、それが少年Xの本名だよ」ククルは片方の前足を上げた。

「でも、全然年齢が……。それにすごく弱々しかったし……」

「実際の年齢と、マブイの年齢は関係ないさ。少年Xは小さな頃から酷い虐待を受けて育った。だから、マブイが十分に成熟しなかったのかも……」

　ククルがそこまで言ったとき、唐突に突き上げるような揺れが襲ってきた。〈私〉が横たわるベッドが、倒れそうなほどの勢いで揺れる。

「地震⁉」

　洗濯機の中にでも放り込まれたかのような揺れに立っていることができず、しゃがみこんだとき、外から耳をつんざく爆発音が響き、白い壁がビリビリと震えた。音は一度では収まらず、何度もくり返し響く。

　揺れはゆうに一分以上続いたあと、ようやく収まった。爆発音も消える。私は首をすくめながら立ち上がった。

「いまのって、いったい……？」

「思ったより時間がないみたいだね」ククルは厳しい顔でつぶやいた。

「時間がないってどういうこと？　なにが起こっているの？」

「ゆっくり説明している時間はないよ。すぐにこの病院を出て草薙蓮人を探すんだ。説明は途中でするからさ」

　ククルは出口へと向かう。私はわけの分からないままにそのあとを追った。

　出口の前で私は振り返って、ベッドに横たわる〈私〉を見る。

「……今度はあなたを助けてあげるからね」

そう声をかけて特別病室から飛び出した私は、廊下に一歩踏み出したところで唖然として立ち尽くす。病室に入る前と、廊下の様子が完全に変わっていた。敷かれていた絨毯は赤黒く変色し、線虫でできているかのように不気味に蠢いている。壁にかかっていた肖像画に描かれていた人物は、顔の肉が腐って骨すら露出し、苦痛の声を上げていた。

「なんなの……、これ……」

「ほら、ぼーっとしていないで、さっさと行くよ」ククルが私の足首を顔で押す。

「いやよ、こんなグネグネ動いている絨毯！」生理的な嫌悪感が声を高くする。

「ああ、もう。ここは夢幻の世界なんだよ。しかも、愛衣自身の夢幻の世界だ。だから、どうとでもできるんだってば」

ククルは口を開くと、廊下に向かって勢いよく火を吹いた。紅蓮の炎の中で、絨毯の繊維が悲鳴を上げてのたうち回るのを、私は身を引きながら眺める。炎が消えたとき、床には黒い消し炭だけが残っていた。

「これでいいでしょ、早く行くよ」

どうとでもできるなら、もっとスマートな方法はなかったの？　内心で文句を言いつつ、私は早足で進むククルの後ろをついていく。左右に飾ってある肖像画の中で、ゾンビのような姿を晒している人々が上げる悲鳴が、背筋を寒くした。

西洋の甲冑の前を通過しようとしたとき、突然甲冑が動き、剣を振りかぶった。

「愛衣！」

ククルの警告の声を聞きながら、私は反射的に片手を振った。私の指先から生じた風が、かまいたちとなって剣ごと甲冑を両断する。

「おっ、すごいじゃないか。その調子だよ」

ククルは明るい声で言うと、彼の背後で動きはじめていたもう一体の甲冑を、振り返ることもせず耳を刃に変えて、唐竹割りに叩き切った。

「よし、それじゃあ先に進もうか」

カードリーダーに華先輩の職員証を当てて、一般病棟と特別病棟の間を仕切る鉄製の自動ドアを開けた私は、その奥に広がっていた光景に言葉を失う。

病棟が崩壊していた。天井の蛍光灯はほとんどが割れ、大量の破片が埃の積もった廊下に落ちている。壁には大きな亀裂が走り、そこから濁った水が染み出していた。

おそるおそる廊下を進んだ私は、病室を覗き込む。中では錆びた骨組みだけを晒したベッドが、逆さまや横倒しになっていた。もちろん、患者の姿は見えない。ナースステーションでは使用済みの注射器や点滴袋が散乱し、電子カルテのディスプレイは全て叩き割られ、点滅したり火花を散らしたりしている。

「いやあ、酷いありさまだね。これじゃあエレベーターは動かないだろうから、そっちの非常階段から行こう」

「う、うん」

私は非常階段の扉を開けると、タイルが剝がれ落ち、瓦礫が散乱する階段をククルとともに降りて、病棟と同じような有様の一階の外来待合を抜けていく。正面玄関から外に出たところで私は足を止めた。降りしきる雨の向こう側に見える光景が一変していた。

近隣に立っていた数棟のビルは、中腹辺りを噛み取られたかのように抉られて鉄骨を晒し、中には折れて倒れているものすらある。周囲の住宅はほとんどが半壊し、屋根には砲弾を受けたかのような大きな穴がいくつも空いていた。

病院の正面に延びる大通りはあらゆるところで、蜘蛛の巣のような亀裂が入っており、それらの中心には深いクレーターが顔を覗かせている。まるで空襲を受け、街ごと廃墟と化してしまったかのような光景。なにが起きているのか見当もつかない。

「こりゃ、想像以上の破壊力だね」

「どういうことなの……、これ？」

「見たまんまだよ。夢幻の世界が崩壊してきているんだよ」

「それって、私のせい？　私が悪い夢を見ているってこと？」

これまで見た夢幻の世界でも、幻想的な世界が途中で悪夢へと変化していった。

「そうじゃない。これは変化じゃなくて破壊だ。外部から這入り込んだ異物による破壊」

「異物って……、レント君のこと？」

「いいや、草薙蓮人のマブイであるあの子供にそんな力はないよ。あの子は見かけどおりのか弱い存在さ。問題は、あの子と一緒に愛衣が吸い込んだ存在だ」

「レント君と一緒に……」

私は「あっ！」と声を漏らす。

「袴田先生の……、少年Xのククル……」

「ご名答、いまこの世界を破壊しようとしているのは少年X、草薙蓮人のククルだよ」

ククルは声を低くする。

「サーダカンマリに吸いこまれたマブイは、サーダカンマリが創り出した夢幻の世界で昏睡状態となり、マブイ自身も夢幻の世界を創り出す。そしてククルはマブイが創った夢幻の世界に囚われる。けれど、まれに吸われても意識を失うことなく、サーダカンマリの夢幻の世界で彷徨うマブイがいる。今回のあの少年がそうだ。その場合、マブイのククルも同じ様にサーダカンマリの夢幻の世界にいることになる」

「袴田先生のククルは、ずっと私の夢幻の世界にいたのね」

「ああ、そうだよ。奴のククルは自らの存在をこの世界に溶かしこみ、潜んでいたんだよ。そして、地震を起こしたり、時にはマブイを核として一部を実体化させたりしてじわじわと破壊をくり返していたんだ。たとえば、人間を殺して原形がなくなるまで遺体を破壊したりしてね」

ククルは両耳を合わせ、こねるように動かした。

「それも、袴田先生のククルの仕業……」

だからこそ、『核』となるレント君が入院している間は、殺人事件が止まっていた。

「そう、奴は現実世界でも連続殺人を犯し、そしてこの夢幻の世界でも奴のククルが人を殺し続けているんだ。もはや奴は人間じゃない。完全なモンスターさ」

「ねえ、ククル」私はククルを見つめる。「そろそろ教えてよ。ククルっていう存在はなんなの？　マブイを映す鏡っていうのは嘘でしょ？　だって、弱々しいレント君と、こんな破壊をする袴田先生のククルじゃ、あまりにも性質が違い過ぎる」

「べつに嘘ってわけじゃないよ。ククルはある意味、マブイを、つまりはその人物の本質を映す鏡ともいえる。ただ、たしかに正確ではないね」

ククルは大きく息を吐いたあと、話しはじめる。

「ククルっていうのは、琉球の言葉で〈心〉っていう意味さ。動物は心の欠片である〈感情〉を常に周囲に与え、同時に受け取りつつ生きている。特に知性が発達した人間ではそれが顕著だ。そして、他人から受け取った心の欠片は、やがて魂の、マブイの中に蓄積し、分離してククルが生まれるんだ。つまり僕たちククルは、その人物が受け取った感情の集合体ってことさ」

「感情の集合体……」

「そう、愛情や友情なんかの正の感情も、怒りや憎しみ、妬みなんかの負の感情も、全てがククルを構成する要素だよ。浴びてきた感情が反映されるってことを考えると、人生を映す鏡、つまりはマブイの鏡みたいなものとも言えるでしょ」

そんな強引な、と心の中で突っ込む私の前で、ククルは踊るように一回転した。

「ねえ、愛衣。僕ってとっても可愛いと思わない？」

緊迫した場面にそぐわないセリフに、「は？」と眉根が寄ってしまう。

「だからさ、僕って客観的に見てすごく可愛らしいククルだと思うんだよね。それはね、愛衣がこれまでたくさんの愛情を注がれたからさ」

「愛情を……」

「そうさ」ククルはウィスカーパッドをにっと上げる。「父さんから、おばあちゃんから、きなことハネ太から、そしてママから、君はたくさんの愛情を浴びた。それが積み重なって僕は生まれたんだよ。だから言ったでしょ。僕がいる限り、愛衣は一人ぼっちなんかじゃないって」

熱いものがこみあげてきて、私は口元に手を当てる。滲んだ涙を、ククルが耳を伸ばして拭ってくれた。

「ああ、本当に愛衣は泣き虫なんだから。そんなわけで僕はこんなに可愛くて性格のいいククルになった。けれど、それとは対照的な環境で生まれたククルがいる」

「袴田先生、少年Xのククル……」

「そう、草薙蓮人は幼い頃から苛烈な虐待を受けて育った。その過程で、両親から浴びせられ続けた大量の負の感情が蓄積し、怪物のようなククルが誕生した。マブイを呑み込んでしまいそうなほどのククルがね」

「それじゃあ袴田先生の……、少年Xの犯行はククルのせいなの？　袴田先生は悪くないの⁉」

勢い込んで訊ねると、ククルは耳を交差させた。

「ククルとマブイはお互い複雑に影響を与え合い、人間のキャラクターとして現れるんだよ。たしかに奴が快楽殺人者になったのは両親に虐待された影響があるだろう。けれど、同じような環境で育っても、犯罪者になるとは限らない。それどころか、立派な人格者になる人間もたくさんいる。同情の余地はあるけれど、奴に罪がないってことにはならないさ。奴は自ら選択し、多くの人間を殺害していることには違いないんだ」

「……そうだよね」

頭に浮かんでいた優しく微笑む袴田先生の姿を、私は首を振って振り払う。

「まあ、いくら負の感情を浴び続けても、普通、ククルは怪物になったりしないんだけどね。基本的に僕たちは、マブイから産まれ、そして寄り添っていく存在なんだからさ」

独り言のようにククルがつぶやく。私が「え？」と聞き返すと、ククルはごまかすように耳を振った。

「いや、気にしないで。それより、これからするべきことに集中しないと」

ククルの態度が少し気になりながらも、私は頷いた。

「それじゃあククル、教えて。これから、私はどうすればいいの？　どうすれば私は目を醒ますことができるの」

「まずはあの子供、奴のマブイを探すことだ。どんなに強大なククルでも、マブイなしには存在し得ない。ただ気をつけて。奴のククルも、あの子供を探しているはずだ」

私はレント君が窓の外を眺めながら、「パパとママが呼んでいる」と言っていたのを思い出す。マブイである彼はあの時、自分の邪悪なククルに呼ばれていたのだろう。

「ユタである愛衣の夢幻の世界は強靭だから、奴のククルもそう簡単には動くことができなかった。だからこそ、マブイであるあの子供をこの病院に連れてきて、保護することもできたのさ」

「けれど、レント君は出ていっちゃった」

「奴のククルが力をつけている、というか愛衣に吸い込まれた衝撃で失った力を取り戻しているってことだね。そのせいで、あの子供は病院から姿を消した。奴のククルはマブイであるあの子供を完全に取り込んで実体化し、その能力を最大限につかってこの世界を乗っ取るつもりだろうね」

「私がやるべきことは、レント君を見つけることね」

「うん、そうだよ」ククルはあごを引く。「あの子供さえこの世界から排除すれば、奴のククルも消えて愛衣は目醒めるさ」

「……排除って、どういうこと？」不吉な響きに、顔がこわばってしまう。

「どう解釈するかは愛衣しだいだよ」

ククルが思わせぶりな言葉を口にした瞬間、雷鳴が轟き、十数メートル先の地面が抉り取られる。足元が大きく揺れた。私は大量の雨粒が落ちてくる空を見上げる。天空を覆いつくした黒い雲の中で、稲妻が走っているのが見える。現実ではありえない、漆黒の稲妻が。

さっき病室で聞いたのは、黒い雷が一斉に落ちて、街を破壊した音だったのかもしれない。

「いやあ、これは本格的にやばいね。悠長に話している暇はなさそうだ。この夢幻の世界が完全に侵食されたり、破壊される前にあの子供を排除しないと。愛衣、行くよ」

「もし夢幻の世界が、完全に乗っ取られたり破壊されたらどうなるの？」

ククルの焦る様子が不安を掻き立てる。ククルは硬い声で答えた。

「愛衣のマブイ、つまり君は、完全なる〈無〉に囚われることになる。現実の世界で目醒めることは二度となくなる」

恐ろしい事実に喉からヒューと笛を吹いたかのような音が漏れた。

「大丈夫だよ、そんなことにはならないからさ。いざとなったら僕がどうにかするよ」

「どうにかって、なにか方法があるの⁉」

「あるにはあるけど、本当の最終手段って感じかな。なんにしろ、いまは説明している余裕はない。早くあの子供を探さないと。愛衣、あの子がどこにいるのか見つけて」

「そんなのできるわけ……」

「できるよ。ここは愛衣の夢幻の世界なんだからさ。集中してごらんって」

ククルは力強く言う。私は思わず「う、うん」と頷くと、言われた通り瞳を閉じて意識を集中させた。

レント君……。瞼の裏に、ほのかに光が灯ったような気がした。目を開けると、ククルが「分かったかい？」と訊ねてくる。私は病院の前の大通りを指さした。

「この先、ここからまっすぐ行ったところにレント君がいる気がする」

「いまの愛衣がそう感じるなら間違いないよ」

ククルはそう言うと口をすぼめ、シャボン玉のような透明な泡を吹いた。それはみるみるうちに大きくなると、私たちを包み込む。

「これで雨に濡れることはない。それじゃあ、行こう」

神研病院をあとにした私たちは、廃墟と化した街を進んでいく。辺りは破壊し尽くされ、人影がないどころか、生物の気配さえしない。そんななか、この大通りの街灯だけは壊れることなく、黒紫色の妖しい光を放っていた。

「警戒しなよ。ここは現実じゃなくて、悪意のあるククルによって変容した夢幻の世界なんだ。どんな危険があるか分からない」

「これまでの夢幻の世界と一緒ってことね」

「そう、これまでの冒険と一緒だよ。そして、これが最後の冒険だ」

最後の冒険。私は泡に入って一緒に歩くククルを見下ろす。

たくさんの人たちが私に注いでくれた愛情から生まれた、可愛らしいうさぎ猫。彼とともに幻想的な世界を彷徨うのもこれが最後……。胸に湧いた寂しさから、私は目を逸らす。

そんなことを考えている余裕はない。いまはレント君を探すことだけを考えよう。彼を探しだして、そして……。

アスファルトにひびが入り、ところどころに大きなクレーターが顔を覗かせる大通りを、私たちは歩いていく。空からは絶え間なく、大量の雨粒とともに黒い稲妻が降り、大地を抉り、揺らしている。

おかしい……。足を動かしつつ、私は警戒を強める。通りを進みはじめてから、すでに十五分以上経っている。たしか、この大通りは五分ほどでT字路になっているはずだ。

しかし、道はまだまっすぐに続いていた。街の構造が変わっている。気づくと、通りの左右に並んでいた破壊された住宅街も消え、荒れ果てた空き地が広がっていた。

もうすぐ、決戦の地に到着する。この世界を侵食している少年Xのククルとの決戦の地に。その予感に、緊張が血液にのって全身の細胞に行き渡っていく。

「……なにか見えてきたね」ククルがぼそりとつぶやく。

目を凝らすと、降りしきる雨の向こう側にうっすらとアーチ状のものが見えた。近づいていくにつれ、その正体がはっきりする。それは門だった。ゆうに五階建てのビル程度の高さのある大きな鋼鉄製のゲート。その向こう側から、この殺伐とした世界には場違いな、明るく派手やかな光と、陽気な音楽が漏れてくる。

「愛衣、あの子供はここにいるかい？」

数秒間意識を集中した後、私は頷く。この扉の向こう側からレント君の気配が伝わってきた。

「じゃあ、最終決戦と行こうか。愛衣、扉を開いて」

「分かった」

私は片手を振り、心の中で『開け』と命じる。何トンもありそうな巨大な扉は、軋みを上げながらゆっくりと開いていった。

隙間から、暗さに慣れた目には眩しすぎる光が溢れてくる。私は顔の前に手をかざして目を細めた。やがて、明るさに慣れた瞳が、扉の奥に広がっている景色を捉えた瞬間、心臓が氷の手で鷲摑みされた。

そこは遊園地だった。色とりどりの明かりに照らし出された夜の遊園地。入り口の正面にある噴水は七色にライトアップされ、天まで届きそうなほど高く水柱を上げている。

二十三年前、少年Xに襲われた遊園地。

「ここが……、決戦の地……」

ククルは「そうみたいだね」と頷いた。

「なんでここが……。ここだけは来たくなかったのに……」

うわごとのようにつぶやいた瞬間、胸元から脇腹にかけて鋭い痛みが走った。

二十三年前、私のマブイに刻まれた傷が疼いている。

「これまでの夢幻の世界でも、その世界を創った人物のトラウマが色濃く表れた場所でマブイグミをすることが多かったでしょ。今回も同じだよ。愛衣の心に刻まれていたトラウマがこの遊園地を創り出し、決戦の場所、マブイグミをする場所になった」

大量の蟲が這い上がって来るかのように、足から生じた震えが全身へと広がっていく。胸の痛みがさらに強くなる。また、傷跡が開いたかもしれない。私は胸元を押さえつつ、正面の噴水を睨む。

「愛衣、行けるかい？」

ククルが心配そうに訊ねてくる。私は奥歯が軋むほどに強くあごに力を込め、全身に走る震えを抑え込んだ。

「大丈夫！」腹の底から声を出す。

私はトラウマを、あの惨劇の記憶を克服すると決めたのだ。これほどふさわしい舞台はない。

行こう。あの日の記憶と、あの惨劇を起こした張本人と対峙し、そして打ち勝とう。

私は拳を握りしめると、枷がつけられたように重い足を引きずり、正面にそびえ立つ門へと一歩一歩近づいていく。ゲートをくぐると同時に、噴水を照らす光が細かく点滅しはじめた。まるで、警告するかのように。

「邪魔！」

私は真横に手を振るう。立ち昇っていた水柱が真ん中で折れ曲がり、そして崩れ落ちる。噴水が止まったことで、その向こう側に広がる遊園地の様子が露わになった。

メリーゴーラウンド、ジェットコースター、観覧車、コーヒーカップ、様々なアトラクションが雨の中、鮮やかな原色の光に浮かび上がっていた。

ここのどこかにレント君が……。私は「行くよ、ククル」と促して、園内を進んでいく。噴水の池のそばを通過したとき、ゴミ箱の陰から不意に影が飛び出した。

「ようこそ！」

身構える私に、リスの着ぐるみが話しかけてくる。事件があった遊園地のマスコット。

「今日はいっぱい楽しんでいってね」

あの日、このキャラクターの着ぐるみと喜んで記念写真を撮ったはずだ。けれどいまは、どこか腹に一物隠しているような嘘くさい笑顔が不気味だった。

「どのアトラクションがお好み？　ジェットコースター？　お化け屋敷？　それとも……」

ぺらぺらと話しかけてくる着ぐるみを無視しながら、私は園内を見回す。ライオン、サイ、犬、トカゲなど、様々な動物をデフォルメしたマスコットがいるが、人間の姿は見えなかった。

「ねえ、ちょっといい？」

私はまだ一匹でまくし立てている着ぐるみに話しかける。

「うん、どうしたのかな？　困ったことがあったらなんでも言ってごらんよ」

「この遊園地で、小さな男の子を見なかった？」

「迷子を探しているのかい？　それなら、迷子センターに行くといいよ」

「そうじゃなくて、あなたが見たか訊いているの！」

私が声を張り上げると、着ぐるみは嘘っぽい笑みを浮かべたまま小首を傾げたあと、ぽんっと両手を合わせた。

「ああ、男の子ね。もしかして、あそこじゃないかな」

着ぐるみは遠くにあるメリーゴーラウンドを指さす。そちらを見た私は目を見張った。メリーゴーラウンドにあるカボチャの馬車に、痩せた少年が俯いて座っていた。

私は地面を蹴って駆けだす。後ろから「あとでパレードもあるから、楽しみにねー」という緊張感のない声が追ってくる。

「愛衣、焦らないようにね。草薙蓮人のククルも近くにいるはずだから、警戒して」

並走しながらククルが言う。「分かってる」と答えつつ、私の視線は遠くに見えるレント君に吸い寄せられていた。彼を保護できたら、彼と会ったらどうするべきなのか、いまだ結論が出ていないことが視野を狭めていた。

メリーゴーラウンドに近づいた私は、手を振って体を覆っている泡を割る。雨粒を体にうけながら、私が周囲にある柵を飛び越えたとき、いきなりメリーゴーラウンドが回転をはじめた。ラベンダー色の照明の下、馬やラクダ、車、船、昆虫など様々なものが回っている。その速度は現実のメリーゴーラウンドを遥かに凌駕していて、触れただけで吹き飛ばされてしまいそうだった。

私の前を、カボチャの馬車が通過した瞬間、私は「レント君！」と叫ぶ。

レント君が顔を上げ、こちらを見たような気がした。彼の姿が高速で流れていく。

止まれ！　私は心の中で命じると、片手を突き出す。歯車に異物が挟まったような音が響き、メリーゴーラウンドの速度が急速に落ちていく。

ククルがジャンプして私の肩にしがみつくと同時に、私はメリーゴーラウンドに飛び乗った。

私の妨害から解放されたメリーゴーラウンドは一気に回転速度を上げる。勢いでバランスを崩した私はしゃがみこんだ。少しでも気を抜けば、遠心力で外に弾き出されてしまいそうだ。ラクダとモーターボートの間を這いながら抜けていくと、私の白衣に爪を立てて捕まっているククルが「あっち」と奥を耳でさした。その方向に、レント君が乗ったカボチャの馬車が見えた。

「レント君！」

私は再び声を張り上げる。レント君の口が「お姉ちゃん」とかすかに動くのが見えた。

「待ってて！　いま行くから」

そのとき、至近距離でいななきが響きわたった。すぐそばにあったプラスチックの馬が、私を踏みつぶそうとするかのように両前足を高々と上げる。

「危ない！」

ククルが伸ばした両耳で馬の後ろ足を払った。蹄を私に向けていた馬は、もんどりうって倒れると、足をばたつかせながら悲鳴を上げる。その声に呼応したように、周囲にいたニワトリ、カブトムシ、カマキリなどのプラスチック製の生物たちが一斉に襲い掛かってくる。ククルが耳を振るって動物たちから守ってくれている間に、私は両手を床に当てて念じた。

吹き飛べ！

私とククルを中心に突風が吹き、周囲にいた動物たちを弾き飛ばす。ひっくり返って六本の足を動かすクワガタムシをまたいで、私たちはカボチャの馬車へと近づいていく。

「レント君！」扉を開けて馬車を覗き込むが、そこにはもう痩せた少年はいなかった。

「愛衣、あそこ！」

ククルが外を耳でさす。走馬灯のように流れていく外の景色の中、光を当てたプリズムのように虹色の明かりを放っている平屋建ての建物に、重い足取りで入っていくレント君の姿が見えた。

私は再び床に手をついて、『止まれ！』と念じる。今度は歯車ごと破壊されたような異音が足の下から聞こえ、メリーゴーラウンドの回転が減速していった。ある程度、速度が落ちるのを待って、私とククルはメリーゴーラウンドから飛び降り、レント君が入った建物へと向かう。

入り口に掛かっている簾をくぐって建物に入り、薄暗い道を進もうとした私は、額に激しい衝撃を受けてのけぞってしまう。目の前に火花が散った気がした。

「痛そうだね、平気かい？　だから焦るなって言ったのにさ」

ククルの声が聞こえてくる。瞼を上げると、目の前に〈私〉が立っていた。

「鏡……？」

「そう、これはミラーハウス、鏡でできた迷路だよ。入り口に書いてあったでしょ」

ククルの声は背後から聞こえてくるが、姿は前方に見える。私はそっと手を伸ばすと、すぐそばの空間に鏡があった。滑らかでひんやりとした感触が指先に伝わってくる。

「この中にレント君が？」

「そうみたいだね。けれど、慎重に進まないと……」

ククルがそこまで言ったとき、奥にレント君の姿がちらりと見えた。「レント君！」と、とっさに走り出した私は、再び鏡に思い切り額をぶつけてしまう。

「……そうなるって言おうとしたのに」

あまりの痛みにうずくまって額を押さえていると、呆れ声をあげながらククルが近づいてくる。

「でも、レント君の姿が見えたから……」

「ここで慌てたら、愛衣の額がもたないよ。こうやって、確認しながら進むんだよ」

ククルは両耳を前方に突き出しながら歩き出した。私もそれに倣い、両手を前にして歩いていく。薄暗い鏡の迷宮を四苦八苦しながら進んでいると、再びレント君の後ろ姿が遠くに見えた。

「レント君、こっち！」

声を上げると、レント君が緩慢な動作で振り返った。

「お姉ちゃん……」

か細い声が鏡の道に反響する。今度は慎重に、両手を突き出したまま、私はレント君との距離を詰めていく。途中、何度も鏡の壁に行く手を阻まれながらも、私は足を動かしていく。とうとう、レント君に手の届きそうな距離まで近づけた。

私はしゃがんで両手を伸ばす。彼もおずおずと手を伸ばしてきた。

レント君を抱きしめられる。そう思ったとき、手が冷たく硬いものに触れ、そこにいたレント君の姿も掻き消える。

「また鏡⁉」

小さく舌を鳴らした私は、左右に視線を送ってレント君の姿を探す。すぐ近くにいるはずだ。

右後方に、ゆっくりと離れていくレント君の後ろ姿があった。私は急いで、しかし鏡にぶつからないように気をつけながら、小走りでそちらに向かう。

「レント君、待って！」

声をかけるが、彼は振り返らずに角を曲がって姿を消してしまう。レント君のあとを追っていき、彼が消えた通路に入った瞬間、全身の皮膚が粟立った。私は声にならない悲鳴を上げて崩れ落ちる。

そこには少年Xが立っていた。血に濡れたナイフを持ったあの日の少年Xが。

事件の記憶が鮮明に蘇り、私は腰を抜かしたまま後ずさる。

「いや……、いや……」

あの日のように、少年Xは感情の浮かんでいない双眸で私を見つめ続けた。

私は座り込んだまま反転し、這って逃げようとする。しかし、そこにも少年Xは立っていた。

合わせ鏡の中、延々と無数の少年Xが立っている光景が、精神を蝕んでいく。

「愛衣！」追いついたククルが私のそばに寄り添う。「大丈夫、この少年Xは本物じゃない。君の恐怖心が作った虚像だよ。トラウマを克服するんだろ。もう、少年Xは君を傷つけられない。君が強くなったからだ。だから、勝つんだ。奴を消し去るんだよ！」

伏せていた視線を上げると、鼻がつきそうな距離にククルの顔があった。

大きな瞳、まるで星が浮かぶ宇宙のように細かい煌めきを内包した琥珀色の美しい瞳と目が合う。胸にわだかまっていた息苦しさが洗い流されていく。

私は顔を上げ、少年Xを見た。

少年Xのイメージはずっと、象ほどに巨大なトカゲだった。喜怒哀楽、どの感情を見せることもなく、ただ本能の赴くままに獲物を捕食する巨大な爬虫類。しかし、いま目の前に立っているのは、まだ幼さを残す痩せた少年でしかなかった。

私はまじまじと少年Xを観察する。袖から覗く腕は枯れ木のように細く、栄養失調であることをうかがわせる。顔色は悪く、痩せすぎているせいか、眼窩が落ちくぼんでいる。Tシャツの襟元からは皮下出血で変色した皮膚がわずかに覗いていた。

「こんな弱々しい子に、私はずっと囚われていたの……？」

私はククルの頭を撫でる。彼は気持ちよさそうにゴロゴロと喉を鳴らした。

「弱々しく見えるのはいまだからだよ。少し前まで、君にとって少年Xは紛れもない怪物だった。けれど、君はマブイグミをくり返すうちに強くなり、少年Xに奪われた記憶を取り戻した」

「ママとの記憶……」

「うん、そうだよ」ククルは私の手に頬をこすりつける。「だからこそ、少年Xを怪物でなく、一人の少年として見ることができているんだ。さあ、いまこそ深層意識に刻み込まれた、奴への恐怖を消し去るんだ」

伏せていた上半身を起こした私は、力強く頷くと、前後に連なって立っている無数の少年Xたちに向かって両手を向ける。

消えろ！　そう念じた瞬間、掌から閃光が迸り、前後の鏡をそこに映った少年Xごと破壊していく。直線上に並んだ鏡が粉々に砕け散り、ダイアモンドダストのような煌めきを残して落ちていった。

「……物理的に消せって意味じゃなかったんだけど」

つぶやくククルに、「こういうのは派手な方がいいじゃない」と言って立ち上がった私は、自分で開けた大穴の向こう側に見える外に、レント君が歩いていることに気づく。

「ククル、あっち」

鏡の破片で怪我をしないように気をつけつつ外に出て、遠くに見えるレント君を追おうとした。そのとき、底抜けに明るい音楽とともに、前方の大通りを大量の電飾で派手派手しく光り輝く海賊船が横切った。行方を遮られた私は、唖然として船底に車輪のついた海賊船を見上げる。そのデッキでは、海賊の格好をした様々な動物の着ぐるみが手を振っていた。

「どうやら、パレードみたいだね」ククルがため息交じりに言う。

海賊船に続いて、気球や飛行機、機関車、はては機械でできたムカデなど、電飾で覆われたさまざまな乗り物の上で、着ぐるみたちが楽しげに踊っていた。

「ちょっと、邪魔。どいてよ！」

雨に降られながら必死で声を張り上げるが、着ぐるみたちはパレードを続ける。

私は「ああ、もう」と声を荒らげると、飛行機と機関車の間をすり抜け、通りの向こう側へと移動して周囲を見回す。しかし、すでにレント君の姿は消えていた。

背後から聞こえてくる陽気な音楽が神経を逆撫でする。

「なんでこんなときに！」

「怒っても仕方ないよ。このパレードも愛衣の夢幻の世界の一部、つまりは君のイメージから生まれたものなんだからね」

ククルに正論を吐かれた私が顔をしかめているうちに、パレードは大通りの十字路を曲がり、レンガ造りの建物の陰へと消えていった。

レント君はどこに行ったんだろう。彼の姿を探し、ジェットコースターがある広場を徘徊していると、遠くから悲鳴が聞こえてきた。いや、それは悲鳴というよりも断末魔の絶叫に近いものだった。恐怖や苦痛が色濃く溶け込んだ声。それが雨音の中、何重にも重なって聞こえてくる。私とククルは顔を見合わせたあと、同時に音が聞こえてくる方向を見た。ついさっき、煌びやかなパレードが消えていった通り。

私たちは駆けだす。レンガ造りの建物の角を曲がると、石畳でできた横幅五十メートルはあろうかという通りがまっすぐに延びていた。右手にはイルミネーションで輝く観覧車が建ち、そして三百メートルほど先の通りの突き当たりには、美しくライトアップされた西洋風の城がそびえ立っている。しかし、私の意識はそれらの建造物ではなく、数十メートル先の石畳の上に広がっているものに吸い寄せられていた。

パレードに参加していた着ぐるみたちの遺体が、そこには散乱していた。もはやそれは遺体というより、残骸に近いものだった。どの着ぐるみも原形をとどめておらず、四肢を千切り取られ、顔が潰され、体を裂かれて内臓が溢れ出していた。

私の足元に、栗色の毛で包まれた腕が落ちていた。この遊園地に入って来たときに声をかけてきたリスの着ぐるみの腕。柔らかそうな毛とピンク色の肉球の醸し出すファンシーな雰囲気と、引きちぎられた筋肉と折れた骨がのぞくグロテスクな切断面があまりにも対照的で、なにやら前衛芸術を見ているような心地になる。

「……いた」

ククルのつぶやきを聞いて顔を上げた私は、拳を握りしめる。

破壊された乗り物の破片と、着ぐるみたちの遺体の中、痩せた少年がこちらに背中を向け、立ち尽くしていた。

「レント君……」

私が名前を呼ぶと、彼はゆっくりと振り返った。その体に付いている血液、臓物、脳漿を雨が洗い流していく。

「お姉ちゃん……」

レント君は熱に浮かされたような声でつぶやいた。肩に飛び乗ったククルが「油断しないようにね」と囁いてくる。

「これは……、君がやったの？」

なにが起こっても対応できるように、私は腰を落としながら訊ねる。レント君は血液がべっとりと付いた自分の両手を見下ろした。

「……やりたくなかったんだ。こんなこと……。でも……、パパとママが……」

レント君は黒い雲で覆われた空を仰ぐ。その瞬間、黒い稲妻の雨が降り注いだ。体が吹き飛ばされそうな衝撃と鼓膜が破れんばかりの爆音に、私は反射的に目を閉じ、顔の前に片手をかざす。足元から突き上げるような揺れが走る。特別病室のときと同じ現象。

揺れが収まり、おずおずと瞼を上げた私は目を疑う。

遊園地が破壊されていた。観覧車は骨組みが焦げて傾き、道の突き当たりにあった城は半壊して炎を上げている。左側に連なっていた、ヨーロッパの港街を彷彿させるレンガ造りの建物も、その大部分が崩れ去っていた。石畳にはいくつものクレーターが生じ、散乱していた着ぐるみの遺体が燃えたのか、タンパク質が焼ける不快な匂いが辺りに充満している。

「街をめちゃくちゃにしたのは、いまみたいな稲妻の雨だったみたいだね」

ククルが全身の毛を逆立て、戦闘態勢を作りながらつぶやく。

「いまの、少年Xのククルがやったの？　それって、どこにいるの？」

私は空を見上げるが、雷雲の中で黒い稲妻が走っているだけで、少年Xのククルらしきものを見つけることはできなかった。

「……パパとママが来る」

恐怖と絶望が色濃く滲んだ声でレント君がつぶやくと同時に、それは起きた。空を覆っていた黒雲が渦を巻きはじめる。その回転速度はみるみるうちに上がっていくと、漆黒の竜巻となって地上へと吹き降ろした。

黒い竜巻がレント君に纏わりつき、その体を飲み込んで膨らんでいくのを私はただ狼狽しながら眺めることしかできなかった。

竜巻となって墜ちてきた黒い雲の塊が、次第におぞましい姿を形作っていく。

「これが……、少年Xのククル……」

震え声でつぶやきながら、私は数十メートル先に現れた異形の生物を見上げる。

それは、怪物だった。それ以外に表現する術を私はもたなかった。

触手のようにぬめぬめと蠢く無数の足に、小さな丘ほどもある亀の甲羅のような胴体が支えられ、そこから十数本の首が生えている。樹齢数千年の縄文杉の幹のごとき太さと長さのあるその首の先端には、黒曜石のように黒光りするたてがみが生えたティラノサウルスのような頭部があった。

「龍……」無意識にその単語が口をつく。

「たしかに龍みたいに見えるね。体の方はそんな格好いい感じじゃないけどさ」

ククルが軽口をたたくが、その口調には緊張が満ちていた。

十数本の首が縒《よ》り合わさると、雲が晴れて夜空が広がる天空に向けて龍たちが牙の生えた口を大きく開く。大地が震えるような咆哮とともに、龍たちの口から黒い稲妻が迸り、空を引き裂いていく。

「ずっとこの世界の空を覆い尽くしていた黒雲こそ、少年X、草薙蓮人のククルだったんだ。そして、あの子供を核として一部が実体を持っては、人を殺していたんだろうね」

ククルが両耳を伸ばして身構える。

一部とはいえ、あんな怪物が犯人だったのか。遺体の原形が残らないのも当然だ。

「あんなのが、ずっとこの世界に？　少年Xは両親からそんな酷い感情を浴びてたの？」

規格外の怪物に圧倒され、舌がうまく回らない。

「最初からここまでの存在じゃなかったはずだ。この二ヶ月息をひそめてこの世界を侵食して、自分の存在を大きくしていったんだろうね。とはいえ、普通ならここまで強力でグロテスクなククルにはならない。あのククルはあまりにも規格外だ。……これは、草薙蓮人が両親を殺したせいさ」

龍たちが絡み合っていた首を解いていく。その目が、私たちの方に向いた。私は必死に恐怖心を押し殺しながら、「どういうこと⁉」と声を絞り出す。

「ククルを構成するのは、毎日浴びている感情だけじゃないんだよ」

ククルは私と目を合わせると、少しだけはにかむような表情を浮かべた。

「人間は肉体が滅びるとき、つまり命を失うとき、マブイの欠片を身近な人たちに遺すのさ。その人に対する感情と一緒にね。そのマブイは受け取った人物のククルの一部として残り続ける」

私の脳裏に、マブイグミを成功させたときの記憶が蘇る。夢幻の世界が崩れる寸前、佃さんのククルは彼の妻へ、環さんのククルは彼女の婚約者である久米さんへと姿を変えた。それに、飛鳥さんのククルからは、彼女の父親である羽田将司《はだまさし》さんがどれほど娘を愛していたかが伝わってきた。あれらは、三人が愛し、そして愛された人物のマブイが、その魂が三人のククルに溶け込んでいたからこそ起こった現象だったということか。

「少年Xの場合は……」

「基本的に、マブイの欠片は親しい相手のククルに溶け込む。だから、嫌っている相手、憎んでいる相手にマブイの欠片を遺すことはほとんどない。ただし、例外がある。身近な者に悪意を持って殺されるケースだ。その場合、被害者のマブイは迸る負の感情とともに、犯人のククルに融合することがある。まさに、呪いのようにね」

ククルは一度言葉を切ると、怪物を見つめながら舌を出し、口元を一舐めした。

「草薙蓮人が両親を殺害したとき、殺された二人のマブイは無尽蔵の怒り、恨み、憎しみとともに奴のククルに溶け込んだ。そうして、胸におぞましい怪物が巣食うようになり、奴はそれに呑み込まれていったんだ」

説明を聞き終えた私は、あることに気づき、「じゃあ……」とククルを見つめる。

「これ以上、お喋りしている時間はなさそうだよ」

ククルがあごをしゃくる。龍たちがこちらを睨みながら、口を開きはじめていた。

「来るよ！　防いで！」

ククルは叫ぶと、伸ばした両耳を高速で回転させて光の盾を創り出す。私も裏側から両手を盾に添えて強化した。それと同時に、龍たちが黒い稲妻を放った。迸った雷は、光の盾に衝突すると激しい火花と炎をまき散らす。直撃は防いだものの、交通事故に遭ったかのような衝撃が全身を襲い、私とククルは十数メートル吹き飛ばされて、濡れた石畳に叩きつけられた。

うめきながら身を起こした私は、目を見開く。一頭の龍がこちらに向かって大きく口を開いていた。私とククルはとっさに横に飛ぶ。その直後、私たちがいた場所を黒い稲妻が薙いだ。熱されたナイフを当てたバターのように、石畳が切り裂かれていく。

ククルが両耳の先端からレーザー光線を放つ。それは怪物の胴体に直撃してわずかに破壊するが、すぐに傷の周囲から黒い雲が湧きあがり、その部分を修復してしまう。

「こりゃだめだ。愛衣、ひとまず逃げよう」

ククルは首をくいっと捻る。私は立ち上がって頷くと、ククルと一緒に走り出し、ミラーハウスがある大通りまで戻ってレンガの建物の陰に隠れた。

咆哮とともに漆黒の稲妻が走り、建物を貫通して破壊していく。私は両手を掲げて透明の障壁を作り、落ちてくる瓦礫の雨から身を守った。

「これは本格的にヤバいね。あの怪物、手が付けられない」

焦燥の滲むククルの声を聞きつつ、私は建物の陰から怪物の様子をうかがった。こちらに向かっているようだが、あまりにも体が巨大すぎるのか、その速度は遅い。

「一度逃げて態勢を整えた方がいいんじゃない？」

「そうしたらさらに手が付けられなくなる。もうあのククルには、この世界を侵食する力が十分にある。だからこそ、こうしてこの夢幻の世界の創造主である愛衣の前に姿を現したんだよ」

「じゃあ、どうすればいいの⁉」

私が声を裏返すと、ククルは両耳を組んだ。

「……一つだけ方法がある。あの子供を取り返すんだ」

「レント君を？」

「そう、怪物はマブイであるあの子供を核としてでき上がっている。もし、子供を引っこ抜くことができたら、怪物は体を保っていられなくなるはずだよ」

「また、空に戻って黒い雲になるってこと？」

「いや、そうはならないだろうね。あの怪物は完全にマブイを取り込んで実体化し、その正体を晒している。もはや、元の黒い雲に戻るのは無理さ。核を失えば、あとは崩壊するだけだ。奴も追いつめられて、最後の勝負を挑んできているんだよ」

「でも、レント君を引っこ抜くって、どうやって？　あんな攻撃してくるんじゃ、近づくこともできないじゃない」

　怪物の足音が迫ってくる。

「攻撃は僕が引きつける。その隙に、愛衣が怪物の中に入って、子供を見つけるんだ」

「あの怪物に……入る……？」恐怖と嫌悪で身がすくんだ。

「そうだよ。それができるのは、ユタの力をもつ愛衣だけだ」

　私は再び建物の陰から怪物を見る。少年Xのマブイを核とし、その邪悪なククルが具現化した怪物。父さんを刺し、ママを私から奪い、たくさんの人を殺し苦しめてきた〈悪〉そのもの。

　いまその〈悪〉に立ち向かい、打ち破ることができるのは私しかいない。

「……それしか、方法はないんだよね」

「ああ、そうだ。危険だけど、それしかない。できるかい？」

　ククルは耳を羽ばたかせて顔の位置まで浮き上がると、目を覗き込んでくる。

「……やる」私は拳を握りしめて言う。「私がレント君を引き出して、あの怪物を倒す」

「いい表情だね。じゃあ、作戦を言うよ。これから僕が飛び出して、空中から攻撃して注意を引きつける。その隙に、愛衣は走って足元から怪物の内部に侵入する。いいね？」

私が大きく頷くと、ククルはシニカルに微笑みながら片耳を突き出してくる。私は口角を上げ、その耳に拳を軽く当てた。

「よし、それじゃあ最後のマブイグミといこう」

ククルは耳を大きく羽ばたかせると、天高く浮かび上がり、怪物に向けて飛んでいった。龍たちが咆哮とともに雷を放つが、ククルは素早く身を翻してそれらを避けていく。

いまだ！　全ての龍の首がククルを見ているのを確認して、私は建物の陰から飛びだした。濡れた石畳の上を必死で走る。小山のような胴体が近づいてくる。怪物まで十数メートルまで近づいたとき、胴体を支えている触手数本が私に向かって伸びてきた。

「どいて！」

私は意識を集中して手にエネルギーを溜めると、体の前で振る。閃光が触手を薙ぎ払うとともに、胴体を小さく穿《うが》った。黒い雲が集まって修復がはじまったその部分に私は頭から飛び込んでいく。

なにも見えなくなった。粘着質な液体で満たされた空間に私は浮かんでいた。

ここが怪物の体内……。全方位からかかる強い圧力と、全身の皮膚に纏わりつく不快な感触に耐えながら、私は必死で四肢を動かして闇を掻き分けていく。

口を開けると液体が流れ込んできてしまうので、声を出すこともできない。

レント君、どこにいるの？　心の中で呼びかけたとき、どこからか声が聞こえてきた気がした。

「助けて……」というか細い声が。次の瞬間、頭の中に白黒の映像が流れ込んできた。

若い男が少年を、レント君を無造作に殴っている映像。

「なにガンつけてるんだよ、このガキが」

男の拳がレント君の腹部にめり込む。胃液を吐きながら倒れこんだレント君の体を男は執拗に足蹴にし続けた。部屋の隅では、若い女が爪にマニキュアを塗りながら、レント君が暴力を受ける様子を興味なく眺めている。

これがレント君の日常……。悲惨な光景に言葉を失う私の頭には、次々に虐待の様子が流れ込んでくる。火のついた煙草を体に押し当てられ、水を張った浴槽に沈められ、真冬に全裸でベランダに放置され、便器に顔を押し当てられ……。ありとあらゆる虐待がレント君に降りかかる。

目を背けたいが、直接脳裏に映し出されるためそれもできない。レント君が両親に痛めつけられていくのを、私は魂をすり減らしながら、ただ眺めることしかできなかった。

やがて、映像が途切れる。消耗しきった私が闇の中を漂っていると、また声が聞こえてきた。

「助けて……、お願いだから、誰か助けて……」レント君の声。弱々しい懇願の声。

全身の筋肉を弛緩させていた私は思い出す。彼と約束したことを。

守ってあげる。私は彼にそう言った。

あの事件の前、誰もレント君を助けてくれなかった。誰か一人でも、彼に手を差し伸べてあげていれば、あんな事件は起こらなかったのかもしれない。父さんも、ママも、私も傷つくことがなかったかもしれない。

過去を変えることはもうできない。けれど……未来なら変えられる。

私は大きく口を開いた。ぬめぬめとした苦い液体が口から食道、そして気管支まで侵入してくる。溺れ、体の内部から溶かされていくような感覚に耐えつつ、私は腹の底に力を込める。

私の体が輝き出した。光が周囲に満ちていた闇色の液体を侵食していく。体の内部に侵入してきた闇も消えていくのを感じる。私は大きく息を吸うと、声を張り上げた。

「レント君、ここだよ！　私はここにいるよ！」

私は闇の中に手を突っ込む。指先になにかが触れた。私はそれを決して離さないように掴むと、力いっぱい引っ張った。闇の中から腕が、そして身体が引きずり出される。

「お姉……ちゃん……？」

レント君は不思議そうに私を見つめながら、弱々しくつぶやく。

「そうだよ。約束通りに君を助けに来たんだよ」

華奢な体を抱きとめたとき、どこか遠くから絶叫が響きわたった。体が後方に引っ張られる。

気づくと、私はレント君とともに怪物の体から大きく弾き飛ばされていた。レント君を胸に抱いたまま、私は背中から石畳に叩きつけられる。背中に激しい衝撃が走り、息が詰まった。

石畳の上を転がったあと、私は倒れこんだまま痛みにうめきながら、腕の中の少年を確認する。レント君は気を失っているのか、目を閉じていた。

「愛衣！」

上空からククルが降りてくる。体中いたるところの毛が血で汚れているその姿は、怪物との戦闘の激しさを物語っていた。

「ククル、無事だったんだ」

「なんとか。そっちもうまくいったみたいだね」

再び絶叫が響く。見ると、龍たちがのたうち回っていた。その口から天に向かって、黒い雷電が吐き出され続けている。

十数匹の龍がバラバラの方向に移動しようとして、苦痛の叫びとともに四方八方に首を伸ばしていく。その力に耐えきれず、甲羅状の胴体がメリメリと音を立てて裂けはじめていた。裂けた部分に黒い雲が盛り上がるが、それは傷を修復するというより、ただその部分で増殖をくり返し、膨らんでいるだけに見えた。

「核を失って姿が保てなくなってきているね。そのうちに自壊して消滅するよ。負の感情だけでできたククルのなれの果てだ」

「けど……、なんかどんどん大きくなっている気がするんだけど」

胴体の裂けた部分が際限なく膨らんでいき、その容積は増し続けている。

「ああ、そうだね。あのククルには、この夢幻の世界を乗っ取るような力は残っていない。あとできるのは、自分の崩壊に巻き込むことぐらいだからね」

「巻き込むって、そんなことになったら……」

「大丈夫だよ、あとは僕に任せておきなって」

ククルは笑顔でウインクした。その笑みに、殉教者の覚悟に近いものを感じ取り、心臓が大きく脈打つ。

「ククル……、なにするつもりなの？」

「前に言っていた最後の手段だよ。さっきまでの怪物だと効果が十分かどうか心配だったけど、いまの崩壊寸前の状態なら間違いなく消滅させることができる」

「最後の手段って……」

おそるおそる訊ねると、ククルは耳で頰を搔いた。

「まあ、簡単に言えば……自爆攻撃かな」

「自爆……」

言葉を失う私の前で、ククルは肩をすくめる。

「仕方ないんだよ。それ以外、あの邪悪なククルをこの世界から確実に消し去る方法はないんだからさ」

「いますぐにレント君を現実世界に戻せば……」

「間に合わないよ。放っておけば、あと二、三分であの怪物はこの世界ごと爆発して崩壊する。だから、その前になんとかしないと」

「なにか方法があるはずでしょ。なにか……」

私が伸ばした手に、ククルは困り顔で頰ずりした。

「これしかないんだよ。心配しないで、しっかりあの怪物は倒すからさ。僕は愛衣の、ユタのククルだから特別なんだよ。その特別な能力を全て使いきるんだから大丈夫さ。

ただ一つ残念なのは、これをすると愛衣もユタの力を失っちゃうんだよね。ユタの能力にはククルもかかわっているから。だから、目を醒ましたときに、愛衣はこの夢幻の世界であったことは、ほとんど覚えていないんだ。僕と一緒にした冒険もね」

「ユタの力なんていらない！　お願いだからずっとそばにいて！」

涙を流しながら懇願すると、ククルは首をすくめた。

「やれやれ、いつまで経っても愛衣は泣き虫だな」

ククルの声がいきなり変わる。声変わり前の少年のような声から、低い男性の声に。

ククルの姿が一瞬ぶれたかと思うと、いつの間にかそのそばに中年の男性が立っていた。

私は目尻が裂けそうなほどに目を見開く。

「父さん⁉」

そこにいたのは父さんだった。半年前、袴田先生に殺されたはずの父さん。

優しく微笑みながら私に近づいた父さんは、その大きな手で頭を撫でてくれる。

「どうしたんだ、愛衣。幽霊でも見たような顔をして。さっき言っただろ。人は死んでも、近しい人にマブイを残すって。もちろん、俺の魂はお前の中に残っているよ。父さんは、ククルの一部としてお前の中で生きているんだよ」

父さんの言葉に呼応するように、またククルの姿が二回ぶれ、薄いクリーム色の毛並みの猫と、純白のウサギが姿を現す。

「きなこ！　ハネ太！」

声を上げると、二匹は嬉しそうに近づいてきてくれた。

「もちろん、動物だって一緒だ」父さんが言う。「この二匹は、ずっとお前の胸の中に寄り添ってくれていたんだよ」

私は嗚咽が漏れないように唇を噛みながら、二匹の頭を交互に撫でる。きなこが手の甲を舐めてくれた。ざらざらとした懐かしい感触に、胸の奥が熱くなっていく。

そのとき、一際大きな絶叫が上がる。膨れ上がった怪物の胴体が、龍の首を呑み込みそうなほどに膨れ上がっていた。

「ああ、これはあんまり時間がないな。おーい、早めに声をかけてやってくれ」

父さんが言うと、ククルは笑みを浮かべたまま頷いた。またその姿がぶれる。

「愛衣ちゃん、よく頑張ったねえ」

目の前に、嬉しそうに目尻にしわを寄せたおばあちゃんが現れた。

「本当にいいユタになったねぇ。おばあちゃん、いろいろと教えてあげた甲斐があったさぁ」

おばあちゃんは少しかさついた手で、私の頬に触れてくれた。

「教えてくれたって……」

私がまばたきをすると、おばあちゃんは悪戯っぽく言う。

「この夢幻の世界で家に来たときに会ったのは、本物の私たちさぁ」

驚いて私が視線を向けると、父さんは「カレー美味かっただろ」と唇の端を上げた。きなこが「ニャー」と声を上げ、ハネ太がすり寄って来てくれる。

ああ、そうか。この二ヶ月の実家での時間は本物だったんだ。私は本当に家族と幸せな時間を過ごしていたんだ。感動を噛みしめていると、父さんが目を細める。

「なあ、愛衣。最後にもう一人だけ、お前に会いたがっている人がいるんだ」

私が「もう一人？」とつぶやいたとき、不意にククルの姿が消え、背後から腕が伸びてきた。細くて白い腕が、私の首にふわりと巻かれた。

「愛衣」

私は大きく息を呑む。その声を覚えていた。

幼い頃、いつも私の名前を優しく呼んでくれた声。私はそっと温かいその腕に触れる。

「ママ……」

「覚えていてくれたんだ。嬉しいな」

私を後ろから抱きしめてくれたママは、そう言って私の顔を覗き込んだ。

優しかったママ、いつも一緒にいてくれたママ、命を捨てて私を守ってくれたママ。

もう嗚咽をこらえることはできなかった。しゃくりあげながら、私はママの腕に頬を当てる。

「ねえ、愛衣。あの事件のあと、病院で眠っている私の手を、ずっと握っていてくれたよね。私ね、動けなかったけどすごく嬉しかったんだよ。愛衣がそばにいてくれたから、全然怖くなかった」

「ごめんなさい、ママ。私のせいで……」

泣きながら、私はずっと伝えたかった言葉を絞り出す。

「謝らなくていいの。愛衣がこうして立派に育ってくれたことが、私はなによりも嬉しいんだから。それに私はこうして、心を、魂をあなたに遺すことができた」

ママは桜色の唇に笑みを湛えながら、私の涙を指で優しく拭ってくれた。

「無限の愛と一緒にね」

無限の愛。絶えることなく注ぎ続けられる無償の愛情。私はそれを浴び続けていた。

「覚えていないかもしれないけど、ククルの一部になった私は、ずっと夢の中であなたと一緒だったのよ。あなたの成長を見守りながら、こう思い続けていたの。あの日、あなたを守ることができて、本当に良かったって」

耳をつんざく叫びが空気を揺らす。怪物の胴体が龍の首を次々に吞み込み、さらに膨れ上がっていた。

ママが耳元で囁く。

「だから、もう一度だけ、あなたを助けさせてね」

その言葉とともに、ママが消えた。父さん、おばあちゃん、きなこ、ハネ太も姿を消し、代わりにクリーム色の毛に包まれたうさぎ猫が、私の前にちょこんと座っていた。

「愛しているよ、愛衣」

ククルは心から幸せそうに微笑んだ。

「僕のことは忘れてもいい。けど、これだけは忘れないでね。みんなが君を愛していることは」

もう一度ウインクをするとククルは身を翻し、観覧車や城まで吞み込みはじめている怪物に、袴田先生の、少年Xのククルに向かって悠然と歩いていく。

ククルの姿がまばゆく輝き出した。その体がみるみる膨らみ、四肢に筋肉が漲っていく。クリーム色のふわふわの毛がまばゆいばかりの金色《こんじき》に色づきはじめる。首元から深紅の炎が燃え上がって、雄々しいたてがみとなる。背中の両側に巨大な光の羽が出現した。

その雄壮でありながら美しい姿に見惚れ、圧倒された私は立ち尽くす。炎のたてがみと、神々しく輝く翼を持つ獅子と化したククルは、振り返って「じゃあね」と、硬そうなヒゲの生えた口元をほころばした。

「待ってククル！」

止めようとする私の前で、ククルは空に向かって大きく咆哮を上げると、光の両翼を羽ばたかせて浮き上がった。漆黒の小山と化している怪物から、闇色の触手がククルに向かって伸びる。しかし、それらはククルの体に触れる前に、彼の体が発する輝きによって消滅していった。

遥か天高くまで舞い上がったククルは、断末魔の悲鳴を上げる怪物に向かって一直線に天翔けていく。

無限の怒りと憎しみから生まれたククルと、無限の愛から生まれたククルの姿が重なった瞬間、夢幻の世界は金色の光に呑み込まれた。

眩しさに閉じていた目を開けると、私は光溢れる空間に立っていた。金粉が舞い落ちているかのように細かい光の粒子で満たされた空間で、私は少年と向かい合っていた。

私は目の前に立つ少年を見つめる。

レント君、少年Xの、そして……袴田先生のマブイ。

彼は縋りつくような、それでいて怯えるような眼差しで私を見上げていた。

ここもまだ、私が生み出した夢幻の世界なのだろう。ククルのエネルギーが全て解放されたせいで、きっと世界が光で満たされたのだ。

私はそっと掌を上に向ける。そこに、粉雪のように細かい光の結晶が落ちてくる。

これはククルの欠片、私に注がれた無限の愛の欠片。

深い哀しみが胸を満たしていく。

私は大きく呼吸をすると、目元を拭う。ククルは私を助けるために全てを賭けてくれたのだ。彼の想いに答えなくては。

私はレント君と視線を合わせる。彼をこの世界から排除することで、マブイグミは完成すると、現実の世界の私が目を醒ますとククルは言っていた。

排除……。レント君の細い首に視線が吸い寄せられる。もう、私にはユタとしての力は残っていない。それでも、目の前にいるか弱い少年を手にかけることは容易だろう。

私は彼に、多くのものを奪われてきた。いまここでマブイを消滅させれば、現実世界で彼が目醒めることは二度とない。この手でママと父さんの復讐を果たすことができる。

二十三年間、少年Xの影に怯えて生きてきた。だからこそいま、少年Xに勝つべきなんだ。

そのためには……。私はレント君と視線を合わせたまま、葛藤し続ける。ただ見つめ合う私たちの周りで、光の粒子が舞い踊り続けた。

……どれだけ時間が経っただろう。

数分だったかもしれないし、数日間もこうして見つめ合っている気もする。

心を決めた私はレント君に向かって、ゆっくりと手を伸ばしていく。

彼の細い首に私の両手が近づき、そして……その横を通過していった。

私は彼を柔らかく、しかし力強く抱きしめる。

「もう大丈夫だよ。もう、大丈夫……」

彼の耳に口を近づけ、私は優しく囁いた。レント君はおずおずと、私の体に細い腕を回す。

幸せそうに目を閉じたレント君と私の体が、黄金色の光に溶けていった。

3

やけに重い瞼を持ち上げると、天井が見えた。

白い、吸い込まれてしまいそうなほどに真っ白な天井。

「ここは……？」

唇の隙間から零れた声は、自分のものとは思えないほどかすれていた。口が、そして喉がからからに乾燥している。乾いた砂を呑み込んでしまったかのように。

霞がかかって思考がまとまらない頭を振って起き上がろうとすると、まるで全身の関節が錆びついているように軋み、痛みが走った。

歯を食いしばった私は、両手を使ってなんとか上体を起こす。体にかかっていた薄い毛布がはらりとはだけた。

重い頭を再び振った瞬間、全身に冷たい震えが走った。脊髄に氷水を注がれたような心地。慌てて胸元に触れる。羽織っている服の薄い生地を通して、コンプレックスである小振りな乳房の感触が伝わってきた。

「あった……」安堵の吐息とともに、そんな言葉が漏れる。

胸に大きな空洞があいているような気がした。手で触れてそれが錯覚であることを確認したいまも、その感覚は消えない。

食道、肺、そして心臓。それらの臓器が抜き取られ、胸郭が空っぽになってしまったような心地。重心が安定せず、気を抜けばふわふわと浮き上がってしまいそうだ。

両手を胸に当てたまま目を閉じ、強風に耐えるかのように体を小さくする。そうしないと体が、心が、『自分』という存在が吹き飛ばされてしまいそうだった。

ふと強いデジャヴが襲ってくる。かつて、私は同じような経験をしている。

けれど、いつ……？　意識を脳の奥、厚く積み重なった記憶の底へと落とし込んでいく。やがて、セピア色に変色した記憶が弾けた。狭い部屋の中、ダンゴムシのように体を小さくした子供。二十三年前の私が咽《むせ》び泣いている光景が。

両頰に冷たい感触を覚えた私は、慌てて瞼を上げて目元を拭う。手の甲が透明な液体で濡れた。手を口元に持ってきて舐めてみると、かすかな塩気がふわりと舌を包み込んだ。

あの日と同じ味。

ああ、そうか……。私はまた喪ったのか。

とても大切な物を。

私は天井を仰ぐ。

蛍光灯の明かりが滲み、七色の光となって煌めいた。その瞬間、衝動が全身を貫く。

行かないと。あの人に会わないと。私は点滴ラインをはじめとする、体についている管類をせわしなく外しはじめた。栄養補給のため鼻腔に挿入されている細い管を、ぬるぬるとした手触りに顔をしかめつつ両手で引き抜いていく。胃の中まで達していたその管の先端が喉の奥を通過したとき、焼けるような胃酸の苦味が私の口腔内を冒した。

えずきつつ、全ての管と、胸についていた心電図のパッドを取り去った私は、ベッドから降りようとする。しかし、足が体重を支えることができず、床に崩れ落ちてしまった。

筋力が落ちている？　当然だ、二ヶ月も寝たきりだったんだから。

「二ヶ月？　寝たきり？」

力ない声が漏れる。なぜか私は、自分が長期間昏睡に陥っていたことに気づいていた。

疑問が頭を満たすが、それよりもこの病室を出なければという衝動の方が強かった。

私は必死に扉まで這って近づくと、両手でドアレバーを摑んで開き、廊下に出る。すぐ近くにある談話室から出てきた男女が私に気づき、目を丸くした。

若い女性二人と、年配の男性。三人を見て、脳の奥底が疼く。

この三人を知っている。この人たちと会っている。けれど、どこでだか分からない。

「識名先生！」三人は私に駆け寄り、体を支えてくれる。

「目が醒めたんですね。すぐに主治医の先生を呼びますから」

年配の男性が私を病室に戻そうとする。私はこわばっている首を左右に振った。

「私を特別病室に連れて行ってください！　この廊下の突き当たりです！」

必死に言うと、三人は困惑の表情で顔を見合わせる。

いま行かなければ、手遅れになってしまう。特別病室に誰が入院しているのかは分からない。ただ、その人物にすぐに会わないといけないと本能が告げていた。

「お願いします！　どうしても行かないといけないんです！」

私が必死に懇願すると、年配の男性が「分かりました、先生のためなら」とあごを引いた。二人の女性も真剣な表情で頷いてくれた。なぜ三人が助けてくれるか分からなかった。だが、私を含めた四人の間に、なにか強い絆のようなものを感じた。

年配の男性と、黒髪をポニーテールにしている若い女性に両脇を支えられ、私は廊下を進んでいく。一般病棟と特別病棟を仕切る自動ドアの前に来たところで、タイミングよく向こう側から看護師がやってきてドアが開いた。私を見て驚きの表情を浮かべる看護師の脇を通り抜けた私たちは、突き当たりの特別病室へとたどり着く。妊娠中らしく、すこしお腹が目立っている女性が扉を開けてくれ、私たちは高級ホテルのスイートルームのような病室に入る。

「愛衣ちゃん⁉」

奥にあるベッドのそばに看護師と並んで立っていた華先輩が、甲高い声を上げる。

「え⁉　目が醒めたの？　なんで？　どうしてここに？」

パニックになっているのか、トレードマークの眼鏡の奥の目を白黒させている華先輩に、私は支えられたまま近づいていく。

「その人と話をさせてください」私は倒れこむようにベッド柵を摑んだ。

「え、話すっていっても意識が……。挿管もされて人工呼吸だし。いま危篤状態で……」

視線を彷徨わせる華先輩を尻目に、私はベッドを覗き込む。そこには、痛々しい姿の男性が横たわっていた。顔面は変形し、頭部は手術のために一度剃り上げられたのか、髪が短い。どうやら、右手足が切断されているらしい。それでも、私はすぐにそれが誰か分かった。

そして、彼がなにをしたのかも。

私は関節が軋む腕を動かして、彼の、袴田先生の頰に手を当てる。

「先生、起きてください」

声を掛けながら、私は横目でモニターに表示されている心電図を確認する。心拍数が毎分三十回を切っている。間もなく、彼の心臓は動きを止めるだろう。

「袴田先生、起きてください。先生に言わないといけないことがあるんです」

私は再び話しかけると、口を固く結んで反応を待つ。

この部屋にいる全員が見守るなか、袴田先生の瞼が、ゆっくりと上がっていった。華先輩が「嘘……」と固まるそばで、私は袴田先生の耳元に口を近づけ、小声で囁いた。

「先生のことを……赦します。全部赦します。だから、……安らかに眠ってください」

袴田先生は少し、ほんの少しだけ目を細めたあと、瞳を閉じた。

モニターの心電図が平坦となり、アラーム音が部屋に響き渡る。

「心停止した！　ごめん愛衣ちゃん、ちょっと下がっていて！」

華先輩がベッドに乗り、心臓マッサージをはじめる。軽く押されたはずみでふらふらと後ずさった私を、年配の男性が支えてくれた。

私たち四人は並んで、蘇生処置を施されている袴田先生を眺め続ける。

「さようなら、袴田先生。さようなら、……レント君」

そんな言葉が、無意識に私の口から零れた。

4

「ただいま」

扉を開けて言うが、当然、返事はなかった。私の声が玄関に虚しくこだまする。

イレスから目醒めて三ヶ月が経っていた。この三ヶ月、私は昏睡状態の間に落ちた体力を戻すためのリハビリに専念せねばならず、まだ仕事に戻ることはできていない。ようやく先週、全てのリハビリプログラムを終え、元の状態まで体力も戻ったと太鼓判を押されたので、主治医である華先輩の許可を貰い、来週から復職することになっていた。

毎日のように通っていたリハビリから卒業し、自宅マンションで暇を持て余していた私はふと思い立った。広島にある実家に行ってみようと。

そうして新幹線で広島駅に向かい、さらに路面電車に乗り継いで自宅へと帰ってきた。

ここに帰ってくるのは、近所の斎場で父さんの葬式をして以来だ。一年近く放置していた家は廃屋の雰囲気を醸し出していた。手続きをするのが億劫で、いまも電気、ガス、水道などのライフラインは止めていない。一晩ぐらいならなんとか過ごせるはずだ。

靴を脱いで家に上がる。昔は家に帰ると、飼い猫のきなこが玄関で待ち構えて、飛びつくように肩によじ登ってきた。懐かしい思い出に口元がほころんでしまう。

私はまず階段を上がり、二階の廊下の突き当たりにある自分の部屋に向かった。高校を卒業するまでを過ごした部屋は、長い間使っていなかったせいか埃がうっすらと溜まっているが、軽く掃除をすれば十分に泊まることができそうだ。

荷物をベッドの上に置いた私は、廊下を戻り、階段のそばにある襖をそっと開ける。中には古い琉球畳が敷かれた部屋が広がっていた。部屋の中心にはちゃぶ台が置かれている。十年ほど前に亡くなった、おばあちゃんが使っていた部屋。

あの事件でママが亡くなったあと、おばあちゃんは母親代わりに私を可愛がってくれた。よくあのちゃぶ台の前に座り、おばあちゃんがくれる沖縄のお菓子を頬張りながら、昔話を聞いたことを思い出す。

そっと襖を閉めた私は階段を降り、一階のリビングへと入る。そこに置かれているリビングセットやダイニングテーブルは、ずっと昔、ママが生きていた頃から置かれているものだった。

幼いときの記憶が蘇る。リビングの隅に置かれていたケージでは、ウサギのハネ太がいつも長い耳をぴくぴくさせながらエサを食べていた。

父さんはダイニングテーブルで新聞を読み、私はソファーでテレビを見て、きなこはキャットツリーの上で気持ちよさそうに毛づくろいをしていた。おばあちゃんは私のそばのカーペットに正座して編み物をして、そしてキッチンではママが……。

幸せな思い出に、少しだけ胸が温かくなる。イレスから目醒めてから、ずっと大きな穴が開いているような喪失感に苛まれている胸が。

いや、イレスになる前から、きっと私の胸には穴が開いていたんだろう。二十三年前のあの日、少年Xに、袴田先生にママを殺されたあの日から。

私はただ、そのことに気づかないふりをし続けていただけだった。

「袴田先生……」

私から多くのものを奪っていった男性の名前が口から漏れる。彼が少年Xであり、さらには精神科医として多くの人を自殺に追い込み、最後には何人もの被害者を直接その手で殺害していたことは、すでに明らかになっている。彼は死後、被疑者死亡という形で書類送検され、事件に幕が下ろされた。大病院の院長がかつて十人以上を殺害した少年で、最近まで人の命を奪い続けていたという衝撃的な事件は世間を震撼させ、神研病院にはマスコミが殺到した。

しかし、犯人がすでに死亡していることもあって、人々の興味は長続きしなかった。一ヶ月も過ぎると、移ろいやすい世間の視線は他のセンセーショナルな事件へと流れていった。

あの夜、追い詰められていた袴田先生が最後の獲物として、私、飛鳥さん、佃さん、環さんを呼び出したのは間違いない。しかし、その後なにが起き、私たち四人がイレスを発症し、そして袴田先生が交通事故に遭ったのか、いまだに解明はされていなかった。

脳裏に袴田先生の笑顔が浮かぶ。彼に対する怒りも、憎しみも、嫌悪も、なぜかいまはまったく感じなかった。私からママと父さんを奪い、そして私の心を弄《もてあそ》んだ人物だというのに。

どうして私は彼を赦せたのだろう。そのことが少し不思議だった。

袴田先生は本当に自分の欲求のためだけに、私を治療していたのだろうか？　最近、ふとそんな疑問が頭をかすめるようになっていた。彼が私を支配することに快感を覚えていたのは間違いない。しかし、彼が時折見せた屈託ない笑顔を思い出すと、それだけではなかったのではないかという気もしていた。

少しだけ、本当に少しだけ、私を純粋に救いたいという気持ちを持ってくれていたのではないだろうか。幼少期からの虐待によって生まれた邪悪な人格の隅に、もし愛されて育っていたら現れるはずだった優しさが芽生えていた。そう思うのは、たんに私の希望的解釈なのだろうか。

イレスを克服した同志である三人とは、いまも定期的に連絡を取っている。飛鳥さんは角膜移植の手術が成功し、視力が戻ったということだ。来年度からまたパイロットになるための学校に通うらしい。佃さんは弁護士としての仕事を再開した。燃え尽きるまで、冤罪で苦しむ人々を救いたいと力強く宣言していた。環さんのお腹の子も順調に成長しているということだった。殺された婚約者との間にできた子を頑張って幸せにすると、決意を語ってくれた。

三人は全員、昏睡状態の間、夢の中で私と会った気がすると言っていた。私によってイレスから目醒めることができたと。

そんなわけないというのに、なぜかその話を聞くたび頭の中に映像が浮かぶのだった。ウサギのような耳が生えたクリーム色の猫と、危険で、それでいて魅力的な世界を飛び回る映像が。あれはいったいなんなのだろう。私が昏睡状態のときに見た夢なのだろうか。その不思議な動物の姿が頭に浮かぶたびに、幸せと哀しみがブレンドされた感情が溢れだしてくる。

私はほぅと息を吐くと、リビングをあとにして父さんの寝室に向かう。いまもベッドが二つ置かれた部屋を横切り、その奥にある父さんが書斎として使っていた和室の襖を開く。四畳半ほどの狭い和室には、仏壇が置かれていた。

私は父さんが使っていたデスクに近づくと、その上に置かれた写真立てを手に取る。あの事件の前に撮影した写真。その中心にはママに抱かれた幼い私が写り、その両脇に父さんとおばあちゃんが立っている。よく見ると、写真の隅にはきなことハネ太も写りこんでいた。

溢れんばかりの愛情で満たされた家族の写真。それを私は胸に当てる。そこに空いた大きな穴を埋めようとするように。

数分間抱きしめたあと、写真立てをデスクに戻すと、私は書斎を出て自分の部屋へと向かう。いくら体力が戻ったとはいえ、六時間近くかけて移動して来たので疲労が溜まっていた。

自室に戻った私はベッドに仰向けになると、目を閉じる。すぐに襲い掛かってきた睡魔に抵抗することなく、私は意識を深く落とし込んでいった。


重い……。胸に圧迫感を覚えて薄目を開けると、大きな瞳と目が合った。星空を詰め込んだような美しい琥珀色の瞳。

「……きなこ?」

つぶやくと、薄いクリーム色の愛猫はざらざらの舌で私の頬を舐めてくる。

「ちょっと、くすぐったいからやめてよ」

きなこは私の胸の上から飛び降り、扉の前まで移動すると、私を誘うように「ナー」と鳴いた。

「なによ、ついて来いって言っているの?」

文句を言いながら体を起こすと、きなこは扉の隙間から流体のようににゅるりと出ていった。

少し重い頭を振りながら、私はきなこのあとを追って廊下に出る。

あれ？　なにをしていたんだっけ？

疑問を覚えながら階段を降りていく。一階で待っていたきなこは、リビングの方へと走っていった。仕方なく彼のあとを追うと、食欲を誘うスパイシーな香りが鼻孔をかすめた。包丁がまな板を叩く小気味いい音が廊下まで響いてくる。

誰かいるの？　たしか、この家には……。靄がかかっているような頭を振りながらリビングに入ると、ソファーに腰掛けて新聞を読んでいる男性の後ろ姿が見えた。

「愛衣、起きたか？」新聞を畳みながら父さんが声をかけてくる。

「父さん⁉」

私はまばたきをする。なんで父さんが？　だって、父さんは……。

「もうすぐ夕食なのに降りてこないから、きなこに呼んできてもらったんだ」

「あ、ああ、そうなんだ」

もうそんな時間なんだ。それなら、父さんがリビングにいて当然か。私はこめかみを掻いた。

「愛衣ちゃん、ちんすこうあるけど食べるかい」

ソファーの前のカーペットに正座しているおばあちゃんが手招きする。その膝の上では、きなこが丸くなってゴロゴロと喉を鳴らしていた。

「ごはんの前にお菓子食べたら太っちゃうよ」

私は苦笑すると、ダイニングテーブルのそばの椅子に腰かける。リビングの隅のケージで寝ていたハネ太が、耳をぴょこんと立てたかと思うと、振り返って私を見た。

「ハネ太、元気？」

私が軽く手を振ると、ハネ太の耳が挨拶を返すように左右に揺れた。

そうか、私は復職する前に一度、実家に戻っていたんだっけ。

「復職？」

私は首を傾げる。そもそも、なんで仕事を休んでいたんだろう？　なにか大切なことを忘れている気がして焦れていると、そっと肩を叩かれた。振り返った私は、そこに立っていた女性を見て目を見張る。

「ママ⁉」

「なによ、大きな声を出して」

エプロン姿のママは、おどけた仕草で両耳に手を当てた。

「もうすぐご飯だから待っていてね。今日は愛衣の好きなカレーにしたから」

ママは私の頭をくしゃっと撫でると、キッチンへ戻っていく。その後ろ姿を眺めた私は、ようやく違和感の正体に気づく。

夢なんだ……。

そうだ、私にはもう家族はいない。ここは私の妄想が生み出した仮初の世界なんだ。

私は一度目を閉じると、数秒待ってから瞼を上げる。キッチンにいたママの姿が消えていた。父さんも、おばあちゃんも、きなこも、ハネ太もいなくなっている。

ああ、やっぱり……。

「やっぱり、夢だった……。やっぱり、私の妄想だったんだ……」

「夢だけど、妄想じゃないよ」

急に聞こえてきた声に、私は勢いよく顔を上げる。ダイニングテーブルの上に、奇妙な生物がいた。ウサギのような長い耳を持つ、柔らかいクリーム色の毛並みの猫。

「クク……ル……？」

口からその言葉が漏れた瞬間、脳の底深くに沈んでいた記憶が花火のように鮮やかに、艶やかに弾ける。

夢幻の世界をククルとともに飛び回った記憶。宝石のように煌めく冒険の記憶。

私は身を乗り出すと、ククルの小さな体を抱きしめていた。

「ククル！　本当にククルなの⁉」

「そうだよ、本当に僕だよ」

ククルは長い耳を私の背中に回してくれる。綿毛のように柔らかく、懐炉《かいろ》のように温かい耳。

「どうして？　あの時、少年Xのククルと一緒に消えちゃったんじゃ……」

感情が昂ってうまく言葉が紡げない。

「そう、ユタのククルである力を全て使い尽くして、僕は一度消えた。けれどね、ユタのククルとしての僕は消滅したけど、愛衣のククルとしては消えてなかったんだよ」

「どういうこと？」

私はククルのもふもふの毛に頬を埋めながら訊ねる。

「ユタの力は消えても、それよりもずっと強いものは消えないってことさ」

「ずっと強いもの？」

私が聞き返すと、ククルは悪戯っぽく微笑んだ。

「僕の本質、家族が君へ遺した愛情、……無限の愛だよ」

ククルは誇らしげに胸を張ると、両耳を大きく広げた。

「僕の本質は粉々に砕け散っても、愛衣の中に残り続けた。そして今日、君はこの家を訪れて思い出した。どれだけ、自分が愛されていたのかをね。だから、粉々になっていた僕はまた集まることができ、この姿を取り戻したんだよ」

理屈など、もう私にはどうでもよかった。腕の中にいま、大切な存在がいるのだから。

「じゃあ、これからもずっと一緒にいられるのね」

「うん、けれどもう僕はユタのククルじゃない。前みたいな力はない、か弱い存在さ。だから、愛衣も目を醒ましたら、僕のことは覚えていないよ」

「そんな……」

私が唇を嚙むと、ククルは耳で頬を優しく撫でてくれた。

「けれど心配しないで。またいつでも、夢の中で会えるから。それにね、僕のことは覚えていなくても、このことはきっと覚えていられるよ。みんな、君を見守っているってね。心から愛する君のことを」

ククルの耳に手を重ねながら、私は「うん……、うん……」と何度も頷いた。

「さて、あんまりお喋りしていたらせっかくの食事が冷めちゃうね。そろそろ、『僕たち』のディナータイムとしよう」

ククルは柏手を打つように両耳を合わせる。ポンッという音とともにククルが消え、代わりに消えていたみんながリビングに戻ってくる。

私の大切な家族たちが。

「さて、できたわよ。食べましょう」

ママがキッチンからカレーが盛られた皿を、お盆に載せて運んできた。

皿を並べているうちに、父さんとおばあちゃんも席に着く。ママはエプロンを取って椅子の背にかけ、私の向かい側の席に腰掛けた。ケージのハネ太がこちらを向き、きなこがキャットツリーを勢いよく駆けのぼる。

「それじゃあ、いただこうか」

父さんの声を合図に、私たち四人は手を合わせる。

「いただきます!」

涙交じりの私の声が、四人と二匹の家族がそろった空間に響き渡った。


目を開けると、懐かしい天井が見えた。

「ああ、実家に帰ってきたんだっけ……」

私は目をこすって体を起こす。少し横になるだけのつもりが、しっかりと眠ってしまったらしい。そのおかげか、体が軽かった。

いや、体だけでなく心も……。

なにか楽しい夢を見ていた気がする。内容はよく思い出せないが、すごく幸せな夢を。

なぜか視界がぼやけ、熱いものが頬を伝った。

どうして自分が泣いているのか分からない。けれど、止め処なく涙が溢れてくる。昏睡から目醒めたときに溢れた氷のように冷たい涙ではなく、様々な感情が溶けこんだ熱い涙が。

私はそっと胸に手を当てる。

二十三年間、ずっと空いていた穴が塞がっていた。

猫のように柔らかく温かいものが、私の胸いっぱいに満ち溢れていた。

エピローグ

「マジで疲れた……」

　私はおぼつかない足取りでナースステーションから出る。

　昨夜は復職後初の当直だったのだが、運の悪いことに病棟で急変が続き、一睡もできないうちに朝を迎えていた。

　ようやく最後の患者の処置を終えた私は、ふらふらと左右に揺れながら、ゾンビのような足取りでエレベーターに乗り込み、医局エリアのある三階へと向かう。朝の回診をはじめる前に、当直室で一時間くらい仮眠を取らなくては体がもたない。

　エレベーターを降りて当直室に向かっていると、白衣を着た華先輩が前からやって来た。どうやら、いまから回診に向かうところらしい。

「おっ、愛衣ちゃん。当直はどうだった？」私に気づいた華先輩は片手を挙げる。

「戦場でした。マジで戦場……。一睡もしてません……」

「ありゃ、復帰早々それはご愁傷様。なんか、目の下にアイシャドーみたいな隈《くま》ができてるね。睡眠不足はお肌の大敵だよ」

「好きで徹夜したんじゃありません」

華先輩は「そりゃそうだ」と笑うと、私の背中を軽く叩いた。

「けどさ、愛衣ちゃん、けっこう良い顔してるよ」

「いま、隈がどうとか言ってたくせに」

私が唇を尖らせると、華先輩は「そういうことじゃなくて」と手を振った。

「復帰してから、充実しているっていうか、なんか吹っ切れたっていうかさ」

「吹っ切れた……、ですか」

たしかにそうかもしれない。復帰する前、一度実家に帰った後から、どんなつらいことがあってもやっていけるという自信が湧いていた。

「まあ、あんまり深く考えないで。とりあえず、当直室で仮眠取ってきたら」

「そのつもりです。それじゃあ先輩、またあとで」

華先輩は「うん、またあとでねー」と手を振って去っていった。私は重い足を引きずってなんとか当直室に到着すると、白衣も脱がず、顔から墜落するようにベッドに倒れこむ。

すぐに意識に暗幕が降りてきた。


目を開けると、私は純白の砂浜に横たわっていた。柔らかい波音が鼓膜をくすぐる。

まばたきをした私は、ゆっくりと体を起こす。ついさっきまで鉛のように重かった体が、いまは綿毛のように軽かった。

眩しさに目を細めながら空を眺める。雲一つない高い空が、明るい檸檬《れもん》色に輝いていた。まるで、太陽が溶けて空全体に広がったかのように。

周囲を見回す。海に浮かぶ直径十メートルほどの砂でできた小島。その中心にはヤシの木が一本だけ生えている。

「ここは……」

つぶやきながら立ち上がった私は、水平線まで延々と続く海原を眺める。空から降り注ぐ光を浴びたコバルトブルーの海が、突然艶やかな桃色へと変化した。

目を凝らして見ると、数えきれないほどの小さなクラゲが海面近くに漂っていた。その丸い体がふわふわと漂っている姿は可愛らしく、ユーモラスで、頬が緩んでしまう。

桜の花のような淡いピンク色をしているクラゲたちの半透明の体が、空からの光を優しく反射して、海を染め上げていた。次の瞬間、クラゲたちの体が一斉にオレンジ色に変化する。その光景は、海原に向日葵《ひまわり》が咲き乱れたかのようだった。

時間とともに色彩を変えていく海に見惚れていると、遠くの海面が突然、爆発したかのように隆起した。艶やかに輝くクラゲたちを巻きあげながら姿を現したもの、それは水晶でできた巨大な珊瑚だった。

目が眩むほどの輝きを放ちつつ、クリスタルの珊瑚は複雑に枝を伸ばしながら天に向かってのぼっていく。天使のための階段が、空に伸びていくかのように。

海面から次々と珊瑚が姿を現す。オパール、ルビー、サファイア、エメラルド、そしてダイアモンドなどの宝石でできた珊瑚の大樹。延々と伸びていくそれらを、首を反らして見上げていると、背後に気配を感じた。

私は反射的に振り返る。ヤシの木の根元で、ウサギの耳を持ったクリーム色の猫が香箱座りをしていた。その姿を見た瞬間、彼が誰だか思い出す。

喜びと幸せが混ざり合った感情が全身の細胞を満たしていく。

「やあ、愛衣」

立ち上がったうさぎ猫、ククルはいちど背骨を山なりにしてストレッチをすると、片耳を上げて挨拶をした。

「こんにちは、ククル。なんだか不思議な夢だね」

「ああ、そうだね」

ククルは軽やかにジャンプして私の肩に飛び乗る。シャツの生地越しに伝わってくる肉球の柔らかい感触が心地いい。

「さて、それじゃあ今日も、一緒に冒険としゃれこもうか」

ククルはウィスカーパッドをにっと上げると、「にゃおーん」と高らかに鳴いた。

愛猫ハリーに捧ぐ。
無限の愛とともに。

・本書は二〇一九年九月に小社より単行本として刊行されたものです。

双葉文庫

ち-07-02

ムゲンのｉ（下）

2022年2月12日　第1刷発行

【著者】
知念実希人《ちねんみきと》

【発行者】
箕浦克史
【発行所】
株式会社双葉社
〒162-8540 東京都新宿区東五軒町3番28号
［電話］03-5261-4818（営業部）　03-5261-4831（編集部）
www.futabasha.co.jp（双葉社の書籍・コミックが買えます）
【印刷所】
大日本印刷株式会社
【製本所】
大日本印刷株式会社
【カバー印刷】
株式会社久栄社
【DTP】
株式会社ビーワークス

【フォーマット・デザイン】
日下潤一

ISBN978-4-575-52541-0 C0193
Printed in Japan